光文社文庫

かすてぼうろ
越前台所衆　於くらの覚書

武川　佑

光　文　社

目次

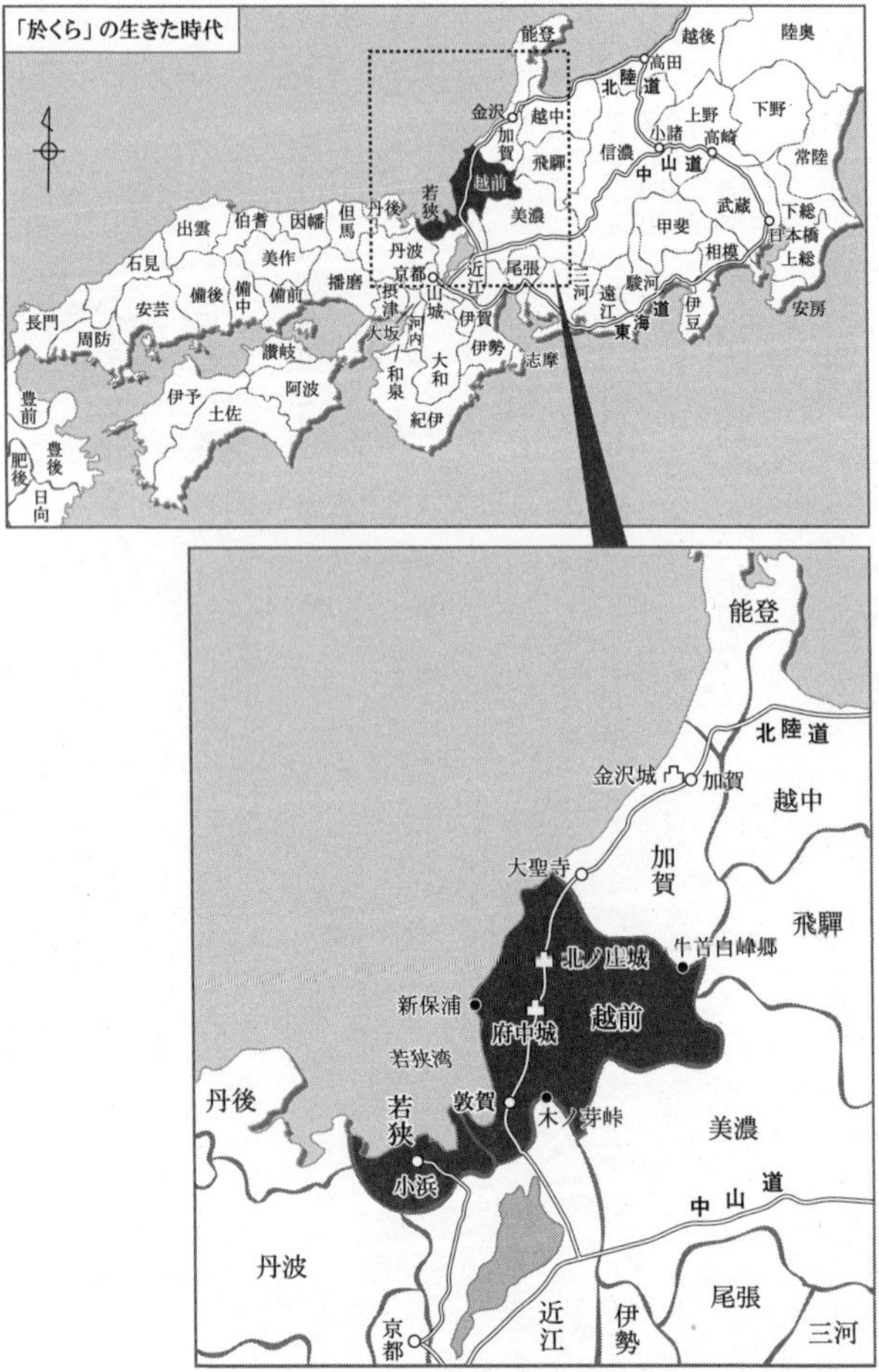

江戸初期（1600年頃）の所領と藩・越前とその周辺

かすてぼうろ

序　蕎麦粉のおやき

師走《しわす》の晦日《みそか》も迫ったころ。糯米《もちごめ》を蒸すよい匂いを嗅《か》ぎながら、於《お》くらは山芋をすり鉢で擂《す》りおろし、蕎麦粉《そばこ》をざっくり混ぜていた。耳たぶくらいの固さにこね、小判形にいくつもこしらえて串に刺して囲炉裏《いろり》の火に翳《かざ》す。年越しの餅を集落総出でつく父が、杵《きね》を担いで土間を覗《のぞ》きこんだ。

「腹が空《す》いたぞう」

今日ついた餅は正月に供えるご馳走《つつお》だから、すぐには食べられない。昼飯は於くらの作るおやきである。ここ越前《えちぜん》では蕎麦は朝倉《あさくら》氏のころから栽培されはじめ、百姓たちは蕎麦がきや、おやきにして食していた。

「できたよお」

熱いおやきを笊《ざる》に山盛りにして父と母、手伝いにきた村の者たちに持ってゆけば、歓声があがった。隣家のおない年の女の子が、頰《ほお》を押さえておやきを頰張る。

「ひっでうめえなあ。ふわふわして、うらのおやきとぜんぜん違うでの」

山芋を泡だてるようにして擂って入れれば、いつものおやきよりもっちりふんわりとして美味《うま》くなるのでは、と勝手にやってみたのだが、成功したようで胸をなでおろす。

ほっかむりをした母が、於くらの頭を撫《な》でてくれる。

「於くらの料理は、ほんとうんめえだ。御城の御殿さまに差しあげても喜ばれるんやざ」

みなの笑い顔に囲まれ、於くらの胸はあたたかく満ちていった。

一　若水

慶長《けいちょう》五年（一六〇〇）、初めての日の出である。雪がちの越前では珍しく、雪雲の隙間を割って朝日が白い峰を照らしていた。

年があけて十三歳となった於くらは、己が踏みしめた雪道を振りかえり、枯木立が並ぶ雪原へ、黄金色の陽がゆっくり射してゆくのを、手をあわせて見守った。

ささやかな願いが口をついて出る。

「戦《いく》さがのうて、ええ年になりますように」

菅笠《すげがさ》に蓑《みの》を着て雪沓《ゆきぐつ》を履き、於くらは雪を漕《こ》いでゆく。越前国でも山深い地域の生まれの彼女には、雪山は平地をゆくのと変わらない。木立の枝から雪が大きな音をたてて落ちた。山向こうで、どどっ、と音が聞こえる。雪崩《なだれ》だ。山にはもう春の足音が聞こえはじめている。

「急がねえと、御殿さまの朝餉《あさげ》に間にあわねえ」

麓から三町（約三二七メートル）ほど登った大平山《たいへいざん》の斜面に、時水《ときみず》、という一刻《いっとき》に一度地下から湧きだす清らかな湧水がある。正月の朝に汲《く》んだ清水は「若水《わかみず》」と呼ばれ、邪気を払うのだと伝わっていた。

越前府中《ふちゅう》城の炊飯場で下女働きをはじめた於くらは、台所頭《がしら》から「殿のために時水を汲んでこい」と夜も明けぬうちに飯場から追いだされたのだった。

山麓の村の者たちには、泉は雪に埋もれていまは見つけにくいから、やめておけと忠告されたが、新しい殿のために汲んでいくのだと言うと、同情する顔になった。

「あんたも不運じゃなあ」

「大野《おおの》の生まれゆえ、雪山には慣れてますだ」

小さな胸を張って、於くらは揚々と山へ入った。

越前府中城には、去年新しく堀尾吉晴《ほりおよしはる》という殿さまが入ったばかりである。織田《おだ》家、豊臣《とよとみ》家、徳川《とくがわ》家と渡り歩いた老齢の士《つわもの》という噂《うわさ》だった。於くらは姿を見たことがないが、きっと六尺（約一八〇センチメートル）の堂々たる体軀《たいく》、鬼のように厳しい人なのだろう。若水を汲んでいかねば御咎《おとが》めを受けるやもしれない。

しかし於くらの胸は木立に射しこむ初日《はつひ》のようにすがすがしかった。見たこともない鬼のような殿さまよりも、意地悪をする台所頭たちのほうがよほど恐ろしいから、台所から一時でも外の世界に出られ、解放感に満ちていた。

早足で雪を漕いでいけば、小唄が口をつく。

「〽五箇《ごか》に生まれて紙漉《す》き習《なろ》うて　横座《よこざ》弁慶《べんけい》で人廻《まわ》す」

切りたった岩肌の足元から、湯気があがっている。地下から湧く水は温かいから、雪が解けるのだ。あそこだ、と於くらは雪原を跳んでいった。岩の割れ目から、混じりけのない清水がこんこんと湧いていた。

背負った樽《たる》を降ろし、於くらは手を叩《たた》いて山神に祈りを捧《ささ》げた。

「山の神さん、御水をいただきます」

樽に水を汲んでいるとふたたび、どーん、と音が聞こえた。さきほどよりちかい。雪が崩れる音かと思ったが、そうではないらしい。

鉄砲の音だ。

山をねじろにする山造《やまつくり》たちの鳥撃ち猟だろうか。ここらでは元旦の殺生はしないと決まっているはずだ。

於くらが身を硬くしたときだった。

朝日を背に、崖上に影が現れた。

人影は崖から転がり落ちて、泉のちかくで雪に埋もれた。はじめは大きな猪《いのしし》かと思ったが、呻《うめ》き声が聞こえて人だとわかった。

「なんてこった。大丈夫《だんね》ですか」

樽を置いて、於くらは人影に走り寄った。左頬に深い刀傷のある、若い男だった。脚が折れているらしく、おかしな方向に曲がっている。肩を撃たれたらしく、雪は朱に染まっていった。

手早く手拭《てぬぐい》で止血をすると、男はすぐに意識を取り戻した。

「かたじけない……お主は」

「於くらと申します」

男は用心深くあたりに目を走らせる。己を撃った追っ手を警戒しているようだった。

「こんな山深くへ、水を汲みに来たのか」

「へえ」於くらは頷《うなず》く。「府中の殿さまの若水でございまする」

府中……と男は思案を巡らせやがて言った。

「堀尾さまか。城仕えの下人《げにん》か」

「へえ。これから御城へ戻ります」

「これは僥倖《ぎょうこう》」

男は蓑に手を突っこみ、油紙に巻かれたなにかを於くらの手に押しつけた。四角いそれは軽く、紙の束のように思われた。本かなにかだろうか。

男は於くらの手を握って、荒い声で言った。

「殿に届けておくれ。わかったな」

遠くで猟犬の吠え声が聞こえ、男が顔を険しくする。

「いいな、必ずだぞ」

辻風《つじかぜ》が吹いて雪が舞いあがり、男に降りかかる。男は折れた脚を引きずって歩きだした。

於くらは訳ありな背中を心細く見送ったが、追おうという気持ちにはなれなかった。男の丸めた背中はどこか、人を寄せつけない厳《いか》めしさがあったのだ。

台所頭の怒鳴り声を思いだし、於くらは包みを懐へ押しこんだ。遅れては折檻《せっかん》を受ける。清水が満ち満ちた樽を背負い、急いで大平山をおりはじめた。幸い、追っ手は来なかった。

雪に覆われた下界は茜《あかね》色に染まり、人々が起きだした里では、今日も腹を満たすべく炊飯の煙がぽつぽつあがりはじめている。

二　雑煮

京都から北へ三十里（約一二〇キロメートル）。北陸道《ほくりくどう》をくだってゆくと越前国府中城にいたる。

古くは越前朝倉氏の領国であり、約三十年まえに朝倉氏が滅ぼされてからは柴田勝家《しばたかついえ》が北ノ庄《きたのしょう》城に入城。柴田勝家が羽柴秀吉《はしばひでよし》に滅ぼされたのちは、堀秀政《ほりひでまさ》が治めるところとなる。その後は様々に城主が入れ替わり、昨慶長四年、海にちかい北ノ庄城に青木一矩《あおきかずのり》が、内陸側の府中城には堀尾吉晴が入った。

朝倉氏が滅ぼされてから越前はたびたび戦乱に巻きこまれ、大人たちは苦労したと当時を語る。しかし日《ひ》の本《もと》が一統され、太閤《たいこう》秀吉が亡くなったあとは三河《みかわ》の大殿、つまり徳川家康《いえやす》が天下を治め、泰平がくるのだと、於くらは聞かされていた。

これからは平穏無事の世になるという空気は、幼い於くらをのびやかに育てていった。

急いで府中城に戻ると、台所頭の次平《じへい》と台所衆がにやにやと於くらを出迎えた。

「そのへんの井戸で汲んできたんじゃあるまいな」

於くらは背筋を伸ばし、なるたけ明るくした。

「大平山に登りました。麓の御寺の御朱印も頂いて参りました」

夜中に起こされた住職は於くらに同情して、わざわざ御朱印を書いてくれたのだった。

次平たちは御朱印を面白くなさそうに眺め、樽を土間に運ぶように言った。

「あ、あの、本を渡されて」

預かった物を誰か士《さむらい》に渡したくてまごついていると、庖丁《ほうちよう》役の惣五郎《そうごろう》に思いきり尻を蹴られた。

「ちぇ、折檻してやろうと思ったのによ。はやく火を熾《おこ》せ！」

すこしでも遅れるとこんどは擂粉木《すりこぎ》で殴られるので、於くらは涙目で竈《かまど》に向かう。愛想笑いもすぐに消えてしまった。

なぜ台所衆にいたぶられるのか、於くらにはわからない。越前国でも山深い大野郡から出てきた田舎娘《いなか》で、どんくさいからかもしれない。朝倉家に仕えた元土豪の庄屋から紹介を受けた、というのも気に食わないらしいし、そもそも女が台所に入るのを嫌う者もおおい。各家での「おさんどん」と、城の台所での「御役目」はまったく違うものと考えられているからだ。

府中城は二重堀に囲まれた平城《ひらじろ》で、南北百間《けん》（約一八〇メートル）東西五十五間（約一〇〇メートル）にわたって土塀に囲まれていた。殿さまが執務する主殿のほか昼の御座所《ござしょ》、寝所《しんじょ》などの建物が連なり、南側には庭園と馬場がある。

台所は北東の一角にあり、いつも陽が射さず寒かった。

八畳の板間と二畳の土間が、台所である。ここで殿さまの召しあがる正月料理が作られる。台所衆は於くらを入れて五人。於くら以外はみな半士半農の者である。十二月の三十日から猪や鶴、鴨などが運びこまれ、大晦日には正月飾りとして、手懸《てがけ》（大盛りにした姫飯《ひめいい》）、橙《だいだい》、昆布、小餅、柑子《こうじ》、勝栗を膳《ぜん》に盛りつけて大広間の床の間に捧げた。

於くらたち台所衆は、目まぐるしく働いた。まず一の膳の雑煮《ぞうに》づくりにとりかかる。

「ぼさっとするな」

尻を次平に蹴られながら、竹筒で火を吹き、薪《まき》を入れる。煙に巻かれ、顔が熱い。

くらくらと煮たつ鍋に、次平が鰹節《かつおぶし》を入れ、味噌《みそ》を溶く。四角に切った大根を湯どおし、朱塗《しゅぬ》りの椀《わん》に盛る。大根の上に焼かない角餅を載せ、煎海鼠《いりこ》すなわち干なまこと蕪《かぶら》を添える。最後に味噌汁を注いで、鰹の削り節を載せれば、汁の上で鰹節が躍った。

越前雑煮のできあがりである。於くらの家では餅は小さく、鰹節などもちろんなかったし、蕪はしなびていたが、料理上手の母は、里芋《さといも》を梅の花の形に切って、椀に一足はやい春を感じさせたものだった。

すでに鶴の蒸し物や越前蟹《がに》の羹《あつもの》などが椀に盛られ、毒見役が検分している。於くらの若水は唐物《からもの》の井戸茶碗に注がれ、加賀《かが》の金箔が浮かべられた。

毒見役はさまざまな訓練を経ているから、混じり物があればすぐに判《わか》る。このときがもっとも緊張に包まれる瞬間である。

毒見役が頷く。台所衆はほっと息を吐いた。

すぐに膳を小姓《こしょう》たちが運んでゆく。

一の膳は口取りの若水、大根の汁物、魚の青なます、そして雑煮。

二の膳は雁《かり》の汁と塩辛、刺身、越前蟹の羹。

三の膳は鶴の蒸し物、餅菓子など。

武家のもっとも豪華な食膳が、正月元旦の祝い膳であった。各大名家、大身《たいしん》の武士たちが、山海の贄《ぜい》を尽くした品物を口に運ぶ。また、雑煮は各地の特産物を載せるのが常であった。干なまこと干鮑《あわび》、そして近隣国へも運ばれる越前蟹が府中城ならではの料理である。

そこで於くらは、はたと気づいた。

堀尾吉晴という殿さまは、どこのお生まれなのかと。

地域によって雑煮は違うことがないのだろうかと。母は京では白味噌の雑煮があると言っていたし、地域によって味噌が違えば、具材も違うのではないだろうか。

しかし次平に問えばまた蹴られるだけなので、於くらは黙っていた。

これで正月朔日《ついたち》の支度はすべて済んだ。台所衆は放心したように板間に腰をおろす。別の鍋で作られた雑煮を、台所衆のぶんだけ椀によそう。次平や惣五郎の椀に具をたっぷりよそえば、最後には餅は小指の先ほど、蕪の切れ端しか残らなかった。

腹が悲しげな音をたてて、ひもじさに目が潤む。必死にこらえる。

府中城に奉公が決まったとき、集落は総出で送りだしてくれた。於くらが食うものに困らない、といちばん喜んでくれたのは母だった。木綿《もめん》の小梅柄の布を染めて、手拭と巾着をこしらえてくれた。

城に勤めるのは名誉なことだった。於くらはいまもそれを信じているが、大の男に殴られ蹴られる御役目だとは、誰も教えてくれなかった。

母が縫ってくれた小梅柄の手拭を握ろうとして、大平山で男の止血に使ってしまったことを思い出し、肩を落とす。雑煮をのろのろ食べていると、こんどは惣五郎に小突かれた。

おかあちゃんの作ったおやきが食べたいな、と思った。

蕎麦粉に山芋を細かく擂って囲炉裏の火で焼くと、ふんわりもっちりとしたおやきができる。おやきを作るのは母か於くらの役目だった。母のあかぎれだらけの手がつくろいものをし、父の太い指が藁縄《わらなわ》を綯《な》う。その手や手へおやきを渡す。

暮れには村で餅つきをして、於くらの作ったおやきをみんなが食べてくれた。

「……………」

そのとき、小姓頭の梅若《うめわか》が青い顔をして台所に走りこんできた。

「殿は、雑煮をお気に召さなかったようじゃ」

台所衆に緊張が走る。

梅若が息せききって話したところでは、殿さまは雑煮の椀を手にとったとき、しばらくまじまじと椀に目を落とし、ため息をついたのだという。

台所頭の次平は青ざめ、梅若に問う。

「殿さまは一体なにが気に食わなかったんだ」

怒って問《と》い質《ただ》すなどされれば、理由もわかろう。だが、ため息ひとつ。まあ仕方ないか、と諦めたのだろう。しかし明日二日は殿さまの尾張《おわり》時代からの腹心を招いての饗応《きょうおう》、垸《おう》飯《ばん》がある。

お気に召さなかったものを二日つづけて出すなど、愚の骨頂である。

次平は頭を抱え、珍しく気弱な声を出した。

「餅が小さかったのかもしれない。一晩考えらあ」

重苦しい空気のまま膳を片づけ、夕方、台所衆は休みをとった。ひと眠りして夜中に起き、明日の飯の支度をはじめるのである。常はそれぞれの家から通っているが、仕事のおおい正月は泊まりこみとなる。みな疲れ切った体を動かし、板間へ横になった。

於くらは眠るわけにはいかない。やることはたくさんある。

薄寒い土間に水を撒《ま》いて手がかじかむまで磨き、竈の灰を掻《か》きだす。漆器も磨かなくてはならない。ほかの四人の鼾《いびき》を聞きながら、板間に座ってうずたかく膳と椀を積みあげ、ひとつずつ布で擦《こす》っていると、廊下がみしりと鳴った。

於くらが振りかえると、手燭《てしょく》の明かりが揺れ、影が動いた。

影のほうも起きている者がいるとは思わなかったらしく、しばらく棒立ちになっていた。手燭《てしょく》が動いた。髷《まげ》を解いて後ろで結んだ、小袖《こそで》姿の初老の男が恐る恐る板間に入ってきた。潜めた声が、遠慮がちに問う。

「だ、誰じゃ」

勘定方《かんじょうがた》の士《さむらい》だろうか、と於くらは思った。勤めだしてまだ二月《ふたつき》だから、城仕えの顔を全員知っているわけではない。

「於くらと申しますだ」

於くらの声を聞いて、手燭がまた揺れる。安堵《あんど》の息を吐いたらしい。

「女子《おなご》か。油舐《あぶらな》めの妖《あやか》しかと思うた」

面白いことを言う男だ、とすこし安心した。

「どうなすったのです、こんな夜更けに」

「いや」男は垂れ髪を掻いた。「つまむ物があったらと思うて来てみたのだが……」

「お腹《なか》が空かれましたか」

男は恥ずかしそうに微笑《ほほえ》んで、頷いた。

不寝番の者に握り飯をこさえてやることもあったので、慣れたものである。正月はとくに昼の一食しかないから、夜になると腹も減る。

「正月だから米を炊いてないんですだ。蕎麦粉しかないなあ」

男は足音を忍ばせ、於くらの隣へやってきた。

身の丈は五尺（約一五〇センチメートル）たらず、やや小柄である。面長《おもなが》で頬骨と顎がごつごつと突きでてつぶらな目が並んでいる。歳《とし》は六十はいっていないように見えた。髪はごま塩で、月代《さかやき》を剃《そ》った額は薄く後退している。

男は小首をかしげて見せる。栗鼠《りす》が餌をねだるような姿に見えた。

「於くらさんや。蕎麦粉でなにかこしらえてくれんかのう……なあに簡単なものでよいのじゃ」

じつを言うと於くらも腹が減っていた。朝から山に登って、雑煮ともいえない味噌汁一杯で、腹がしくしく鳴っている。勝手に蕎麦粉を使えばまた叱られるだろうが、士に頼まれて使ったのなら、台所頭の次平もやむなく許すだろう。

「ようござんす！」

男の顔がぱっと輝いた。

「かたじけない。わしは茂助《もすけ》と申す」

於くらは大鉢に蕎麦粉を振って水で練りはじめた。昼間食べたくなったおやきを作ろうと思ったのだ。手ばやくできるし、腹も満ちる。皮がついたまま山芋を擂りおろし、すり鉢で擂りはじめると、茂助が覗きこんできた。

「わしがやろうか」

「でも、御士《おさむらい》さまにやらせては……」

「なあに、力には自信がある」

茂助は小袖の腕をまくった。つきだした腕は思いのほか太く、古い矢傷や刀傷があった。年相応に修羅場をくぐってきたのであろう。もしかしたら大身の武士かもしれない、と緊張してきた。

「では……お願いいたします」

茂助が山芋を擂るのを見ていると、どうにも力ばかりで遅い。ついつい声が出た。

「ああ、あの、空気をたくさん入れるようにお願いいたします」

「うむ。案外難しいのう」

「貸してくださいませ」

ためしに於くらがすり鉢を受けとり、手ばやく泡だてるように擂粉木を動かすと、空気を取りこんで、白い粘り気のある山芋がむくむくと膨らんできた。

「面白い、まじないのようじゃ」

茂助が歓声をあげて、慌てて二人で台所衆を顧みるが、鼾が途切れる様子はない。

膨らんだ山芋に蕎麦粉を混ぜて手早く練る。ここで泡を潰《つぶ》すとふんわりとはならない。できた生地を小判形に整え、筍皮《たけのこがわ》で包んで囲炉裏の熾火《おきび》に埋めた。

「まだかの」

「すぐに焼きあがります」

頃あいを見計らって炭をどかし、筍皮を開けば湯気がたった。茂助がうっとりとため息をつく。

「ささ、はよう食おう。於くらどのも一緒に」

「御言葉に甘えまして、ではいただきます」

できたてのおやきを割って口に含めば、蕎麦の香りが鼻孔をくすぐる。ほのかな甘みすらあって、体のなかからあたたかくなり、於くらはじたばたと足を動かした。

茂助が頬を押さえ、満面の笑みで口を動かす。

「ふんわりと柔らかい。このようなおやきははじめてじゃ。むかし賜《たまわ》った南蛮菓子のようじゃ。あれはもっと甘かったが」

「南蛮には甘いおやきがあるのですか」

布教に日の本を訪れるという南蛮人を、於くらは見たことがない。赤い髪に青い目をして、非常に背が高いらしい、ということしか知らなかった。

「蕎麦粉でのうて、小麦粉でできた菓子じゃった。きつね色して、このようにふわっと柔らかく、砂糖がいっとう甘《あも》うて……うまかった」

南蛮菓子を語る茂助の目は、熱っぽく遠くを見つめている。さとうきびから作る黒砂糖は琉球《りゅうきゅう》や薩摩国《さつまのくに》から、白砂糖は南蛮渡来で、どちらも高価な代物だ。於くらのような下女がおいそれと食べられるものではない。

そうだ、と於くらは懐から油紙の包みを取りだし、今朝起きたことを説明した。

「これを、殿さまに御渡しいただけないでしょうか」

茂助は油紙を開いて中を検《あらた》めた。和綴《わと》じの本で、於くらは文字が読めないから、茂助が顔つきを厳しくするそれだけで、重要なものなのだろうと推測した。

茂助はしばらく本の頁を繰って、懐に納めた。

「承知した。必ず殿に渡そう」

「ああよかった！　ずっと気がかりだったのです」

三つずつ争うように食べ、二つずつ懐に入れた。全部持ち帰っていいと言ったが、茂助は等分するといって聞かなかった。

頬を染め、茂助は満面の笑みを浮かべた。

「これで眠れそうじゃ。於くらどのの御蔭《おかげ》じゃよ。先日越前に入ったばかりでのう、知己《ちき》もおらず淋しい思いじゃったが、於くらどのは越前ではじめての知己じゃ」

大の男にそんなふうに言われて、頬が熱くなる。動揺を悟られまいと早口で問うた。

「茂助さんは、どちらのお生まれなのですか」

茂助は頷いた。

「殿とおなじ尾張じゃ。といっても長いこと帰ってないのう。丹波《たんば》、若狭《わかさ》、浜松《はままつ》、殿についてあちこち行った」

殿さまとおなじ国の出なのか。ならば茂助に聞けば雑煮の謎がわかるかもしれない、と於くらは訊《き》いた。

「尾張の雑煮はどんな雑煮なのですか」

突然問われて、茂助は不思議そうな顔をしていたが、こう答える。

「尾張ではすまし汁の雑煮だが、田舎だと赤味噌を使うところもあるな。里芋がごろごろ入っていて美味いんじゃ。大昔に食うたのう。なつかしい」

「赤味噌……」

おそらく殿は田舎仕立ての赤味噌雑煮を思いかえしたのではないか。しかし台所には赤味噌はない。自分で買い求めるような銭などあるはずがないし、そもそも勝手なことは許されていない。

「赤味噌がいかがしたかな」

殿さまが雑煮に落胆した話を聞かせると、茂助は胸を叩いた。

「そうか。なればわしが赤味噌を手配しよう。なにせわしは殿の股肱《ここう》の臣《しん》だからな」

「お願いできますか。次平さんたちの首が飛んでしまいます」

それくらいで殿は首を刎《は》ねはせんよ、と茂助は笑う。

「そろそろ眠られるがよかろう。明日も早いのだろう？」

手燭が揺れ、茂助は帰っていった。於くらは手燭の明かりが角を曲がって見えなくなるまで見送り、後片づけをして、すっかり冷えた板間の隅に丸くなった。

満たされた腹はなおあたたかく、眠りはすぐに於くらを連れ去っていった。


惣五郎の頓狂《とんきょう》な声で、於くらは目を覚ました。

台所の前の軒先に、味噌俵が積まれていたというのである。殿さまがこれで今日の垸飯《おうばん》振舞《ぶるまい》の雑煮を作ってくれと持ってきたそうだ。開ければ赤茶色の味噌が詰まっていた。越前の味噌よりずっと色が濃い。

次平は腕を組んで唸《うな》っていた。

「お、おれはやはり殿さまが、故郷の味噌が恋しいのだと思っておったわ」

肩の荷がおりてほっとしたのもつかの間、新年の挨拶に来る家臣三十人ばかりの料理を作るため、台所は朝日も昇らぬうちから戦場《いくさば》のようになった。於くらも惣五郎に尻を蹴られつつ、懸命に火を熾《おこ》したり、水を汲んだりした。

赤味噌の雑煮ができあがり、梅若たちが運んでゆく。台所衆は無言で送りだした。しばらくして梅若が両手で丸を作って顔を覗かせた。首の皮一枚繋《つな》がった思いで、みな安堵の息を吐いた。

殿さまと家臣たちは「これは懐かしい尾張の赤味噌にございまするな」と大変満足した様子だったという。こっそりおかきをわけてくれた梅若が教えてくれた。梅若には於くらとおなじ歳の妹がいるそうで、なにかと気を配ってくれる。

「殿は『仏の茂助』の異名のとおり、にこにこと笑っておられた。わしもよい主《あるじ》に仕えることができて幸せじゃ」

「仏の茂助、ですか？」

「そうじゃ。織田さま、豊臣さま、徳川さまと三人の天下人《てんかびと》に仕えた古豪よ」

梅若が嬉《うれ》しそうにするのを横目で見つつ、於くらは、やはり茂助は——と思った。

三　かすてぼうろ

正月も十五日の小正月を終えると、城はようやく落ち着きを取り戻した。台所衆も夜はそれぞれの家に帰ることを許された。が、於くらは別である。故郷の大野は十二里（約四八キロメートル）も離れていて歩けば一日がかりであるから、城に寝泊まりしている。奉公に出て一度も故郷に帰ったことはない。夜は人のいなくなった台所の板間で、次平たちの繕い物をしたり、明日の朝の仕こみをして過ごした。

昼間湯気がたちこめていた台所は、於くら一人になるとがらんとして、心細い。

その夜も一人で、明日の出汁《だし》をとるため鰹節を懸命に削っていた。

「於くらどの」

気づくと、茂助が手燭を手に立っていた。前見たときと異なり、直垂《ひたたれ》に侍《さむらい》烏帽子《えぼし》姿の正装で、刀を佩《は》いていた。

「北ノ庄城に行って参った」

府中からは五里、酒が入っているらしく、突きでた頬がほんのり染まっている。

於くらは鰹節を置いて平伏した。

「先日は御無礼をいたしました」於くらは驚いた表情の茂助を見あげた。「茂助さまは、御殿さまでございますか」

茂助は口ごもり、人気《ひとけ》のない台所へ目を彷徨《さまよ》わせた。

「さすがにばれてしもうたか」

堀尾吉晴、通名茂助。去年北ノ庄城に移封となった元府中城主青木一矩の後継として入ってきた「新しい殿さま」であった。

堀尾吉晴は月代の剃りあがった頭を掻き、改まった口調になった。

「今晩参ったのは、とある南蛮菓子を、作ってほしいのじゃ。御国のために」

「南蛮菓子を？」

国のためとはただごとではない。

吉晴は熾火の残る囲炉裏端に胡坐《あぐら》をかき、話しはじめた。

「於くらどのは、大戦《おおいく》さが起きそうなことを知っておるか？」

於くらは首を振る。正月に戦さがないよう山の神に祈ったばかりだというのに。

吉晴の言うことには太閤秀吉が死したあと、豊臣旧臣の西国方と、徳川家康を支持する東国方で国は二分され、いつ戦さが起きてもおかしくないという。越前はちょうど西国と東国の境目にあり、西軍と東軍どちらにつくか、迷う者もおおいのだと。

「殿さまは、どちらにつくのでございますか」

於くらの素朴な問いに、吉晴が口ごもる。そんな重大なことを台所衆に話すはずがないと、於くらは青くなって頭をさげた。

「で、出すぎたことをお聞きしました。すまへなんだ」

吉晴はやがて意を決したように口を開いた。

「於くらどのは口が堅いか。わしは府中に来たばかりゆえ、台所衆はいまだ信用ならぬ。だからこそ於くらどのに頼みたいのじゃ」

不安が胸をよぎったが、吉晴の険しい表情に圧《お》され、於くらは頷いていた。もしかしたら給金をはずんでもらえるかもしれず、貧しい実家にすこしでも楽をさせてやりたいとも思った。なにより於くらにとっても、府中ではじめての友、それが吉晴だった。役に立ちたい、と思った。

「わかりました」

吉晴の声は潜められていたが、それまでより太く、はりのあるものになった。

「わしは秀吉さまが足軽大将じゃったころからの臣じゃ。豊臣家に大恩《だいおん》ある身じゃが、この府中の隠居領も家康さまに頂いたもの。隠居領とはいえ、越前敦賀《つるが》城の大谷吉継《おおたによしつぐ》どのの抑えを期待されての移封じゃ」

言っていることはよくわからなかったが、於くらは精一杯、吉晴が正しいことをしようとしているのだと理解した。

「へ、へえ……」

気圧《けお》された様子の於くらを見て、吉晴は眉をさげて笑った。台所につまみ食いをしに現れる「茂助老人」の顔に戻る。

「大谷どのを抑えるには、北ノ庄城の青木どのと足並みを揃《そろ》えることが肝要じゃ。これはわかるかな？」

かつては柴田勝家が入ったという北ノ庄城は、府中より北に五里。敦賀城は南へ十里。たった五里のあいだで堀尾と青木が対立していては、敵には対抗できないであろう。それは於くらにもなんとなくわかった。

「へえ、わかりますだ」

「好《よ》し。今夜青木どのに招かれたのも、その話じゃ。つぎはわしが青木どのを府中に招いてもてなす約束をした。青木どのは秀吉さまの従兄弟《いとこ》。おなじく豊臣家に大恩あり、西軍東軍どちらに属すか態度を決めかねている。その青木どのに、決心して頂きたいんじゃ」

吉晴は一呼吸おいて、言った。

「作ってほしいのは南蛮菓子の『かすてぼうろ』じゃ」

「かすて、ぼうろ……」

南蛮菓子でどうやって青木一矩を説得するのだろう。無類の甘党だとでもいうのだろうか。それとも菓子の下に小判でも敷き詰めて渡すのだろうか。

「わしはかねてから考えており、『かすてぼうろ』の製法《れしぴ》が書かれた『南蛮料理書』なるものの写しをひそかに取り寄せさせたのだが、青木どのに密書と思われ追われてしまった」

「あ、若水取りの……」

正月の若水取りで於くらが男から受けとった和綴じの本が『南蛮料理書』の写しだったのだ。追っていたのは青木方であったのだ。

吉晴は相好《そうごう》を崩してつづける。

「よく届けてくれたの。命のかかった大仕事じゃった。大儀であった。届けてくれた男は無事じゃと連絡もあった」吉晴は頷く。「あれを於くらどのが手に入れたのも、この役目を於くらどのに頼もうと思うたきっかけじゃ。これは内議のことゆえ、青木どのも忍んで来られる。城の者に知られたくない」

台所衆などには余計知られたくないだろう。

「やってくれるか、於くらどの。なんでも褒美をとらせるぞ」

刀傷の残るぶ厚い手が、於くらの小さな手を取る。ささくれだった働き者の手だ、と思い心臓が早鐘を打った。

早口で於くらは言った。

「お願いがございます、ひとつ」

翌朝から台所衆の態度が一変した。

於くらが吉晴に頼んだのは、次平たち台所衆が自分を虐《いじ》めないよう言ってくれ、というものである。

すり鉢で胡麻を擂っていると、台所頭の次平がちか寄って来て、すり鉢を取りあげてしまう。

「於くら、さん。そんなことはしなくてよろしいですよ」

「へっ、なぜですか」

次平は愛想笑いをしつつ、すり鉢を後ろ手に隠し、後ずさった。

「於くらさんは、殿の御手つきなんですから……へへ、御無礼をいたしやした」

庖丁役の惣五郎たちも揉み手をしだしそうな媚《こ》びた笑みを浮かべ、於くらを板間に座らせ、茶を淹《い》れて持って来る始末である。

「へへ、御殿さまに、よろしく御伝えくだされ」

なにが違って伝わったのか、於くらは吉晴の手つきの妾《めかけ》と思われているらしい。

「わ、わたしは殿とそういう仲ではないです、こんなちんちくりんに殿さまが手を出すわけないでしょう」

真っ赤になった於くらが必死に主張しても、次平と惣五郎は顔を見あわせるばかりだ。

「正月の晩、猪爺《いのじい》が便所に起きたとき、手燭片手に台所に忍んで来る士を見たって言ってた。あれが堀尾の御殿さまなんでしょう」

噂は、城仕えの者たちのあいだに一日のうちに広まってしまった。吉晴が青木一矩を饗応するのをほかの者に知らせたくない理由がわかった。西軍につくか、東軍につくか、という大事が万一城内の者に漏れては、大変なことになる。

その夜、於くらは城の主殿に呼ばれた。これでは噂をより強固にするではないかとやきもきしつつ、畳敷きの八畳間にあがった。真新しい畳の匂いが鼻をくすぐった。

吉晴は一人の小姓とともに、例の和綴じの本を見ているところだった。

「於くらどの、青木どのの饗宴にはこれを作ってほしいのじゃ」

小姓に手渡された本の頁を見る。仮名と漢字まじりの文字に、於くらは視線を彷徨わせ、手を振った。

「わたしは字が読めないので……」

小姓が代わりに読んでくれた。於くらよりすこし年上、十四、五歳ほどで、切れあがった目が鋭くちか寄りがたい印象である。

「『かすてぼうろ。卵十個に、砂糖百六十匁《もんめ》（約六〇〇グラム）、小麦粉百六十匁を加えてこの三種をこねる。鍋に紙を敷いて粉をふり、こねたものを入れ、鍋の上下に火を置いて焼く。口伝《くでん》がある』」

吉晴は説明してくれた。

「かすていら、とも言う菓子でな。大昔、織田の大殿（織田信長《のぶなが》）に賜ったことがある。色はなんともほのぼのとした黄色で、上下は焼き色がついており、あのおやきのようにふわふわした口あたりで、細かい穴が開いておった。できるかの？」

問われて、できませんと答えられる相手ではない。於くらが無言で頷くと、吉晴は穏やかな笑みを浮かべた。

「銭はこちらの前場《ぜんば》三郎《さぶろう》に持たせるゆえ。材料を整えて準備にかかられたい。青木どのを招くのは五日後じゃ。於くらどのならきっとできる。な、気張りなされ」

於くらは頭をさげたが、胸の内は不安でいっぱいだった。庖丁も満足に握らせてもらえないようなただの下女に、南蛮菓子など作れるのだろうか。

さっそく小姓の前場三郎とともに、於くらは府中の市《いち》へでかけた。小麦粉と鶏卵、砂糖を買い求めたが、このころまだ常食されていない鶏卵を二十個、砂糖を二百匁（約七五〇グラム）も買うというので驚かれた。

帰り道、三郎は他人事《ひとごと》のように呟《つぶや》いた。

「殿も無理難題を。できなかったらどうなさるおつもりか」

「ど、どうなるのです」

於くらの問いに、三郎は手刀をチョンと首に当てる。

「ひえっ」

「私も御仕えしたばかりだから、殿の御気性を詳しくは知らぬ。仏の茂助と呼ばれているらしいから、まあ女子《おなご》を斬ることはあるまいよ。台所衆なら斬るかもしれんが。それを恐れて女子を見繕ったのだろうな」

どうやら三郎は、梅若のような者とは違い、下女ごときがどうなろうと知ったことではない、というふうであった。

「お、おっかねえ……」

根雪を踏んで帰り、夕餉《ゆうげ》の膳がさげられ、台所衆が帰ったあと、於くらは三郎とともに「かすてぼうろ」づくりにとりかかった。

小麦を笊で振るって目を細かくし、卵を溶いて入れる。砂糖はもったいないので、練習では入れなかった。生地を平鍋に入れて焼くと、べったりとした卵焼きのようなものができた。半分は卵だから当然といえば当然だった。

三郎は肩を竦《すく》めた。

「ふわふわした、とはほど遠いな。これでは」

於くらは唸って考える。

「口伝があると書いてありましたよね。それがふわふわとさせる秘伝なのではないですか」

なるほど、と三郎も同意した。

「近江《おうみ》か京へ行けば、詳しい菓子屋がありそうだが、暇も銭もないな」

「どうしたらいいのでしょう」

「殿が『おやき』のことを言っていたのは、どういうことだ」

「なあんだ。三郎さまはお腹が空いたんですか」

三郎は仏頂面で首を振った。

「おやき、にふわふわさせる秘訣《ひけつ》があるのではないか。殿に作ったというものを、ここで再現して見せよ」

素直な於くらは、吉晴に作ったとおりにおやきをこしらえた。すり鉢で山芋を擂りおろしていると、三郎が覗きこんで言った。

「おや空気が入って粒になっている。ふうん、それで」

「三郎さま？」

できあがったおやきを割って、三郎は口に運ぶでもなくぶつぶつと言う。

「空気を入れて焼くと、空気が抜けて穴が開いた状態になる。殿が仰《おつしや》っていたのは、泡立てたなにかを小麦粉に混ぜて焼いたのでは？」

於くらは三郎の言うことをなんとなく理解した。小麦粉は泡立てられないから、卵ではないかと考えた。

「卵を泡立ててみましょうか」

「卵が泡立つのか？」

「さあ……とにかくやってみましょう！」

考えるのは得意ではないから、於くらは手を動かした。ひとつ卵をすり鉢に落として手ばやくかき混ぜればたしかに泡はいくらか立つが、山芋のようにむくむく膨らむというにはほど遠い。

「ううん、うまくいかないなあ。膨らし粉のようなものを入れるのでしょうか」

「しかし『南蛮料理書』には膨らし粉が要るとは書いていなかったぞ」

三郎はすり鉢に顔を近づけ、睨《にら》みつけながらまたも呟いた。

「泡立つのは黄身なのか？　白身なのか？　わけてみるか……於くら、ちと白身と黄身をわけてみよ」

三郎の言っていることはよくわからなかったが、言われるがままに黄身と白身を分けて別々の器に入れる。まず黄身を擂粉木でかき混ぜたが、いくら手を動かしても泡立ちはしなかった。

「ふうむ。では白身を混ぜてみよう」

わずかに粘り気のある白身は、山芋に似ているなと思いながら、擂粉木を動かすと、しだいに泡立ってきた。しかし泡の粒はかきまぜるそばから消えていってしまう。囲炉裏端で於くらはじたばたした。

「ああっ、どんどん消えていってしまいます」

すり鉢を押さえていた三郎も慌てて、あたりに目を走らせた。

「熱があるとまずいのか……どうする」

「どこへ行かれるのです、三郎さまっ」

すり鉢を抱えて、三郎は土間から外へ出てゆく。どこへ向かうのかと思い後を追うと、雪中にすり鉢はあった。三郎はいつになく真剣な顔をして、形のいい眉を吊《つ》りあげて言った。

「擂粉木を貸せ」

芋を擂りおろす動作よりも速く、なんども擂粉木を動かしてかき混ぜれば、卵が泡立ってきた。透明だった液体が、山芋のように白い滑らかなものになり、嵩《かさ》がましてくる。

「わあっ、三郎さま。どんなまじないを」

三郎が擂粉木を離すと、白い角《つの》が立った。

「まじないではない。囲炉裏端で泡立てたときは、泡が消えてしまうから、温めるとよくないのだと思うた。それで冷やしたらいいのではないかと思うたまでのこと」

◎これは卵白を泡立てたもの（メレンゲ）で、メレンゲという菓子自体はヨーロッパでも十七世紀ごろに発明されていた。が、卵白を泡立てる調理法はかすてぼうろなど、メレンゲの発明以前に利用されていた。卵白を攪拌《かくはん》することで、たんぱく質の層に空気を取りこみ、そこに砂糖を加えると砂糖の粒が水分を吸着し、いわゆる「角が立つ」、安定した状態となる。小麦粉と混ぜあわせて焼くと、空気が抜けて、ふわふわとしたスポンジケーキ地になる。


赤らんだ鼻を擦って、三郎は白い息を雪中に吐いた。

「これに小麦粉を混ぜて生地とし、焼けば、小穴の開いたものになるはずだ」

雪中のすり鉢を覗きこめば、純白で柔らかそうだ。これが透明の白身だったとは思えない。すくって舐めてみると、口のなかで溶けて消えた。これだ、と思った。

「三郎さま、ありがとうございます！」

於くらが三郎の手を取ると、三郎はひるんだように後ずさった。鼻の赤みが頰にまでひろがった。

「青木どのとの会談は大戦さの趨勢《すうせい》を決めるものとなる。とうぜんのことをしたまで」

その晩、於くらはすり鉢を抱いて寝た。夢のなかで於くらは見たこともない徳川さまの御前で卵をむくむくと膨らませ、かすてぼうろを振舞って徳川さまの頰っぺたを落としていた。それが違った形で現実になることを、このときの於くらはまだ知らず、夢の中でひとときの幸せを噛《か》みしめていた。

屋根から雪がどさりと落ちる音で目を開くと、江戸《えど》城の大広間は消え去り、外では唸るように風が鳴っている。越前の寒気に於くらは身を震わせ、顔を洗って手指を清め、襷《たすき》がけをして土間に立った。つぎつぎと台所衆が登城して、台所は喧噪《けんそう》に包まれる。湯気のたつ鍋、釜から漏れる飯の甘い匂い、薪のはぜる音。台所衆たちの動かす庖丁の調子。

ここがわたしの戦場《いくさば》だ、と全身に力を漲《みなぎ》らせる。十畳の、日の本一狭い戦場だ。朝餉の支度をひとしきり終えたころ、三郎がやってきて、二人でかすてぼうろ作りにとりかかった。

泡立てた卵白に卵黄と砂糖をすこしずつ入れ、さらに手早く混ぜて小麦粉を加えてゆく。生地ができあがった。最初に作ったものよりも空気の粒がまんべんなく入って、嵩《かさ》がましている。

「こ、これを焼きます」

平鍋に油を塗って、薄黄色の生地を垂らしこめばふつふつと泡がたって、甘い匂いが漂う。

三郎が鼻を動かして言った。

「なんともよい匂いだ」

甘い匂いに誘われ、なにをしているのかと台所衆も鍋の周りに集まった。惣五郎が囃《はや》したてる。

「それっ頃あいだ、裏がえせ」

裏がえすと、きつね色に焼けた表面が現れた。

「殿は上下が焦げ色になっていたと仰っておったぞ、どうする」

三郎の問いに、於くらはにっこりと笑った。これはかねてから考えがあった。

「火熨斗《ひのし》を使います」

熱したこてを上から押し当てれば、じゅう、と音がし、砂糖が熱せられて香ばしい匂いがたつ。

鍋がおおきすぎて平べったくなってしまったが、卵焼きのように鍋を狭く区切ってじっくり焼けば、より形がよくなろう、と於くらは思った。焦げ目をつけて、中に竹串を通し、生地がついていないのを確かめると、火から降ろす。

庖丁を入れると、卵焼きのようにふんわりと手ごたえがあった。切れ目を見ると黄金色に輝いて、泡が抜けたあとが海綿のようになっていた。

「で、できました……」

◎かすてぼうろ、またはかすていらは、ポルトガル語でボロ・デ・カステラという、「カスティリャ地方の菓子」という意味。『料理塩梅集』では「卵汁におふし粉を入、こね申候」とあり、「おふし粉」という膨らし粉のようなものを使うとされるが実体は不明。『餅菓子即席　手製集』では擂りおろした山芋を膨化剤がわりに用いる製法が伝わる。『古今名物御前菓子図式』上巻ではすり鉢で擂るという手法で卵白を泡立てる方法が書かれており、於くらと三郎が採ったのはこの方法となる。

あたたかいうちにみなに配る。最初は訝《いぶか》しげにしていた男たちも、甘い匂いに抗《あらが》いきれず口に運べば、ため息がいっせいに漏れた。

「あ、甘い……」

「なんだこれは。食ったことがないが美味《うめ》え」

未知の甘みが頬をゆるませ、焼き色をつけた部分のわずかな苦みが甘みをさらにひき立たせる。柔らかな舌触りが口のなかでとろけるように消えて、消えゆく味を追いかけ頬を押さえてしまう。

三郎も口を動かし、満足げに鼻を鳴らした。

「ふむ。ふわふわとした口ざわり。甘さ。これならば殿も御満足なされよう」

「三郎さまの御助力あってのこと、ありがとうございます」

於くらが笑いかけると、三郎はすこしはにかんだ。はじめて見た三郎の笑みだった。

「寒い中で卵を混ぜた甲斐《かい》があったというものよ」

於くらは、胸を張ってこう宣した。

「かすてぼうろ、できあがりにございます」

四　汐雲丹の茶漬け

その夜、於くらは青木一矩の到着をいまかいまかと待った。卵の泡立ては前もって準備しておけば泡がへたってしまうし、あたたかいものを差しあげたい。台所衆は誰かが来るということは悟っていたが、誰が来るのかは知らされていなかった。越前蟹の羹と、ふきのとうの味噌和《あ》えなど肴《さかな》を用意して、そわそわと待っている。

客が来たのは日暮れののちであった。梅若が小走りで台所に駆けこんできた。

「そらっ、持ってこいとの仰せだ」

冷えこみが厳しくなり、燗酒《かんざけ》が運ばれる。

膳を持っていく頃あいで、於くらは卵を泡立てはじめた。雪中ですり鉢に卵白を十個分落とし、さらに手早く泡立ててゆく。心をこめて懸命に擂粉木を動かす。於くらができるのは心をこめ、伝われ、と念じる。ただそれだけなのだ。

それはなにより大事なことなのだ、と於くらは思った。

ようやく卵白が白く濁り、泡立ちはじめた。卵黄と小麦粉、砂糖を加えてざっくりと混ぜあわせ、半分に区切った平鍋に入れて焼く。

惣五郎が声をかけてきた。

「火熨斗をかんかんにしといたぜ」

「ありがとうございます！」

みなでかすてぼうろを食ってから、台所衆の態度がほんのすこし変わってきた。

媚びへつらい避けていた男たちが、ぶっきらぼうながら手助けするようになってきた。

台所衆は細かいことは聞かない。殿さまが人に言えぬ客を招くことも多々あるし、それが誰かを問うことは台所衆には許されていない。於くらがなにか命じられて、南蛮菓子を作っているのを悟り、それを邪魔することはなかった。

梅若が戻って来て、台所頭の次平と話している。

「御客とは難しい話をしておられる。酒もぜんぜん進まぬ」

「会談は、日の本の大戦さの趨勢《すうせい》を決めるものとなる」と、三郎は言っていた。

吉晴の説得が、日の本の大戦さを動かすことになるやもしれぬと思えば、万が一にも、南蛮菓子で青木一矩の機嫌を損ねることがあってはならない。

於くらは焼きあがったかすてぼうろを器に盛り、火熨斗を小火鉢に入れて梅若に持ってもらった。座敷にあがることは、三郎を通じてあらかじめ許可をもらっていた。

次平が於くらの背を叩いた。

「背を伸ばせ。しゃんとしろ」

「は、はい」

梅若の先導で薄暗い廊下を歩み、ぼんやりと灯りが漏れる襖《ふすま》の前に来た。息を吸い入れ、吐く。手の震えが止まらなかった。梅若は無言で手を取って、さすってくれた。梅若の白く長い指が頬に触れ、於くらの丸い頬をつねる。

「ちんちくりん、笑顔を絶やすでない」

「はいっ」

襖が引かれる。於くらは膝をついて深々と頭《こうべ》を垂れた。吉晴の明るい声が聞こえた。

「面《おもて》をあげよ」

ゆっくり頭をあげると、高麗壺《こうらいつぼ》と水墨画が飾られた床の間を背に、直垂姿の吉晴が座っていた。その横にきっちりと髷を結った三郎が裃《かみしも》を身につけ、目を伏せている。

吉晴と相対して座っているのが青木一矩であった。長軀《ちょうく》を曲げ、脇息《きょうそく》に肘《ひじ》をついている。太い眉に細く切れあがった目は鋭く、鼻梁《びりょう》に古い刀傷があった。頼りない灯りでよくわからないが、すこし顔色が悪いように見える。吉晴とおなじ年ごろ、どちらも古士《ふるざむらい》といった趣で、身が竦む。抜身の刀を突きつけられるような凄《すご》みを二人から感じた。

この二人のあいだでたった一人、酌をする三郎はすごい胆力だと、感心する。

吉晴が相好を崩して明るい声を出した。

「堅苦しい話はすこしやめて、思い出話でもいたしましょうぞ」

三郎が目配せする。於くらは膝を進めて、かすてぼうろの載った皿を捧げ持った。

青木一矩は興味なさげに、鋭い視線だけを寄越す。

震える手で切りわけ、小火鉢から火熨斗を取りあげ、四角い上面に火熨斗を押しあてる。じゅっという音がし、甘く香ばしい匂いがたった。

吉晴の声がする。

「火熨斗を使って焼き色をつけるとは、なかなかの趣向じゃ」

穏やかな声が、於くらを勇気づけようとしているのが伝わってくる。息が胸に入ってきて、一気に視界が開けた。

青木一矩にも味わってもらいたい。この南蛮菓子を口に入れたときの、ほっと胸が落ち着くような安堵感を。

それが台所衆下人の自分の本分なのだ、と於くらは思った。

三郎が小皿を持ってきた。緑色の釉薬《ゆうやく》が半分かかった楽焼《らくやき》であった。かすてぼうろを載せ、紅生姜《べにしょうが》を添えて、上に金箔の切れ端を載せる。金箔は吉晴自らの指示だった。

「かすてぼうろに、ございまする」

三郎が皿を受けとり、一矩へ供する。喉の奥で笑う声がした。

「加賀の金箔を載せるとは」

吉晴が目を伏せてわずかに笑いを返す気配がある。

「我らとともに加賀前田《まえだ》どのがおられる、そういう意味にて」

「なるほど……」

楊枝《ようじ》でかすてぼうろを一口大に切り、一矩は口に運んだ。しばらく無言のときが流れ、於くらは気が遠くなる。口にあわなかったろうか、と手が震えた。

一言、呟く声がする。

「……むかし太閤さまの弟御の秀長《ひでなが》さまに、貰《もろ》うた味じゃ」

吉晴もかすてぼうろを口に入れ、ほう、と息を吐く。

「それは初耳でござりまするな」

一矩の口元が、わずかに緩んだ。

「賤ケ岳《しずがたけ》の合戦のころでありましょうか、南蛮僧に貰うたものだと、福島《ふくしま》、加藤《かとう》には内証じゃよ、と一切れ賜りました。こんな甘うて美味いものがあったのかと、仰天し申した。あのときとおなじ味がするわいのう」

一矩は皿に目を落とし、楊枝を置いた。

「楽焼は古田織部《ふるたおりべ》どののものにございまするな。徳川どのに親しくちかづいておると聞く」

吉晴は頷いた。盃《さかずき》を差しだせば、三郎が提《ひさげ》を傾け越前の清酒を注ぐ。

「流石《さすが》茶人としても名高い青木どの。左様にござる」

「旧恩を想い、新しき器に盛れ、と。古きを忘れず、新しき時流に乗れと、そういう思し召しにございますかな」

吉晴は盃を傾け、笑った。

「某《それがし》のような古士には、そこまでは。ただ青木どのにほっと一息、ついていただきたいと思うたまで」

一矩は残った切れ端を大きく口を開けて頬張った。吊りあがった目が細まり、頬が緩む。その様子を於くらは見ていた。

「甘いのう」

誰に聞かせるでもない忍び声を、於くらだけが聞いた。いま一矩の心の中でなにかが弾《はじ》けた、と感じた。

「そこの女子《おなご》、名はなんと言う」

青木一矩に問われ、しっかりと目をあわせて微笑んで見せた。一矩の心がどう動いたのかはわからない。だが自分の作ったもので人を動かしたことだけが、胸を熱くさせる。

「於くら、と申しまする」

於くらと梅若がさがると、襖の向こうから闊達《かったつ》な笑い声が聞こえてきた。梅若と顔を見あわせ、廊下の角を曲がったところで、二人は手を取ってぱたぱたと足を動かした。

「ようやった於くら。手柄じゃ」

「わたし、また手が震えてきました」

安堵の忍び笑いで互いを見やり、二人は小走りで湯気の立つ台所へ戻っていった。

話は明けがたまで続けられ、朝ぼらけのなか青木一矩は上機嫌で帰っていったと、三郎が教えてくれた。

「おそらく青木さまは東軍につく心を固められた。茶人である青木さまが茶を点《た》てて某《それがし》にもくださった。殿も喜んでおられたぞ」

二人は陽が昇り、屋根のつららから水滴が落ちてゆくのを見あげ、話をした。三郎はさすがに眠そうで、目をしょぼしょぼさせていた。

「お主はずっと下女のままでよいのか」

三郎の問いの意味がわからず首をかしげると、三郎は生あくびを噛み殺して言った。

「庖丁人になりたくはないのか、ということだ」

次平や惣五郎のような、正式な台所衆になる。それはまるで夢のような話だ。

「百姓の娘がなれますか?」

「……さあ知らぬ」

二日酔いぎみの殿に雲丹《うに》の塩漬けを載せた茶漬けを持っていく、と三郎は台所衆に作らせ、こう言い残して膳を持っていった。

「甘いもののあとは、塩辛いものが食いたくなるものだ」

土間には鍋がくらくらと湯を沸かす湯気が満ち、菜っ葉を切る音、鳥を絞めて羽根をむしる音、米を研ぐ音、さまざまな音でやかましい。於くらは火の番だけでなく、鳥の羽根をむしる係を次平から命じられた。庖丁人になれるかどうか、於くらにはわからない。ただ心をこめて作ったものが、食べる人に伝われば嬉しいと思う。

「さあ、今日も働きまする」

腕まくりをし、襷掛けをして、背を伸ばす。

五　昆布

春が来て雪が解け、短い夏になった。夏の終わりごろ、西軍と東軍の戦さは決定的となり、いつ、どこで起こるかということで、台所衆のあいだでももちきりとなった。

家康が西軍派の上杉《うえすぎ》氏を牽制しに会津《あいづ》征伐に向かうということで、吉晴も嫡男の忠氏《ただうじ》のいる遠江国《とおとうみのくに》の浜松まで出向くことが決まった。そのまま会津へと従軍するかもしれず、城は大忙しとなった。

夜、また吉晴が小腹が空いたとやってきて、麦飯を握って二人で食べた。

吉晴は口についた麦粒を取りながら、思いだしたように言った。

「青木どのは我が方、東軍についたぞ」

「誠ですか」

吉晴は於くらどのの御蔭だな、と笑う。

「青木どのは病に臥《ふ》せっており、出陣は見送られたらしいが」

「あのとき御顔の色が悪いように御見受けしました」

「うむ、わしも感じておった……長生きさせねばのう」

於くらは懐から昆布の干したのを出して、吉晴に渡した。今宵が過ぎれば吉晴は会津という遠い奥羽《おうう》の地へ往《い》くかもしれない。戦さの経験のない於くらは、吉晴ともう二度と会えないかもしれないと思うにつけ、胸が潰れそうに痛んだ。

身よりもない府中の地でできた、たった一人の友。

「道中お腹が空いたら、これを噛んでいれば、空腹も紛れまする」

本当は御守りでもこしらえて渡せたらよかったのだが、おいそれと布も買えぬし、殿さまともなれば霊験あらたかな寺社の御守りを持っているだろう。於くらは、台所衆下人だから、吉晴のお腹が空かないようについていけたらいいのに、と思った。

吉晴は口を開けて笑った。

「『打って、勝って、喜ぶ』の昆布じゃな」

出陣の日。

勝栗、昆布締め、尾頭つきの鯛《たい》の干物を堺《さかい》から取り寄せ、膳をたくさん用意して主殿の間に運ぶ。梅若や三郎たち小姓では数が足りないので、於くらも珍しい小袖を着せてもらって、大広間に膳を運んだ。

「では往って参る」

戦さに出ることは死出《しで》の旅も同然である。三郎は元服が済まず、初陣に出られないのを悔しがっていた。諸籠手《もろごて》に戦直垂姿の吉晴の馬の轡《くつわ》をとって、本丸より送りだす役目を務めた。於くらも大勢の見送りの下人たちにまじって、背伸びをして吉晴の背を見送る。

堀尾の抱き茗荷《みょうが》の家紋の幟《のぼり》を掲げ、兵馬が静かに北陸道を南下して往く。秀吉から賜った分銅紋《ふんどうもん》を禁じての、決意の出立である。

青く霞《かす》んだ空に千切れ雲が流れ、すっかり雪の解けた緑濃い山々へと小さくなる旗を、於くらはいつまでも見守っていた。

里芋田楽

序　里芋田楽

夏の暑さもようやく緩みかけ、庇《ひさし》から入ってくる風が心地よい。

越前府中《えちぜんふちゅう》城主、堀尾吉晴《ほりおよしはる》は盃を傾け、風に秋の気配を感じた。小姓《こしょう》が膳を持って来る。藍色の絵付皿に鱸《すずき》の焼き物と、里芋《さといも》の田楽が載っていた。

鱸はここ池鯉鮒《ちりゅう》（知立）城のある三河国《みかわのくに》では秋の風物詩の魚であるし、里芋は晩秋に穫れる。おそらく早生《わせ》のものだろう。

吉晴は思わず顔をほころばせた。

「おお、はやくも膳は秋ですな。某《それがし》、里芋は大好物でござる。相も変わらず貧乏舌で」

周りの徳川《とくがわ》家臣たちから笑い声が漏れる。

ごろりと皮を粗く剝《む》いた里芋を蒸し、焼き色をつけて味噌《みそ》だれを塗った田楽《でんがく》は、ここ三河ではおなじみの赤味噌を使っている。串から外してひとつ頰張《ほおば》った。味噌の塩辛さと、里芋のむっちりした歯ごたえが口のなかでひろがる。

「そうそう、この味じゃ」

世辞を言ったものの、どうも昔食べた里芋田楽とは味が違う。

昔食べた里芋田楽は、芋自体は塩辛くて、だのに味噌だれにはほのかな甘みがあり、そして香ばしかった。味噌だれのせいだろうか。しかし甘い味噌などあるのだろうか。

織田《おだ》家の足軽大将だった藤吉郎《とうきちろう》（秀吉《ひでよし》）に従って、城攻めの合間に百姓たちが売り歩く里芋田楽を藤吉郎や仲間たちと頬張り、なかなか陥《お》ちぬな、と敵方の城を見あげたのを思いだす。

その秀吉も、死して久しい。

いま世は秀吉遺臣の西軍と、徳川家康《とくがわいえやす》を盟主とする東軍にわかれ、まさに激突せんとしている。吉晴は秀吉の股肱《ここう》の臣《しん》であったが、いまは徳川方についている。

時の流れは無常だ。なんとか甘い味噌の里芋田楽をもう一度食べたい。徳川と豊臣の戦《いく》さをまえに、秀吉の臣であったことを懐かしみたい、と吉晴は思った。

そういえば正月に、台所衆の下女である於《お》くらが機転を利かせて赤味噌の田舎雑煮《いなかぞうに》を作ってくれた。田舎娘らしくぼうっとしたところがあるが、彼女の手が生みだす料理は地味ながら心が休まる。於くらなら甘い味噌の秘密がわかるであろうか。

それから盃を重ね、吉晴は旅の疲れもあって、うとうとと寝入ってしまった。

ちかくで怒号のような声が聞こえ、膳や器が鳴る音で、吉晴は目を覚ました。いつもの癖で咄嗟《とっさ》に刀に手が伸びた。

「なにごと」

目の前に広がるのは血の海。

家康の叔父で宴席の主催者である水野忠重《みずのただしげ》が、血だまりのなかに斃《たお》れ伏していた。骸《むくろ》の前に立つのは客として吉晴とともに招かれていた徳川方の臣、加賀井重望《かがのいしげもち》であった。返り血を浴びた重望の赤ら顔がこちらを振りかえる。殺気に満ちていた。ほかの客は驚きに満ちて、声もあげられず傍観しているのみだ。

うたた寝のあいだになにがあったのかわからない。酒に酔って口論になったのか、それとも加賀井が西軍に密通していたのかもしれない。

——斬るのみ。

「痴《し》れ者ッ」

刀を抜き、低い姿勢で吉晴は重望の足を斬りつけた。太刀《たち》を構えた上半身が傾《かし》いだところに、二撃目を見舞う。骨を断つ鈍い感触があり、口から血のまじった泡を吐きながら重望の体は前のめりに倒れた。

誰《たれ》かある、と叫んで吉晴は刀を正眼に構えた。

一　麦飴団子

慶長《けいちょう》五年（一六〇〇）、七月。越前国府中城。

府中城の台所に勤める十三歳の少女、於くらは、夜も明けぬうちに寝床から起きだし、顔を洗って台所に入った。八畳の板間と二畳の土間からなる府中城の台所は、今日も静かに動きだす。薪《まき》を竈《かまど》に組みあげて襤褸布《ぼろきれ》の炭を火口《ほくち》にして火を熾《おこ》す。ぱちぱちと薪が爆《は》ぜ、筒で息を吹きこめば炎が躍る。それから井戸水を大鍋に入れて湯を沸かす。朝粥《あさがゆ》の用意が整った。

この時分になるとほかの台所衆、台所頭の次平《じへい》、庖丁役の惣五郎《そうごろう》たちも登城してきて、台所は人が走りまわる戦場となる。次平が声を飛ばし、惣五郎の庖丁がまな板を叩《たた》く音が響く。於くらも人のあいだを縫って忙しく湯を沸かし、野菜を洗う。ちかごろはだいじな飯炊きも任されるようになり、仕事にいっそう身が入る。

「梅若《うめわか》さまあ」

朝粥の支度が整うと、小姓頭の梅若を呼びに行く。宿直《とのい》をした士《さむらい》たちの朝粥を運ぶのは小姓の役目である。

小姓たちの控える間へゆくと、急に襖《ふすま》が開き、梅若ではなく前場三郎《ぜんばさぶろう》が顔を出した。三郎は今年の正月に知りあった小姓の一人である。たいへんな読書家で物怖《ものお》じしない胆力があり、吉晴もなにかと三郎を頼りにしている。

三郎は切れ長の目をいつもより見開き、顔は緊張のためか強張《こわば》っていた。

「三郎さま、おはようございます。朝粥の支度が整いました」

頭をさげる於くらの横を小走りですぎながら、三郎は返事をした。

「火急の件にて、粥は後じゃ」

三郎を追って梅若もつづき、二人は城の執政場所である御座所に向かって走り去った。

吉晴から聞いた「東西をわける大戦さ」がいよいよはじまるのだろうか。於くらは胸の前にあわせた手を握りしめた。

陽も高くなったころ、三郎は台所にやってきて冷めた朝粥を一息に啜《すす》り、台所衆へこう言った。

「急ぎ、精のつく食材を用意せよとの留守居役さまの仰せじゃ」

堀尾吉晴は、会津《あいづ》征伐に向かう徳川家康に従軍するため、嫡男の忠氏《ただうじ》が治める浜松《はままつ》に向けて旅立った。そのためいま府中城は城主が不在である。

台所頭の次平が、不安げに問う。

「それは殿さまが御戻りになるということですか」

三郎はどこまで言うか考えているようで、視線を一瞬彷徨《さまよ》わせたのち、於くらを含めた台所衆五人へ声を潜めて告げた。

「殿はひどい手傷を負って御戻りになられる」

ひどい傷、と聞いて於くらの胸がきつく痛む。どこかで戦さがあり、巻きこまれたのだろうか。もし二度と起きあがれないような傷だったら。

急ぐように、と念を押して三郎は台所をあとにした。次平は慌てた様子で台所をうろうろと歩きだす。

「精のつくもの……牡丹《ぼたん》肉に鴨《かも》、秋鯖《さば》、蟹《かに》はまだ早いか。あと旬の食いものだろう」

急ぎ町の市《いち》で猪《しし》肉や鴨肉を買い集め、台所衆は調理にかかった。昼になると城がにわかに騒がしくなる。次平が聞きつけてきたところによると、殿さまは馬に乗れず輿《こし》に乗って帰ってきたらしい。ひどい傷だということだった。

「戦さではないそうだ。殿は三河国《みかわのくに》で不埒者《ふらちもの》に斬られた。命に大事はないらしいが……」

その言葉どおり、初日こそ雑炊を食べたが吉晴の食欲は旺盛で、二日目には麦飯を二杯食べたし、鴨肉も残さず平らげた。

すっからかんになった器がさげられてくると、於くらはほっと胸をなでおろした。吉晴が日に日に快方に向かうのがわかって、よりいっそう美味《うま》い飯を作りたい、という思いが強くなる。

十日ほどすると吉晴はもう起きあがったと伝え聞いた。高名な医師がつきっきりで看病に当たっているので、その御蔭《おかげ》だろうと城のみなは安堵《あんど》した。

その夜、於くらがいつものとおり器を磨いていると、廊下がみしりと鳴り、手燭《てしょく》を持つた男がやってきた。

その男は、於くらを見てつぶらな目を細めた。

「於くらどの、夜分すまぬ」

於くらは板間の入口へ駆け寄った。男は、城主の吉晴であった。左腕を吊《つ》り、左頰は包帯で覆われている。喋《しゃべ》ると頰の傷が痛むらしく、吉晴は顔を顰《しか》めて於くらへ頭をさげた。

「殿！　起きあがって平気なのですか」

吉晴は動く右腕をおおきく回して見せた。

「心配かけてすまぬな。若いころから丈夫なだけが取り柄よ。ただ傷を治そうとして、腹が空《す》くでのう。於くらどの、なにか作ってくれるか」

思っていたより吉晴は元気そうで、於くらの声は弾んだ。

「はいっ。御希望はございますか」

吉晴はふとなにか考えるような顔になった。

「里芋田楽はしばらく食べたくないかのう」

それがなぜであるか、わからなかったが、於くらは甘いものが大好きな吉晴のために「あるもの」を作ることにした。

「殿は甘いものがお好きでしたよね。見ておいでなさいませ」

いそいそと土間に降りる於くらを見て、吉晴は不思議そうにする。

「先日は青木《あおき》どのの饗応《きょうおう》ということで砂糖を買《こ》うたが、いまは砂糖がないじゃろう。甘いものなど作れまい？」

吉晴を振りかえり、於くらはにっこりと笑った。

「御任せください、こしらえたものがあるのです」

糯粉《もちこ》に水を加えて練りあげ蒸《ふ》かすあいだに、於くらは小壺《こつぼ》を持ち出した。蓋をあけてまず毒が入っていないことを確かめるように舐《な》め、吉晴に壺を差し出す。

「御味見なさいますか」

吉晴は訝《いぶか》しみながら壺の底にある液体に指をつけた。とろりと長く伸びる。ちょうどみたらし団子の蜜のような透き通った飴《あめ》色だ。

口に含んだ瞬間、吉晴の目が輝いた。青白い顔に赤みが差す。

「甘い！　於くらどの、これはなんじゃ。水飴か。高いのではないか」

「これは麦飴でございます」

麦飴とは、名の通り大麦から作る蜜で、大麦が穫れる夏に作るものだ。大麦を木炭のあく水に二日ほど浸けて筵《むしろ》にひろげ、筵を被《かぶ》せて十日ほどおく。それから大麦を取りだし石臼で挽《ひ》き割る。その粉とくず米を混ぜて冷めないように布団をかけておくと、二昼夜ほどで飴色になるので、木綿《もめん》布で濾《こ》し、鍋で煮詰めると麦飴ができる。

南蛮渡来の白砂糖や、琉球《りゅうきゅう》や薩摩《さつま》からくる黒砂糖のような濃厚な甘みはないが、わずかに風味のある甘さは、百姓たちの慰めとなっていた。

於くらの母は夏場になるとこの麦飴を作ってくれ、於くらたちはひづかし（おやつ）にこれを舐めた。栄養満点で、乳が出ないときは赤子にも溶いて与えるのである。傷を治す吉晴にはうってつけの夜食だと於くらは考えた。

「これにきな粉を混ぜまする」

やはり大豆から挽《ひ》いたばかりのきな粉に混ぜて練り、甘い蜜を作る。蒸かしあがった糯粉を丸めたものにからめれば、麦飴団子のできあがりである。

「できあがりました」

蒸かしたての団子を皿に載せ、きな粉が混じった飴をからめると、灯りにきらきらと飴が光る。

吉晴は団子と於くらを交互に見つめ、待ちきれぬというように急《せ》かした。

「温かいうちに、はよう食べよう」

決して一人じめしようとはせず、於くらにも皿を差しだす。そういうところがこの男を好ましく思う理由であったし、人は吉晴を親しみをこめて「仏の茂助《もすけ》」と呼ぶ。

二人は手をあわせて同時に頬張った。

「いただきます」

砂糖とは違う、ほのかな甘みが口一杯に広がる。餅にからんだ飴はゆっくりと溶け、餅の温かさとあいまって鼻へ香気が抜けてゆく。棚田と畑が織りなす故郷大野《おおの》郡の山の風景が、色鮮やかに於くらの脳裏に広がった。麦が風にそよぎ、蜻蛉《とんぼ》を追って黄金《こがね》色の海を駆けたことが思いだされる。

吉晴は目を固く閉じ、動くほうの右手を握りしめて、味を嚙《か》みしめていた。

「つあまいのう、さすがは於くらどのじゃ。砂糖もないのに甘くて美味なるものを作るとは、日《ひ》の本《もと》一じゃ」

大仰《おおぎよう》な褒め言葉に、於くらは照れた。ついつい故郷の訛《なま》りが出る。

「わたしのおっかあが教えてくれたんですやざ」

「なんと、於くらどのの母者《ははじや》は料理上手なんだのう」

「はい。おっかあは村一番の料理得手さけ」

故郷大野へ帰るには一日がかりだから、府中城での奉公をはじめてからここ一年、父母には会っていない。けれども母のこさえてくれた料理を作ることで、いつでも故郷を身近に感じる。

会えないけれども心は繫《つな》がっているのだ、と思う。

「でも殿が御無事でほっとしました。馬にも乗れぬと聞いていたので」

「うむ……酷《ひど》い目に遭《お》うた。あのような修羅場は長い人生ではじめてじゃ」

吉晴は於くらにわかりやすいように説明してくれた。

家康の会津征伐に帯同するため浜松に向かった吉晴だが、出陣するのは嫡男の忠氏だけでよいと御達しがあり、吉晴は越前に帰ることになった。

事件は帰国途中の三河国で起きた。吉晴をぜひ招きたいと呼ばれた席で加賀井重望という男が徳川の重臣水野忠重を斬り殺すという事件が起きたのだ。吉晴は一刀のもとに重望を斬り捨てたが、駆けつけた水野家の家臣たちに吉晴が忠重を斬ったと勘違いされ、助けだされるまで十七か所におよぶ傷を受けた。

加賀井はひそかに西軍に内通していたともいうが、彼が水野を斬った本当の理由はわからないままだ。

十七か所と聞いて、於くらの心臓が縮みあがる。

「はやく寝所に戻って御休みになられたほうが」

首を振る吉晴の眼に、険しさが宿る。

「寝てばかりいるわけにもいかぬ。大谷《おおたに》どのが動くかもしれぬしの」

越前府中から南へ約十里の敦賀《つるが》城主、大谷吉継《よしつぐ》は西軍の中枢となる人物であり、東軍に与《くみ》した越前府中城の堀尾吉晴、加賀《かが》の前田利長《まえだとしなが》と対立している。とりわけ越前の堀尾と大谷は直接領土が接しており、一触即発の危うい状況にあった。

「大谷どのはこれまで京の伏見《ふしみ》にいたが、敦賀に戻ってきたとの報がある。おそらくわしや前田どのに対する牽制《けんせい》であろう。それでなくとも越中・越前は西軍が強い。北ノ庄《きたのしよう》城の青木どのも東軍につくという内諾は得ているがどう転ぶかはわからぬ」

於くらが苦心して作った南蛮菓子、かすてぼうろを美味いと食べてくれた青木一矩《かずのり》の顔が思い浮かぶ。病に臥《ふ》せっているというので、軍を動かすことはしないだろうが、気になるところだ。

「大谷吉継どのは、越前を北上し、加賀の前田どのを叩こうと考えておろう」

「それは……」

唇を引き結ぶ吉晴は、於くらが見たことがない鬼のような形相をしていた。

「この国が戦場になるということじゃ」

於くらが生まれてからは、昔から戦さが絶えなかった越前にも、ようやく泰平の世がくるのだと聞かされていた。まだ知らぬ戦さの足音は、確実にちかづいてきている。

弓矢や太刀を持って戦うことはできないけれど、吉晴のためになることをしたい、と於くらは思った。なにができるだろう、と於くらは尋ねてみた。

「戦さになったらわたしはなにをすればよいですか」

吉晴の厳しい顔が緩み、いつもの「仏の茂助」の顔になる。

「於くらどのはいつもどおり、美味い飯をたくさん作っておくれ。腹一杯になれば、わしらはいくらでも戦える」

「はいっ」

自分にもできることがあるのだ、と於くらは胸をなでおろした。

八月に入ってすぐ、陣触れが出た。吉晴の言った通り、敦賀城から大谷吉継の兵が北へ進軍していると報《しら》せが入ったのである。大谷吉継がまず狙うのは府中城であると、城は大騒ぎになった。

戦さ支度をした三郎がやってきて台所衆に告げる。このたびが初陣《ういじん》となる三郎は真新しい諸籠手《もろごて》に佩楯《はいだて》をつけていた。

「殿みずから御出陣と相成った。そなたたちも炊事方として小荷駄《こにだ》隊の後方に同陣せよとの御達しじゃ」

小荷駄とは、兵糧《ひょうろう》や弾薬、陣幕や木材などを荷馬で運ぶもので、人足や夫丸《ぶまる》といった百姓出のものたちがほとんどを占める。直接鑓《やり》や火縄銃で戦うのではなく、物資の運搬が主であった。台所衆も小荷駄隊のなかに組みこまれる。

台所頭の次平が於くらを見て、恐る恐る問う。

「於くらは女子《おなご》ですが、ついて行ったほうがよろしいですか」

三郎は眉根を寄せて渋面《じゅうめん》を作った。

「於くらについてはとくに聞いておらぬが」

夜更けに吉晴が台所につまみ食いをしにくるのを夜這《よば》いと勘違いし、いっとき台所衆は於くらが吉晴の妾《めかけ》ではないかと思っていたこともあった。結局誤解は解けたものの、吉晴から直々に南蛮菓子作りを命じられる於くらが目をかけられていることを、台所衆は気にかけているのだ。

先日、台所にきて於くらの作った麦飴団子を頬張った吉晴の、厳《いか》めしい顔つきが頭に浮かぶ。まだ傷も完全には癒えていまい。自分の作る料理でつかのまでも力を得て、於くらの知る好々爺《こうこうや》の顔になってほしい。於くらは意を決して訴えた。

「わたしも小荷駄隊についてゆきまする」

三郎が渋面のまま首を振る。

「戦さは女子が行けるほど生易しいところではない」

自分も初陣のくせに、知ったような口を利くではないか、と於くらは食いさがった。

「殿のために飯を炊きます。腹が減っては戦さはできぬと言うではありませんか」

そのとき台所衆で一番古株の猪爺《いのじい》が口を開いた。本当かどうかはわからないが、越前をかつて治めた朝倉義景《あさくらよしかげ》、柴田勝家《しばたかついえ》の台所衆だったという老人で、いつもはむっつりとおし黙っている。於くらはほとんど会話をしたことがない。

「戦場《いくさば》に女子を連れてゆくと弾が当たらねえと言う。おらは連れていってもいいんじゃねえかと思う」

台所頭の次平もそれを聞いて於くらに加勢し、結局三郎が折れた。

「台所衆のことは台所衆で決めよ。ただし流れ弾に当たって死んでも知らぬ」

出陣の支度で丸一日を費やし、翌々日、食料や弓矢を運ぶ小荷駄隊について於くらたち台所衆も城を出た。

日野川《ひのがわ》にそって南下すると、百姓たちの荷車が点々と山のほうへ向かっているのが見えた。焼き討ちを恐れて山の根小屋へ避難するのだ。

「木ノ芽峠《きのめとうげ》が合戦場となるだろうなあ」

鉢金《はちがね》に市で借銭して買ったという桶側胴《おけがわどう》を身に着けた次平が、物憂げに言う。於くらは銭がないので、鉢金すらも買えず、いつもの絣《かすり》の小袖《こそで》に脚絆《きゃはん》を巻いただけである。

木ノ芽峠は府中城と敦賀城のちょうど中間にある北陸道の要衝である。古くは新田義貞《にったよしさだ》が峠越えをした道と言われ、多数の凍死者を出したと、郷村の古老のむかし話に聞いたことがある。織田信長が一向一揆《いっこういっき》討伐に出陣したときは、この峠で激戦があったそうだ。

その日は三里半ばかり進んだ。田畑の広がる平野からしだいに山地へ入ってゆき、陽がはやばやと山向こうに隠れるころ、柚尾《ゆのお》城という山城《やまじろ》に入った。日野川の流れに突きだした山の上の城へ食料を入れたあと、於くらたち台所衆は河原《かわら》で炊き出しにとりかかった。

「薪が足りねえ、調達してこい」

薪や鍋などが揃《そろ》っている城の台所と違い、薪を割るところからはじめる。石を積みあげ、火を熾し、湯を沸かし、大鍋に米を投げこんで味噌で味つけする。米を味噌汁で炊いた粥、質素な味噌水《みそうず》である。お世辞にも美味そうとは言えぬ、茶色くふやけた飯粒を見ていると、於くらは悲しくなってきた。

「菜っ葉や大根とか、具になるものはないのですか」

庖丁役の惣五郎が、肩を竦《すく》めて言う。自慢の庖丁を振るうことができず、不満げであった。

「戦《いく》さだから腹がふくれりゃいいんだ」

これはあくまで城に籠《こも》る殿や諸将たちのための飯であって、足軽たちは陣笠《じんがさ》を鍋がわりにして、米を詰めた打ち飼《が》い袋を解き、自分たちで米を炊く。芋茎《ずいき》をぶつ切りにして煮る者もいる。茶色い汁に芋茎が浮かんで、泥水に浸かった藁《わら》を食うかのようだ。

「そうですか……」

いまは戦さである。贅沢《ぜいたく》なことを言ってはばちがあたる、と於くらは自分に言い聞かせた。

山城での軍議を終え、梅若と三郎がやってきた。鍋ごと城に運び入れ配膳するのだという。小姓頭から足軽組頭となった梅若は、立派な頭形兜《ずなりかぶと》に色々縅胴丸《いろいろおどしどうまる》を身に着けていた。

「わあっ、梅若さま。御武家さまのようです」

於くらが思わず声をあげると、梅若は両手を腰にあて、得意げに胸を反らせる。

「ようだ、ではなくれっきとした武士じゃ。父上が若いときに着た甲冑《かっちゅう》を蔵から引っぱりだしてきたのじゃ。ここに太刀傷がついておろう」

梅若の指し示す左胸のあたりを見れば、たしかに札《さね》が傷ついている。

「甲冑があれば太刀も怖くありませんね」

輪から外れたところで猪爺がなにかぶつぶつと言った。

「太刀は防げても、いまはなあ」

どういう意味かと問おうとしたが、猪爺は背を丸めて去ってしまった。

眉をひそめて梅若が呟《つぶや》く。

「感じの悪い爺さんだな」

台所衆と変わらぬ簡素な桶側胴をつけた三郎へ、於くらは城から持って来た麦飴の小壺を取りだし、渡した。

「三郎さま、これを殿に渡してください。お腹が空いたら舐めてくださいと」

飴か、と三郎は蓋を開けて中を確かめ、下げ袋にしまった。

「お互いに初陣です。臆せずに参りましょう」

於くらがこう言うと三郎は鼻で笑い、冗談めかして言った。

「お主と一緒にされては困る。わたしは武士ぞ」

「飯炊きですが、わたしも戦場に行く身です」

「ならば戦さはわたしや梅若に任せて、お主は飯を炊くことに注力せよ。大谷方は敦賀城を出てこちらに向かっているそうだから、二、三日で木ノ芽峠で合戦となるぞ」

翌朝もまた大鍋一杯に米を炊き、出発となった。一定の兵を柚尾城に残して最前線となる木ノ芽峠を目指す。折れ曲がった険しい山道を、小荷駄の荷車を押して進むので、於くらたちは前方の足軽たちより進みが遅くなる。やっと休めると思ったら米を炊き、炊き終わったらまた山道を進む。その繰りかえしである。自分たらは立ったまま残った味噌水を啜るのみなのも辛《つら》かった。

城にいたときは、梅若や三郎がなにかしら、殿は御機嫌斜めならず、などと飯を食った吉晴の様子を伝えてくれた。酒を飲んだ次の日は梅干しを食いたがるとか、越前の蟹をことのほか好んでいるとか。台所に吉晴が忍んで来ると、直接話を聞くこともできた。

本来の距離に戻っただけだが、吉晴の存在が遠い。

二日後、木ノ芽峠の山城へ、於くらたちはようやく着到した。高い山は周囲になく、見おろせば果てない山々が大海のように広がっている。椎《しい》、樫《かし》、楢《なら》、まだ紅葉は始まっていない、青々とした樹の海だ。

尖《とが》った山の稜線《りょうせん》のあちこちに、樹が伐《き》り倒されて地肌がむきだしになった場所がある。あれらはすべて砦《とりで》や付城《つけじろ》だと猪爺が言った。

「織田が一向衆を攻めたときも木ノ芽峠だけでなく、あちこちの峠で戦さがあった。狼煙《のろし》をあげて、連絡を取るのよ」

着いたらすぐに戦さになると思いこんでいた於くらは、拍子抜けした。

「敵はまだ来ていませんね。よかった」

折り重なった稜線から霞雲《かすみぐも》が湧きだし、ひとつ山向こうは雨となっているようだ。渡り鳥だろうか、斜めに列をつくって、こうこう、と鳴きながら鳥が飛んでゆく。

ようし、と於くらは腕まくりをした。越前でも大野という山深い地方の生まれの於くらには、なんの変哲もない峠道も宝の山だ。秋のはじめから、山には茸《きのこ》がよく出る。はつたけ、なめたけ（なめこ）、きくらげ、ねずみたけ、ひらたけ、そしてまつたけ。秋茄子《なす》とともに具沢山のおつけ（味噌汁）にして食べると、とても美味い。百姓たちの御馳走《おごっそう》である。

まだ傷が癒えていない吉晴を、秋の味覚で元気づけたい。

「ちょっと辺りを見てきます」

陣を張るための杭を打つので忙しい男たちは、生返事をかえす。於くらは、道を外れて柔らかい土の斜面を歩きだした。

二　茸のおつけ

木々のあいだから漏れ落ちる陽の光は柔らかく、落葉の積もった斜面を照らしている。隣りあった尾根で、山鳥が鮮やかな尾羽を翻《ひるがえ》し、飛びたって行くのが見える。鹿だろうか、高い声が谷を渡って聞こえてくる。下草を掻きわけてゆくと、朽ちた倒木の切り株に薄茶色の笠が十ほど、重なって見えた。

「ひらたけだ」

嬉しくなって下草を踏んで於くらは走る。ひらたけは里山ではつたけと並んでよく採れる茸で、なんにしても美味い。於くらの膝の丈に群生した株に手を伸ばすと、しっとりした手触りに心が躍る。ちいさな株を残して鎌で刈り、背負い籠《かご》に入れた。

「おつけにして殿に差しあげたいなあ。ひっでうめえんだ」

そのとき、背後で落葉を踏む音がして、猪爺の声が聞こえてきた。

「独り歩きは危険じゃぞ。わしがついてゆく」

腰が曲がった猪爺では、ともにいても危険に変わりはないのでは、と思ったが黙っておいた。

「ありがとうございます……」

二人は山の斜面をぐるりと回って、峰ひとつ向こうの山へと歩きはじめた。山歩きには慣れているらしく、猪爺はあちらにひらたけがある。あちらにはまいたけが、と指し示す。於くらは山のために根こそぎ採らぬよう気をつけながら、背負い籠がいっぱいになるまで茸を採った。

猪爺は於くらに聞かせるつもりがあるのかないのか、ぶつぶつと言った。

「大戦さは東軍の必勝であるらしいが、越前じゃどう転ぶかわからぬ。さっさと逃げたほ

た。

　越前では敵方が有利ということは、吉晴も言っていた。なぜわかるのかと問うと、猪爺は来た道を振りかえり木ノ芽峠を見あげた。さきほど於くらが出てきた山城の曲輪《くるわ》が見える。盛りあがった土塁に弾避《たまよ》けの竹束や木製の置盾を設置している人影がちらちらと見えた。

　あれが本隊の入る木ノ芽峠城、と猪爺は説明してくれた。北西から南東にかけて走る稜線にそって、鉢伏《はちぶせ》城、観音丸《かんのんまる》城、木ノ芽峠城、西光寺丸《さいこうじまる》城といった山城が点々と築かれており、そのうちもっとも大きい、主城と呼べるのが木ノ芽峠城である。

　木ノ芽峠城は中央の本曲輪を中心に山の斜面にそって一の曲輪、二の曲輪、三の曲輪と呼ばれる区画が連なっている。斜面の下は畝《うね》堀という溝のような堀を掘って、容易に兵が登ってこられないようにしてあるという。竹束の据えられた土塁の下の斜面を見ると、たしかに畑の畝のように凹凸がついて、自由に登れないようになっていた。

「堀尾方は二千程度。木ノ芽峠城に入るのは千ほどか。大谷方は三千から五千という噂《うわさ》もある。ともかく数はこちらよりおおい。防ぎきれるかどうか」

　つまり、敵の数で負けているというのだ。

「猪爺はどうしてそんなに詳しいのですか」

　感心して声をあげると、猪爺は染みの浮いた顔を歪《ゆが》め、渋面を作った。

「柴田さまについて、むかしここで戦《たたこ》うたからよ」

いまから二十年ほど前、越前北ノ庄を治めていたのは、鬼柴田と名高い織田家重臣、柴田勝家であった。その柴田勝家は近江《おうみ》で起きた賤ヶ岳《しずがたけ》の合戦で豊臣秀吉に敗れ、北ノ庄城で自害して果てた。

「於市《おいち》さまという、美しい御姫さまがいたのですよね、むかし話に聞きました！」

猪爺は気勢を削《そ》がれたように、苦笑いした。

「はは、もうむかし話か。たしかに御伽《おとぎ》話のように麗《うるわ》しい殿と奥方であられた」勢いよく鎌を振るって下藪《したやぶ》を払いながら、猪爺は言う。「それを殺した一人が、あの堀尾よ」

「え？」

手あたり次第に藪を払いながら、猪爺は先へ進んでゆく。

「知らぬではあるまい。堀尾吉晴という男、元は秀吉の家臣よ。柴田さまを殺したんは、秀吉の将どもじゃ。賤ヶ岳の合戦で柴田さまを破り、この木ノ芽峠を越えて柴田さまを討った」

頭上が急に暗くなり、山特有の通り雨が樹冠《じゅかん》から落ちてくる。細い霧雨に、猪爺の背中が霞んで見えた。呪詛《じゅそ》のような声が、低く聞こえてくる。

「忘れんぞ。柴田さまへ最期の飯をやったのは、わしじゃ。里芋の炊いたんに味噌をつけて握り飯と一緒にお出しした。柴田さまは『こんなに美味い飯は久方ぶりじゃ』とおかわりしてくだすった」

於くらは、猪爺の骨が浮いた背中へ迷いながら声を掛けた。

「あのう、柴田さまはおかわりをしたんでしょう。最期まで戦うおつもりだったのではないでしょうか」

そう言ったのには理由がある。吉晴は出陣前、腹一杯になれば戦えると言った。柴田勝家もきっとおなじだったのではないか、と思ったのだ。すぐにでも腹を切るつもりなら、おかわりをする元気もないのではないか。於くらなら飯が喉を通らない気がするのだ。

「お腹《なか》いっぱい猪爺のご飯を食べて、元気がでたのではないでしょうか。嬉しかったのではないでしょうか」

見たこともない柴田勝家の顔が、於くらには見えるような気がした。

立派な髭《ひげ》を生やしたがっちりした壮年の男が、目を細めながら握り飯を頬張っている。玄米飯は越前の百姓が心をこめて育てたもので、ひと嚙みごとに力を勝家に与えたはずだ。そばに控えるまだ若い猪爺の顔が、誇らしげに輝いている。

その気持ちが、於くらにはわかる。

「だから、猪爺。堀尾さまにも美味《おい》しいご飯を作ってあげようじゃありませんか」

突き出た岩を身軽に登り、猪爺はどんどん離れて行ってしまう。

「お主のような若い者にわしの気持ちは、わかるまい」

通り雨がやんで、岩場を登りきった猪爺が、突然足を止めた。こちらを向いて人差し指を唇に当てる。人のざわめきが聞こえてきた。身を低くして岩場を駆けあがれば、十丈《じょう》（約三〇メートル）ほどの崖下でなにかがきらりと光った。

「鑓じゃ」

猪爺に頭を押され、於くらは濡《ぬ》れた地面に身を伏せた。鉄笠に袖印をつけた足軽が、列を成して木ノ芽峠へと向かっている。

五百ほどはいようか。

猪爺が声を潜めた。

「対《むか》い蝶《ちょう》の家紋、大谷方の先遣隊じゃ」

敵方である。見つかれば命はあるまい。

「急ぎ戻るぞ。本陣に報せねばならん」

頷いて、二人はそっとその場を離れ、木ノ芽峠に走って戻った。

山向こうから敵がすぐにも攻めて来ると告げると、陣はにわかに慌ただしくなった。

小荷駄隊は一の曲輪に入り、前方へ弾や玉薬などを運びだす役目を与えられた。いよいよ戦さがはじまるのだ、と手にじっとりと汗が浮かんできた。

半刻もしないうちに、山城の下で火縄銃の音が一発響いた。

それが開戦であった。

はじめは鳥撃ち猟師の使う火縄銃の音とおなじだと思ったが、すぐその考えは間違いだと気づかされた。音は幾重にも重なり、幟がびりびりと震える。そしてしだいにこちらにちかづいてくる。

於くらの心臓がぎゅっと縮む。

前方の曲輪ではたくさんの兵が土塁に取りついて、下の斜面へ火縄銃を撃ちかけている。侍大将の号令とともに一斉に火縄銃が轟音《ごうおん》を響かせ、谷を渡って幾重にも音が跳ねかえる。火薬の匂いがする黒煙が流れてきて、於くらたちは咽《む》せながら弾の入った箱を前方に運んだ。

於くらは猪爺に小声で告げた。

「敵が来たら、わたしも戦います。心構えなどありますか」

「女子など数のうちに入らん」猪爺は鼻で笑う。「三の曲輪が陥ちたら二の曲輪、それもだめなら本曲輪へ逃げるんじゃ」

於くらは固く目を瞑《つぶ》った。

「それも陥ちたら……」

「皆殺しよ」

二の曲輪には梅若と三郎もいて、火縄銃に弾ごめをしていた。弾の箱を渡すと、梅若は白い歯を見せて笑った。

「かたじけのう。三郎にも持って行ってくれ」

初陣なのに、梅若はしっかりしている、と恐怖がわずかに和らいだ。

「はいっ」

間断なく響く火縄銃の発射音で耳がうわんと鳴り、目が回るような感覚がある。大声で怒鳴りあわないと声も聞こえない。曲輪の一角で侍大将が叫び、火薬の炸裂音が轟《とどろ》く。

「撃て、撃てッ」

どうやらまぢかに敵が登ってきているらしい。ぎゃっという悲鳴が土塁の下から聞こえたが、ここからはどれくらいの敵がいるのか見えない。

悲鳴をあげる人間が、土塁の下にいる。考えると、於くらの足が動かなくなった。体が震え、箱の重さにへたりこみそうになる。三郎の怒鳴り声が聞こえた。

「はようせいッ」

なんとか三郎のもとへ弾の箱を運ぶと、すぐちかくで敵の絶叫が聞こえた。思わずそちらへ顔を向けた於くらの頭を、三郎が押さえつける。

「頭をあげるな、流れ弾に当たる」

「す、すみません」

そのとき、おおきな声が響きわたった。火縄銃の轟音が響く中でもはっきりと聞こえた。

「狼狽《うろた》えるな」

本曲輪から緋色《ひいろ》の陣羽織を身に纏《まと》った男が、侍大将たちを引きつれて歩いてくる。左腕を吊ったままで、右手には杖《つえ》を突いている。黒い頭形兜に堀尾の家紋である抱き茗荷《みょうが》の前立てを掲げた堀尾吉晴は、於くらを見てなぜここにいるのか、と一瞬目を見開いたように見えた。それからふたたびよく通る声がした。

「しっかり敵を撃てば、城は陥ちぬ」

於くらがよく知る、台所につまみ食いをしに来る老人ではない、大将の太い声が於くらの耳から体を駆け抜けてゆく。

東軍の将、歴戦の武士。堀尾吉晴の姿があった。

脚に力を入れてなんとか立ちあがる。吉晴の隣を走りすぎるさい、於くらはそっと頭をさげた。吉晴は、じっと於くらに目を注いで、かすかに頷く。それだけで心に火が灯《とも》るように、胸が熱くなる。

一の曲輪に戻り、ふたたび弾箱を担いで二の曲輪へゆくと、梅若が立ちあがって手を振った。

「あっ、梅若さま――」

立ちあがっては駄目《だめ》だ、と言おうとしたとき、梅若の頭が奇妙に傾《かし》いだ。

色々縅《いろいろおどし》の鎧に穴が開き、血が地面に滴《したた》った。流れ弾が胸を貫通したとわかるまで、すこしの時間がかかった。身を低くし、三郎が走ってくるのが見える。間にあわず、梅若は於くらの目の前にどっと倒れ伏した。

足元に血だまりがみるみる広がった。横を向いた梅若は目を見開いて瞬《まばた》きもせず、顔からは血の気が失われてゆく。

「い、いやだあっ！」

自分でもわからぬうちに、絶叫が口をついて出た。三郎が走って来て於くらの肩を摑《つか》み、口を塞ぐ。三郎の血走った眼がこちらを覗きこんだ。

「黙れッ、ほかの兵の士気に関わる。わたしは来るなと言うたぞ！」

息が吸えなくて苦しい。無我夢中で頷くと、三郎の手が離れた。

三郎はほかの男たちとともに、梅若の骸を後方へ運んでいった。

於くらは呆然《ぼうぜん》とその場に座りこんだ。どれだけの時がたったのかわからなかったが、ほんの一瞬だったのだろう、於くらの肩を誰かが摑んだ。

見あげれば、吉晴が眉を寄せてじっとこちらを見ている。すこし灰色がかった、深い瞳の色が揺らぐ。吉晴は低く言った。

「弾を、運びなさい。いまは合戦だ」

崖下では退《の》き太鼓が鳴っている。敵がいったん攻め手を諦め、退《ひ》きはじめたのだ。逃げる敵の背へ雨霰《あめあられ》と火縄銃が撃ちかけられる。いままでで最も激しい破裂音が響きわたり、耳の奥が破けるかと思うほどだった。

「は、はい」

於くらは吉晴に手を貸してもらい立ちあがったが、膝が笑って力が入らず、梅若の残した血だまりのなかに座りこんでしまった。手にべっとりと梅若の血がつく。

——みんななぜ戦っているのだろう。

なんとか立ちあがったが、火縄銃の音は遠く聞こえ、走りまわる人影は木偶《でく》のように見えた。


申《さる》の下刻（午後五時ごろ）、木ノ芽峠城は静けさを取り戻していた。

日暮れがちかくなり、合戦は仕舞となった。山の日暮れははやく、空には長く尾を引いた雲が黄金色に輝いている。人が静かになったぶん、鹿の鳴き声、鳥のさえずり、山にはべつの音が満ちはじめた。

本曲輪は負傷した兵があまた横になり、その一角で於くらたち台所衆は飯を炊きはじめた。耳の奥ではまだ火薬の炸裂音が鳴っているかのようで、頭が痛む。全員がまっすぐ歩くのも難儀する有様だった。唯一、猪爺だけはいつもと変わらず働いている。

大鍋を火にかけていると、吉晴がやってきた。兜は脱いで、髷《まげ》を解いて後ろに流していた。平伏する台所衆たちに、そのまま作業をつづけるように言って、吉晴は於くらに小声で話しかけてきた。

「なぜ戦場におるかいまは問わぬ。頼みがある。味噌水ではないものを作ってくれぬか。三郎が……」吉晴はそこで言い淀《よど》んだ。「梅若を死なせたことで、ひどく意気消沈しておる。三郎は初陣で、目の前で仲のよい梅若を亡くしてしまった。元気づけたいのだ」

また梅若の目を見開いた死に顔が蘇《よみがえ》ってきて、全身が総毛だつ。目に涙が浮かんだが、唇を嚙んで堪《こら》えた。吉晴の前で泣くのは恥だと思ったのだ。

いつもの優しい顔が、於くらを見ている。

「於くら。お主も辛かろうが頼めるか。飯を炊くのはお主の役目じゃ」

於くらは平伏して問うた。

「御無礼を承知のうえ、ひとつ御聞きしてよいですか。この戦さはなんのためですか」

吉晴は虚を衝《つ》かれたように口を半開きにし、それから答えた。

「答えはわしにもわからぬ。しかしこれが最後の戦さになると、毎回わしは信じて戦っておる。飯を食わねばわしら武士は戦うことすらできずに死ぬ」

その飯を炊くのは、誰だろう。

自分だ。於くらは思い、精一杯頷いた。

「わかりました。越前を守るため、三郎さんに腹一杯食べてもらいまする」

すばやく襷《たすき》をかける。ぎゅっと結ぶと、心が引き締まるのを感じた。長く息を吐けば体の痛みがすこし和らいだ。あちこちで炊煙《すいえん》が立ちのぼる山の頂上を、於くらは見渡した。

仕事場で泣き言を言ってはいられない。

　ここが於くらの戦場だ。

「負けてはいられませぬ」

於くらは、戦さの前から作ろうと思っていた茸のおつけづくりにとりかかった。

採ってきた茸を茣蓙《ござ》にひろげれば、ひらたけ、まいたけ、はつたけ、きくらげ。火薬の臭いを払うように、薫香《くんこう》が鼻に届く。毒茸がまざっていないか注意深く確認し、庖丁で石突を落とす。沸かした湯に茸をどっさり入れて、茸の毒消しをするといわれている茄子をざく切りにしてこれも鍋に入れる。

　さっと煮たてて、味噌を溶くと茸のおつけのできあがりである。

あたりには茸と茄子と味噌の匂いが漂って、ちらちらと足軽たちがこちらを見ている。傍《そば》で見守っていた吉晴が鼻を動かし、微笑《ほほえ》んだ。

「秋の匂いじゃ」

火の勢いを確かめ、湯気を全身に浴びると、体に熱が回って手がよく動くようになる。三郎に食べさせたいものが、つぎつぎ浮かんでくる。自分と三郎はおなじ初陣どうし。片方が動けなくなったら、もう片方が助けてやりたいと思う。

　そうして二人で生きて帰る。

「さあつぎの一品。ここからが腕の見せどころです」

すでに皮を剝いておいた里芋を鍋に入れて、酒と醬《ひしお》を回しかけて煮る。

「殿、あの壺を貸してくださいませ」

「おお、あの壺か。もったいなくてまだ舐めていないのだ」

吉晴が足軽にとってこさせたのは、麦飴の壺であった。

「里芋に麦飴をかけるのか？」

不思議そうに問う吉晴に、於くらは首を振った。味噌を器にとって、麦飴を匙《さじ》一杯すくってかき混ぜる。火の通った里芋を串に刺して味噌だれをたっぷり塗りつけ、灰に挿して火で炙《あぶ》れば、味噌と飴の甘じょっぱい香りが立つ。

「秋の報恩講《ほんこ》さんのときは、里芋のころ煮といって、麦飴と醬を混ぜたもので里芋を煮たのを作るのが、百姓のごちそうです。それにひと手間加えてみました。炙ったら香ばしさが出てより美味しくなるかな、と思って」

一向宗だった於くらの村では、親鸞《しんらん》上人の命日あたりに寺に御馳走《ごちそう》を持ちよって、住職の法要とありがたい話を聞くのが習慣であった。子供たちはその日に出る御馳走をとくに楽しみにしていた。料理上手の於くらの母の作るころ煮は、大人気であった。甘じょっぱくて、ほっくりと煮えた里芋は、いくらでも腹に入る。食いしん坊の於くらは、いっぺんに口に入れて叱られた。

この戦さに負ければ、故郷の村も焼かれるかもしれない。それは嫌だ。越前の平和な光景を守りたいと、心から思う。

吉晴はみずから里芋に匙で味噌を塗り、串を回しながら楽しそうにした。味噌がしゅうしゅうと焼ける音がする。吉晴の笑顔に救われる思いがした。

「里芋田楽のようだの」

そういえば吉晴はしばらく里芋田楽を食べたくないと言っていた。そのことを詫《わ》びると、よいのだと吉晴は笑う。

「戦場で食う里芋田楽か。よく買いに行かされたのう」

吉晴の目が恋を語るように甘く、細められる。その思い出に踏み入るのは於くらにはなんとなく躊躇《ためら》われた。

吉晴に里芋の串を任せて、手塩をふり、炊きあがった麦飯を握る。心をこめて麦飯を丸く握る。不格好《ぶかっこう》なくらいがいい。雑炊だと作る手間はかからないが、どうしても飯粒を嚙まずに飲んでしまうから、腹もちが悪くなる。胃も重くなる。手間をかけてでも握り飯を作りたかった。口を動かすから、すこし気も紛れるだろう。

戦場とは思えない品数の飯ができあがった。みな小荷駄で運んできた普通の食材で、普段ならばすべて味噌汁にぶちこんで味噌水とするものである。

「具沢山の茸のおつけ、里芋の飴味噌田楽、麦飯握り。できあがりました」

吉晴をはじめ台所衆や侍大将たちも寄って来て、目を輝かせて見ている。みなさまのぶんもありますよ、と言うと髭面の男たちが恥ずかしそうに笑った。すこし前まで険しい顔をして戦っていた男たちの顔が緩むのを見ると、於くらも心が落ち着いてくるのだった。

三郎が足を引きずりながらやってきた。どうやらあのあと自分も鉄砲弾を足に食らったらしく、幸いかすり傷であったが、痛むようであった。見た目の傷よりも、青ざめた顔と光を失った目が、痛々しい。

於くらは自分の茸のおつけの入った器を手に、三郎へ言った。

「まずは梅若さまに食べてもらいましょう」

二人は下の曲輪へ降りて行った。曲輪の隅に、筵《むしろ》を被せられた骸へ陣僧が経をあげて回っている。

三郎が言った。

「梅若だけでなく、こんなに死んだのか」

椀を筵の山の前に置き、二人は手をあわせた。薄目を開けてみると、三郎は固く目を閉じ、懸命に南無阿弥陀仏と唱えていた。

於くらは梅若に誓った。

——梅若さまのために、これからも飯を作ります。あの世でお腹が空かぬように。

「さあ、戻りましょう」

曲輪のあちこちで足軽たちが、めいめいの鉄笠に味噌水を炊いている。それを見て三郎が自嘲《じちょう》気味に笑った。

「毎日泥水のような粥だ。もう飽き飽きだ。食いものなど喉を通らぬ」

「泥水なんてひどい。泥水かどうか、見てから言ってほしいです」

本曲輪に戻ると、三郎はまず茸のおつけを手に取った。興味がなさそうにのろのろと器に口をつけ、汁を啜る。目がわずかに見開かれた。それから無言で箸を動かし茸を掻きこんだ。

吉晴が自ら炙った里芋田楽を三郎へ差しだす。三郎は恐縮して受け取った。

「殿、申し訳ありません。こんなことまで」

里芋が三つ連なった串を、三郎は大口を開けて二つ頬張った。

「甘い。味噌が甘いとは？　それに香ばしい。さまざまな味が口に広がる」

於くらと吉晴は顔を見あわせにんまりと笑った。吉晴が得意げに語る。

「於くらが作った麦飴が混じっておる。炙ったから香ばしいのだ。わしが火で炙ったのだぞ」

ほかの侍大将たちへも、吉晴は里芋の串をつぎつぎ渡してまわった。自分のぶんがなくなってしまった、と慌てる吉晴へ、猪爺が里芋の串を差しだした。不機嫌そうに唇を引き結んだ猪爺の顔が、じっと吉晴を見ている。

「……召しあがりなされ、堀尾の殿」

「かたじけない」

吉晴は大口を開けて里芋田楽を頬張る。猪爺は背を向け、その場から立ち去った。咀嚼《そしやく》する口を止め、目をおおきく見開き、吉晴が中空を見つめた。おや、と於くらは思った。

「殿、どうなさいました？」

於くらが首を傾げると、吉晴は瞬きをして取り繕うふりをした。

「い、いや。なんでもない」

いっぽう、三郎は味噌だれを麦の握り飯にもつけ、ぺろりと平らげた。血色のよくなった頬を動かし、三郎は日暮れの高い空を見あげた。

「物を食ってようやく、生きているのだという心地がしてきた」湯気のせいか、洟《はな》を啜る。

「梅若のぶんも、生きていたい」

足軽たちがみなこんな手間をかけた物を食えるわけではない。戦場の飯は手早く作れて腹を満たすことが大事である。そのことは於くらにもよくわかる。けれども、おなじ材料ですこしでも食う楽しみができれば、明日も生きようと力が湧くのではないか。

ほかの侍大将にまじって、三郎が器を於くらに差しだす。すこし恥ずかしそうに、目を輝かせて。その瞳を見たとき、於くらの胸がどきりと鳴った。

「おかわりを、いただいてもよろしいか」

早鐘を打つ心臓を押さえつつ、三郎へぎこちなく笑いかえす。三郎は戦おうという気持ちを取り戻したのかもしれない、そう思うとほっと安堵の息が漏れた。

柴田の殿が、猪爺におかわりを願ったように。

生きようとしている目が、於くらを見ている。

「もちろんです」

明日も笑っていたい、と思う。

三　ころ柿

五日つづけて曲輪をめぐる攻防がつづいたあと、大谷方は突如兵を退いた。

斥候《せっこう》を放って注意深く探ると、どうやら美濃《みの》へ転進するとのことであった。家康本隊が東海道《とうかいどう》を西へ進んでおり、迎え討つつもりであろう、とのことだった。

猪爺はこう言った。

「関ヶ原《せきがはら》あたりで西軍東軍がぶつかるんじゃろう。どっちが勝っても越前はこのあと面倒じゃぞ」

喜びに沸くのもつかのま、木ノ芽峠城にいくらかの兵を残して、堀尾方は来た道を越前府中に向かって戻りはじめる。次平が気を利かせて、荷が減った小荷駄隊の荷車に乗せてくれた。足を負傷した三郎もおなじく荷車に乗って、山をくだる。

ごとごとと荷車に揺られながら、三郎がそっと言った。

「こたびのこと、礼を言う。みっともないところを見せた」

「自分の御役目を果たしただけです」高い空に鰯雲《いわしぐも》が流れるのを於くらは見あげる。「このまえ『下女のままでよいのか』とおっしゃいましたよね」

三郎は頷いた。木ノ芽峠での合戦を終え、於くらの頭にはつぎつぎと作りたいものが浮かんでくる。みなに腹一杯に食べさせたいと思う。

煮炊きの手伝いをする下女の身分では、できることがすくないと気づいた。

「夢ができました。正式な台所衆になりたい。気づかせてくれたのは三郎さんです」

それはいい、と三郎は清々《すがすが》しく笑う。

「お主ならそれも夢ならず、と思わせる飯であったよ」

「いっそう励んでゆきます」

於くらは胸に宿ったほのかな熱を愛おしく思い、笑った。

九月のなかば、猪爺の言ったとおり、関ヶ原で西軍と東軍はぶつかり、わずか数刻の合戦ののちに徳川家康の率いる東軍が勝った。敦賀城主の大谷吉継は自害したという。於くらは木ノ芽峠でおそらくちかくにいたであろう敵将の命が果てたのを、悲しく思った。

慌ただしく論功行賞《ろんこうこうしょう》が行われ、十一月、堀尾家は吉晴の嫡男・忠氏が遠江国《とおとうみのくに》浜松から出雲《いずも》・隠岐国《おきのくに》二十四万石へ加増移封となった。

朝餉《あさげ》の片づけが終わったあと、三郎と於くらは外ですこし話し、転封《てんぽう》のことを知った。

「殿も出雲に行かれるんですか」

すっかりあたりの木々は色づいて、秋の渋柿を干し柿にするため、縄で四つ五つをくくって、軒に吊るしていた。渋柿を秋に吊るして雪が降る前に天日干しにすると、十日ほどで渋みが抜けて甘い干し柿となる。ころ柿、白柿とも呼ばれていた。安価で手に入る甘味として、百姓はたくさん干し柿を作る。

三郎は珍しく意気消沈して、土塀に背を預けて足元の石を蹴った。

「忠氏さまについて殿も出雲で新しく城を普請《ふしん》するため、出雲へ往くのだと聞いた」

名だたる庖丁人ならば特別に召し抱えられてゆくこともあろうが、於くらはただの下女である。出雲という遠い西国へついてゆくことはできない。猪爺が「面倒じゃ」と言ったことがようやくわかってきた。負ければ当然国を追われるし、勝っても論功行賞で国替えがあるという意味だったのだ。

「うう、嫌です。せっかく台所衆になろうと決心した矢先に」

於くらの手から柿が落ちた。真っ赤に色づいた実を三郎が拾う。

「泣きたいのはこちらだわ。わたしのような在地の武士は殿についてゆけず、新しく越前に入国なさる結城《ゆうき》の御家老さまに御仕えせよとの御達しだ。新しい結城の殿というは、かなり御気性が荒いらしいぞ」

去る者は身を清く、という吉晴の思いに従って出立の送別の宴《うたげ》なども開かれないらしい。これから魚介類が肥えて美味くなる季節だというのに、もう一度蟹の羹《あつもの》や甘海老《あまえび》の刺身などを御出ししたかった、と於くらは俯《うつむ》く。

「御別れをお伝えしたいです。なんとかなりませんか、三郎さん」

思わずべそをかくと、いらいらと三郎が頬を膨らませる。自分もついていきたかった、という無念さがそうさせるのだろう。いつもより辛辣《しんらつ》だ。

「お主のような下女が、殿に拝謁するだけでも不相応だったのだ。我儘《わがまま》を申すな」

そのとき、闊達《かったつ》な声が飛んだ。

「こら三郎。於くらどのはそなたの恩人だぞ、虐《いじ》めてはならぬぞ」

「殿！　御戻りになられたのですか」

吉晴が供を引きつれてやってきた。京から戻ったばかりで、脚絆《きゃはん》を巻いたままの旅姿だった。まだ杖は突いているが、左腕はもう吊っていない。頬に残ったおおきな向こう傷もだいぶ塞がってきたようだった。

供をさがらせ、吉晴は於くらに向きなおった。

「三郎から話は聞いておるか。このたび出雲国へ往くことになった。これも外様《とざま》大名の定めじゃ」外様、と言うとき吉晴は顔を歪めた。「最後の我儘を聞いてくれるか」

「もちろんです。ひとつでもふたつでも、聞きまする」

於くらが勢いこんで即答すると、吉晴は折りたたみの床几《しょうぎ》を広げて軒下に座り、吊るされたばかりの干し柿を見あげた。

「里芋田楽を、いま作ってほしいんじゃ」

「そんな簡単なものでよろしいのですか？」

「そうじゃ。陣中で食ったものとおなじものを」

不思議に思いながら、於くらは土間へ向かった。夏に穫れた里芋を笊《ざる》のなかで粗く洗って皮をこそげ落とし、醬と酒を混ぜた煮汁のなかでことことと炊く。そのあいだに味噌を器にあけ、於くらは外で待つ吉晴に尋ねた。

「あっ、あの壺は持っておられますか」

三郎から小壺を受けとり、蓋を開けてみるともうほとんど残っていない。道中で舐めたのかと思うと、顔がほころぶ。

吉晴が台所を覗《のぞ》きこみ、声をかけてくる。

「使い切ってしまってくれ」

夏のときよりもわずかに濃くなった麦飴を味噌に垂らし、練る。火の通った里芋を串に刺して、麦飴味噌を塗りつけながら、火で炙っていく。香ばしい匂いがたった。

外から吉晴の怒ったような声が聞こえる。

「いまさらだが、於くらどの。女子であるのに戦場などに来て。わしは生きた心地がしなかったぞ」

「申し訳ありませぬ。でも怪我《けが》をした殿にすこしでも美味しいものを召しあがっていただきたかったのです」

あの茸汁は美味かったのぅ。戦場で秋の風情を感じるなど、どんな大名も、帝《みかど》ですらも経験したことがなかろう、と吉晴は懐かしむような声を出した。

「戦場はどうであった」

なんと答えるのがよいのであろう、と於くらは迷いつつ言葉を紡ぐ。

「お若いころから殿はずっとあのような場所で戦ってきたのかと思うと」遠い人のようだ、という言葉を飲みこんだ。「凄《すご》い御方だなと思いました」

かえす吉晴の言葉は川唄のように、たゆたい流れてゆく。

「殺しに殺して、ひどいことばかりした。なんのための戦さなのかとお主は問うた。あのときは言えなんだが、ほんとうは戦さに意味などない」

武士として長年戦場に立ってきた吉晴の言葉は、於くらの胸に重く響いた。

「あんなものはないほうがいい。これからは、新しい国を作ってゆくときだ」

できあがった里芋田楽を織部《おりべ》好みの陶器皿に載せ、於くらは軒下の吉晴に声を掛けた。

「里芋田楽、できあがりました」

三郎が毒見でひとつ、串から外して里芋を頬張った。口に手を当て、頷く。

待ちきれないというように串を持ち、白い里芋と焼き色のついた味噌だれを見つめ、吉晴も頬張った。あち、あちち、と言いながら口のなかで転がすように嚙みしめる。

吉晴が呟き、目がしらを手で覆う。手はわずかに震えていた。

「ああ、むかし食うたそのままだ……」

土間で膝をつく於くらの目に、不思議な光景が浮かんできた。

まだ髪が黒々とした若い吉晴が、物売りから里芋田楽を両手に持ちきれぬほど買って、足軽のたむろする陣中を走ってゆく。吉晴のいでたちは足軽たちと大差ない軽装だ。走ってゆく先に、日に焼けた男たちが待っている。とりわけ背の低い痩せた男が、手を挙げて呼ぶ。

「茂助、城から敵が出たぞう」

まだ茂助と呼ばれていた吉晴は、その痩せた男とともに里芋田楽を口に頬張りながら、鑓を取って、敵の籠る城へ駆けだしてゆく。

「待ってくだされ、藤吉郎さま！」

一番鑓は譲らぬぞ、とほかの男たちと競いあいながら。

三郎が無言で手拭を差しだしてくれ、於くらは我にかえった。髪の大半が白くなった吉晴が涙を流している。吉晴とともに走っていた男たちはもうこの世にはいないのだ、と於くらにもわかった。

みんな逝《い》ってしまったのだ。

香の薫《た》きしめられた手拭に、於くらも温かい涙を注いだ。

――このかたに、もっともっと、腹一杯食べさせたかった。

しばらく洟を啜《すす》る音ばかりがして、吉晴は赤らんだ目を於くらに向けた。

「そなたの腕を見こんで、新しき殿、結城（松平《まつだいら》）秀康《ひでやす》どのの正式な台所衆にそなたを推挙することに決めた。徳川さまの次男の結城どのが入られる北ノ庄城は、これから越前六十八万石の中心地となる」

「えっ……」

北ノ庄城は、柴田勝家のころからの越前の中心地である。しかも新しい殿は徳川家康の息子であるという。百姓出の下女が、そんな格の高い武家の台所衆になるのはほかに例のないことだ。

前々から不思議だったことを、於くらは問うてみた。

「どうして殿は、わたしなどに優しくしてくださるのですか」

頰の傷あとを撫《な》で、吉晴はすこし恥ずかしそうにした。

「最初は哀れに思うたからじゃが、その飯作りへのひたむきさに惚《ほ》れた。お主の料理を食うと憂きときも、頑張ろうという気持ちになれる。それは得難い『才覚』よ」

吉晴は自ら脚立に乗り、軒にさがった柿をひとつ外した。

「餞別《せんべつ》に頂いていこう。お主の優しい飯を、これからの世を作っていく若い殿に食ってもらいたい。爺からの願いじゃ」

吉晴はそこでいくぶん真面目な顔になった。

「炊飯は人に寄りそうものであれ」

人に寄りそうもの。於くらはなんども心の中でくりかえした。

「はい。決して忘れませぬ」

吉晴は嬉しそうに笑い、京で求めた土産じゃ、と桜色の小花模様の菜箸袋を恥ずかしそうに於くらへ渡した。

「あ、ありがとうございます！　わたしのような者に」

戦さをしても、国を作っても、飯を食わせるのは於くらの役目だ。吉晴の切なる思いが伝わってきて、於くらは頭《こうべ》を垂れる。涙はもう見せないと唇を嚙みしめれば、鼻水が垂れた。問う声が震える。

「新しい殿は、台所につまみ食いをしに来てくれますか」

吉晴は腹を揺すって大笑いした。

「どうであろう。わしのような食いしん坊ではないかもしれぬのう」

菜箸袋を抱いて於くらも、つられて笑った。


五日の後、堀尾吉晴の出国の荷車は長い列となって、府中城から北陸道を南へとくだっていった。一方の於くらは北にゆく。台所衆の次平、惣五郎、猪爺が見送ってくれた。猪爺がぶっきらぼうに言う。

「体に気をつけるんじゃぞ」

「はい。みなさん御世話になりました」

たった一人で城を出た於くらは、日野川沿いに南下する吉晴を見にいった。手を振り、別れを惜しむ見物人たちに笠をあげて、吉晴は笑んで見せた。その吉晴を乗せた馬の鞍《くら》に、真っ赤な渋柿がさがっているのを、於くらは見つけた。

あの渋柿は出雲につくころ、ちょうど食いどきになるだろう。

故郷の父母とおなじように、会えなくとも心は繋がっている。

目と目があった。灰色がかった吉晴の目が細められる。

それだけで十分であった。

人垣を抜けて、於くらは北ノ庄城へつづく街道を一人、歩きはじめた。北からぶ厚い雲が幾重にも流れこんできて、吐く息は白く、雪がちらつきはじめた。新しい冬がやってこようとしている。

「さあ、行こっさ。新しい殿さま、待っていなされよ」

越前蕎麦

一　厚揚げと大根おろしの炊いたん

「重いとは聞いていたけど、雪がこんなに重いとはね。一晩で一尺（約三〇センチメートル）も積もりやがる」

朝一番に雪かきを終えて戻ると、バンドコ（行火《あんか》）に半纏《はんてん》をかぶせて女家主の哉ゑ《かなえ》が凍《こご》えていた。

「あたしゃ立ち仕事で腰が弱いんだよ」

髪を唐輪《からわ》に結い、藍色と江戸茶の派手な縞《しま》の小袖《こそで》を着た哉ゑは、四十歳ほどで、江戸《えど》から越前《えちぜん》に越してきたばかりである。乱暴なべらんめえ口調は怒っているのかと最初どきりとしたが、江戸の者はみなこう喋《しゃべ》ると教えられて、ちかごろは慣れてきた。

越前で生まれ育った於くらには雪は当たり前すぎて、哉ゑの嘆きがぴんとこない。

「そんでも今年は雪がすくねえやざ。毎年この倍は積もりますよ」

哉ゑはそれを聞いて大仰に震えあがる。

「ひえっ」

関ヶ原《せきがはら》合戦の論功行賞《ろんこうこうしょう》もすんだ慶長《けいちょう》六年（一六〇一）、正月。

十四歳になった於くらは、越前国北ノ庄《きたのしょう》で新年を迎えた。元々は北ノ庄から南へ五里

（約二〇キロメートル）の府中《ふちゅう》城の台所で、於くらは下女働きをしていた。しかし城主である堀尾吉晴《ほりおよしはる》が松江《まつえ》に転封《てんぽう》となり、新たに入府してくる結城《ゆうき》（松平《まつだいら》）秀康《ひでやす》に仕えるべく、北ノ庄へと引っ越したのである。秀康は徳川家康《とくがわいえやす》の次男であり、越前六十八万石は名実ともに日の本有数の大国となった。

吉晴が自ら紹介してくれた橘《たちばな》屋という商家から哉ゑの店を教えられ、二階を間借りすることとなった。結城家が越前に入府してくるまで、哉ゑの「店」を手伝うという条件つきである。

「橘屋の若旦那さんは、夏前には結城の御殿さまがいらっしゃるだろう、と話してらっしゃいました。さきに御家老が御越しになるそうです。来月か再来月だと」

於くらの話を聞いた哉ゑは、赤くなった鼻頭を掻《か》いた。

「ふうん。於くら、結城の台所衆として勤めるには、まずその御家老に気に入られなきゃならんねえ」

「はいっ」

於くらは元気よく返事した。

昼前、於くらは杉を束にして鼓《つづみ》の形にした酒林《さかばやし》（杉玉）を軒先にさげるため、障子戸を開けた。ひやっと冷たい風が吹き、九十九《つくも》橋が見えた。

「なんど見ても面白い橋だなあ」

ゆったりと湾曲して流れる足羽川《あすわがわ》には、船着き場に荷船がいくつも停留している。下流の三国湊《みくにみなと》へ足羽山から切り出した青緑色の笏谷石《しゃくだにいし》を運ぶのだ。

足羽川にかかる九十九橋は不思議な橋である。南半分は笏谷石ででき、こちら北半分は木製であった。石工と木工で半分ずつ作ったからこうなったのだと言う。ちかごろは夜半にこの橋に首なし武者が出るという噂話《うわさ》もある。首なし武者はかつての北ノ庄城主、柴《しば》田勝家《たかついえ》だとみなが噂していたが、於くらは御伽草子《おとぎ》のようにお似合いであったという勝家と奥方の於市《おいち》を、たとえ幽霊でも見てみたいと思っていた。

足羽川の北側、つまり木橋側が町人街で、於くらの間借りする哉ゑの家は橋の北袂《たもと》、浜町《はままち》にある。北西側は武家屋敷である。しかし、一町半（約一六五メートル）も進めば武家屋敷は終わり、ぽつぽつと民家があるばかりでうら寂しい。柴田勝家の自害後、北ノ庄は焼失した城も再建されないままだったからである。

準備をすっかり終え、二人で神棚に手をあわせ、哉ゑが言う。

「さあ『哉屋《かなや》』をはじめるよ」

江戸に住んでいたという哉ゑは、「哉屋」という煮売茶屋を九十九橋の袂に開いた。煮売茶屋とは煮物や田楽、団子など軽いものを供する店の総称であるが、哉屋ではなんでも作る。

店は手前の八畳に二台の床几《しょうぎ》を並べ、奥の二畳が土間である。竈《かまど》のわきには水甕《みずがめ》、酒樽《さかだる》が置かれ、調理するための立机もある。於くらのいた府中城の台所では板間で正座して庖丁を振るっていたが、狭い家である。調理はすべて立ってやる。

家で飯を食う習慣が強く残る越前では、茶屋というものはまだ珍しかったが、江戸では飯を食わせる店が増えてきているのだという。大普請《ふしん》で各地から江戸に出稼ぎにきた人足に食わせるためだ。

哉ゑは越前にもおなじように勝算があるという。

「なにしろ越前は、加賀前田《かがまえだ》家につぐ六十八万石の大国となったんだ。下総国《しもうさのくに》結城家から殿さまが来ることで、関東の士《さむらい》が大勢くる。料理屋を出せば大儲け間違いなしよ」

哉ゑの作る料理は越前にはない、珍しい調理法や味つけがおおい。たとえば里芋ひとつとっても、これまではたわしで皮を粗くこそげ落とす程度だった。しかし哉ゑは皮を大胆に落とし、綺麗《きれい》な六方に剝《む》く。大根には面取りをほどこし、隠し庖丁を入れる。魚を捌《さば》く手業も見事で、ぐじ（甘鯛《あまだい》）やかれいなど、すっすとおろして薄く切り身にしていくのには、見惚《みほ》れてしまうほどだ。

於くらは、さまざまな庖丁の入れ方を習った。縦剝きの四方、六方、八方剝き、横剝き（輪剝き）、ささがきなど。

いま笊《ざる》の上には、六方に剝いた里芋が白い腹を見せてころんと並んでいる。

哉ゑがそれを見て言った。

「見な。六方で折り目正しく見えるだろう。醬油と味醂《みりん》で甘辛く煮ころばし、越前じゃあ、ころ煮というのか、ともかく里芋を煮るにゃ、ざっくり皮を残すくらいがいい。でも結城の御殿さまは徳川さまの御子息だから、上等なほうがいいのさ」

哉ゑはこんなに優れた庖丁術をどこで習ったのだろうか、江戸というところはみなこんな料理上手なのか、とため息が出る。

「お客さんが来たら、きっと喜びます」

於くらの言葉に、哉ゑは肩を竦《すく》めて表を見遣《みや》る。「あな寒や、ひとつ食《た》うべなん」と惹《じゃっ》句《く》が墨書きされた障子戸が一寸ほど開いて、いくつか目が覗《のぞ》いている。

囁《ささや》き声がここまで聞こえてきた。

「飯なんぞ家で食えらあ。なんでわざわざ銭を払って食わなきゃいけないんや」

「若旦那あんた行けよ」

橘屋の若旦那が仲間を連れて冷やかしにきたらしい。若旦那の声がした。

「わしは京で遊女と遊んどるから目が肥えとるんや。おぼこいあの娘じゃ酒も進まんぞ」

男たちがいっせいに笑う。

「二階があるぞ、一晩いくらだ」

於くらはぽかんとしたが、哉ゑが剃った眉を吊《つ》りあげて怒鳴りつけた。

「この子は飯盛女《めしもりおんな》とは違《ちげ》ぇんだよ！　帰ってかかぁのおまんま食ってやがれ」

男たちはさざめき笑いを残し、去っていった。

ようやく於くらは理解した。街道の飯を食わせる茶店では、飯盛女、飯売女という給仕の女たちが私娼もやっていると聞いたことがある。自分がそういう女だと思われたのかと思うと、かあっと頬が熱くなった。

「あんたが銭を稼ぎたいってんなら、二階を貸してやらんこともないが」

哉ゑまでそんなことを言うのか、と於くらはおおきく首を振った。

「そ、そんなことは、しませんっ」

「だろうねえ」

このように好奇心で覗きにくる者はいるが、肝心の客はやってこない。哉ゑのため息が店に響く。

「とにかく来月、御家老がやってくるというなら売りこまないと、首をくらにゃならなくなる」

その晩は麦飯を炊いて、哉ゑが賄《まかな》いを作ってくれた。

「越前と言えば油揚げ。こんなぶ厚いのは、はじめて見たよ」

二寸もの厚さがある厚揚げを火で炙《あぶ》って焼き色をつけ、四つ切りにする。於くらは大根を摩《す》った。みぞれ雪のような大根おろしができる。

鰹節《かつおぶし》の出汁《だし》とたまり醬油、酒を平鍋で熱し、厚揚げを入れて炊く（煮る）。汁を吸ってすこし厚揚げが膨らんだように見えた。

「腹の虫が鳴るわいな」

無骨な焼き物の器に厚揚げを二切れずつ。於くらの摩った大根おろしを山盛りにして、熱した出汁をかけると、大根おろしが出汁を吸ってとろりと滑りだす。

「あたしゃ、おろし生姜《しょうが》をたくさん載せるのが好きだよ。於くらはどうだい」

「では、すこし」

外は静かで歩く人もなく、雪だけがただ降りつづいている。寒いので竈《かまど》の前で立って食った。箸で厚揚げを挟めば、出汁が溢《あふ》れだす。口に入れるとまず、きつね色の表面はかりっと香ばしい。内側は出汁の味と、大豆のやさしい味わいがする。鰹で引き、たまり醬油とあわせた出汁はぱっと華やかだ。さいごに生姜のぴりりとした辛さが口一杯に広がって鼻に抜けていった。

なにより常に於くらが使う魚醬《ぎょしょう》の、独特な臭みがない。

「鰹とたまり醬油のお出汁は、しっかりした味ですね。こんな美味《おい》しいお揚げ、はじめてです」

厚揚げは越前の百姓にはなじみの深い食材だが、いつも野菜と一緒に煮物にしたり、おつけ（味噌汁）に細かく刻んで入れたりして、厚揚げだけをこんなふうにじっくり味わうことはなかったように思う。

「これが江戸風ってやつさ」

二つ平らげるともう腹がくちくなる。哉ゑは麦飯に残った出汁をかけ、一気に掻《か》きこんだ。

「行儀が悪いけど、これがたまらなく美味《うま》いのさ」

於くらも出汁を麦飯にかけ、そっと口に運ぶ。油の沁《し》み出た濃厚な出汁と麦飯で体が温まり、ぽかぽかと手足の指に熱が宿る。

「ぷっはあ、美味しい！」

鼻水が出てきて於くらと哉ゑはそろって洟《はな》を啜《すす》り、笑いあった。

二　伊豆守の饗応

翌二月の下旬、ようやく雪も嵩《かさ》が減ってきて寒さが緩み、梅が咲くころ。

店の外の九十九橋で大勢の人の声がする。障子戸を開けてみると、人だかりができている。その中心でおおぜいの供《とも》にまじって風呂敷包みを持っている若い士《さむらい》の姿を見たとき、懐かしい思いで於くらの胸は一杯になった。

「三郎《さぶろう》さん」

前場《ぜんば》三郎がちらりと於くらを見た。於くらのいた府中城で小姓《こしよう》として勤めていた於くらの二つ上の青年は、前髪を落として髷《まげ》を結っていた。小姓であったころも利発な若者だったが、髷を結うといっそう凜々《りり》しい。背もだいぶ伸びた気がする。

於くらと外を覗いていた哉ゑが、声をあげた。

「伊豆《いず》どの！」

三郎の前に立っていた裃《かみしも》姿の士がこちらを向く。これが、結城の御殿さまに先んじて北ノ庄に入るという御家老なのだろう。まだ三十ばかりで背は三郎よりすこし低く、横顔は鼻筋が通って、一重の目が重たげに並んでいる。

伊豆どのと呼ばれた士は、訛《なま》りのない綺麗な言葉をかえす。

「哉ゑどの。殿に先回りして茶屋を開いたという噂は誠だったのだな」

「哉屋ってんだ。寄っておくれよ」

気安く哉ゑが声をかけると、伊豆守《いずのかみ》は思案顔をして、こう答えた。

「急ぎ、身ひとつで参ったゆえ、食うものに困っていたところ。晩に伺う。簡単な料理、そうだな蕎麦《そば》がきでも用意しておいてくれ」

「アイヨ」

もう腕まくりをして哉ゑはいそいそと板場へ向かう。於くらも慌ててあとを追った。

「哉ゑさん、御家老さまと知り合いなのですか」

「詳しい話はあとだ。殿の筆頭家老、本多《ほんだ》伊豆守富正《とみまさ》に、わたしゃ茶屋を気に入られたい。あんたは台所衆として覚えめでたくなりたい。目的は一致している」

於くらは頷《うなず》いた。堀尾吉晴の推挙があるとはいえ、台所衆に田舎《いなか》出の女子《おなご》が入ることを許してもらえるだろうかと、不安もある。家老のお墨付きがあればきっと、うまくいくはずだ。

哉ゑは鼻息荒く言う。

「そんなら、蕎麦がきなんて簡単な料理を出してたまるかい」

蕎麦がきとは蕎麦粉を湯で練って団子状にしたもので、庶民の主食だ。於くらの実家でも米が高くて買えないときなど、よく食べた思い出がある。素朴で蕎麦の風味を感じられる料理だが、茶屋で出して満足してもらえるかどうか。それこそ家で作ればいい。

「伊豆守さまにびっくりしてもらえる料理を作りましょう」

哉ゑは市へ行ってくると言って、腕まくりのまま茶屋を飛びだして行った。

「そのあいだに煮物と、汁物を作っておいておくれ。細かいことはあんたの腕に任せる」

料理を任せてもらえることが嬉しくて、於くらは手拭を握りしめた。

「わかりました」

里芋を洗い、なんども練習した六方剝きにする。厚揚げとおなじく越前で好まれる麩《ふ》、そして雁肉《かりにく》。これが煮物の材料である。

一つひとつ心をこめて里芋の皮を剝き、つぎに雁肉をぶつ切りにする。赤みが強い雁肉に酒を揉みこんで下味をつける。於くらは帯からさげていた菜箸袋から箸を取りだした。小花模様の桜色の菜箸袋は、堀尾吉晴みずから於くらに土産にと買ってくれたものだった。

「堀尾さま、わたしに御力をくださいませ」

於くらは平鍋に湯を沸かした。昆布で出汁を取った煮汁に、使い慣れた魚醬と酒を加え、里芋、麩、雁を煮てゆく。魚醬の壺の隣に哉ゑが厚揚げを炊くときに使ったたまり醬油の壺があったが、於くらはいつも使っているからと魚醬を選んだ。新しいものだと気後れしてしまう。

ある程度煮たら火からおろし、布団で包んで味が沁みていくのを待つ。

そうこうしているうちに、哉ゑが鰤《ぶり》と赤大根のようなものをさげて戻ってきた。

「奮発しちまった」

そう言って板に鰤を載せるや、勢いよく頭を落として捌きはじめる。あまりの手際のよさに於くらは疑問に思っていたことを問うた。

「哉ゑさんはいったい、何者なのですか」

鰤を手早く捌きながら、哉ゑが答える。

「隠していたわけじゃないけど、結城家の江戸屋敷の庖丁役だったのさ。庖丁役だった兄貴が病で死んで、男のなりして髷を結って勤めていたんだよ。元服した息子に庖丁役を譲って隠居暮らしさ」

於くらは驚いて手を止めた。哉ゑはいわば於くらよりもずっとはやく、女子で台所衆を務めた先達だったのだ。それにしても男装をしていたとは驚く。それほどに女が台所に入ることを嫌う士はおおい。於くらはしだいに不安になってきた。

「旦那が死んで里に戻ってしばらくぼうっとしていたんだけど、秀康さまが越前に行くというじゃないか。こら儲け話だと思ってね」

「哉ゑさんと知りあえてよかったです。こうして庖丁も教えてもらえて」

元気づけるように、哉ゑは於くらの背を叩いて言った。

「結城家にはあたしのような先例もあるから、あんたを召し抱えるのも無理な話じゃないと思うんだよ」

心強い言葉を聞いて、於くらはすこし元気がでてきた。

二品目、おつけづくりにとりかかる。春の味覚であるわかめのおつけだ。わかめを湯通しすればさっと鮮やかな緑色になり、潮の香りが鼻孔に届く。

「本多さまというのは三河国《みかわのくに》の御生まれですよね。鬼作左《おにさくざ》という強い武士がいたのだと堀尾さまに教えていただきました」

鬼作左こと本多重次《しげつぐ》は徳川家康に仕えた傑物で、徳川の四天王と名高い本多平八郎忠勝《へいはちろうただかつ》とならんで講釈にもよく登場する。本多というのは武勇の誉《ほま》れ高い一族らしい。

「あの本多伊豆は鬼作左の甥《おい》っ子だね」

ならばきっと三河国で食されているという赤味噌が好みであろう。府中城を出るときに餞別《せんべつ》に貰《もら》った赤味噌の壺を持ってきて鍋に溶くと、ふんわりと香りがたつ。

「雁と麩と里芋の煮物、春わかめのおつけ、できあがりました」

哉ゑも四品を作り終えていた。紅白の色合いが美しい大根のなますがまず目に飛びこんできた。

「紅色の大根なんてあるんですね」

於くらの声に、哉ゑは首を振る。

「これは人参《にんじん》だよ。昔っから薬として栽培されていたが、最近食用の人参が出回ってきてね。紅白でおめでたい感じがするだろう。秀康さまは下総十一万石から越前六十八万石と大出世なされたからね、その御祝いさ」

一の盆は紅白かまぼこ、鰤と結び昆布の酒蒸し、大根と人参のなます、里芋と麩、雁の煮物。

二の盆は菜飯《なめし》、春わかめの三河風味噌汁。

「紅白かまぼこに、なますの紅白、結び昆布、おめでたいものづくしです」

哉ゑはできあがった盆を見て、顎に手を当てなにか考えこんでいる。どうしたのだろう、と覗きこむと、なんでもないと手を振った。

「あたしの考えすぎだろう。さあ本多伊豆を迎える準備だ」

表を掃き清め、酒林をかけて行燈《あんどん》を灯《とも》せば、お供を連れた二つの人影がちかづいてくる。昼間見た本多富正と前場三郎であった。於くらは頭を深々とさげた。

「ようこそ御越しくださいました」

富正はさっと於くらを一瞥《いちべつ》して言った。

「前府中城主の堀尾どのから、台所衆の任用の件は承っておる。しかし、女子の庖丁役というのは前例がないではないが、珍しいこと。まずは手前を見せてもらおうか」

「は、はいっ」

後ろにつき従う前場三郎と目をあわせると、三郎は頷きかえす。しっかりやれ、と言っているように思えた。ささやかな気遣いが嬉しかった。

供を外に待たせ、入るなり二間《けん》（約三・六メートル）の間口の狭さに、富正は驚いたようだった。左右の壁沿いに一つずつ竹製の長床几があり、座って飯を食うようになっている。床几の下には寒くないように、木炭を入れたバンドコを置いてある。これは於くらの工夫であった。

「江戸の品川《しながわ》でこのような茶屋を見た気がするが、入ったことはなかった。ちかごろ流行《はや》っているらしいな」

主人である富正が床几に座ると、部下である三郎は地べたに膝をつく。当然のように冷たい地面に膝をついて富正の刀を受けとった三郎へ、哉ゑが声をあげた。

「うちの店は武家御殿じゃない。ただの茶屋だ。上座も下座もない。御士であろうと中《ちゅう》間《げん》であろうと町人であろうとみんなおなじ床几に座って飯を食ってもらう」

三郎はどうしたらいいかと、戸惑いの視線を主人に送る。

富正は短く嘆息して、目線で自分の隣を示す。

「この御仁《ごじん》は言いだしたら聞かぬ。殿すらも言い負かすほどじゃ。わしの隣に座りなさい」

三郎は床几に浅く腰かけ、富正に頭をさげた。

「御無礼つかまつります」

哉ゑの闊達《かったつ》な声が三郎をからかう。

「この茶屋では無礼も糞《くそ》もあるもんか」

於くらは一の盆を運んだ。三郎がはっと目を見開き、小さな声をあげた。

「こ、これはすごい……茶屋というから田楽のような串のものを出すのかと思ったが。これでは殿へ献上する飯と変わらぬではないか」

富正がじろりと於くらを見あげる。

「蕎麦がきのような簡単で腹の膨れるものでよいのだが」

竈の前から哉ゑの威勢のいい声が飛んだ。

「伊豆どのの蕎麦好きは知っておるが、これはあんたのためじゃない。殿のための御膳さ。於くらが台所衆にふさわしいという腕を見せる料理だ」

「なるほど承知した」

富正はふむ、とかまぼこを口に運び、黙々と食べた。むっつりと表情がわかりにくく、美味いのか、不味《まず》いのかわかりかねた。一方の三郎は遠慮がちではあったが、目を輝かせている。箸を動かすのもだんだん速くなるので、料理を好んでいるのがわかった。

富正がすべて平らげ、箸を置く音がする。

さすがの哉ゑも上ずった声で問うた。

「ど、どうだったかね」

出された白湯《さゆ》を啜り、富正は息を吐いた。

「わしは、飯というのは腹に入ればよいと思うておる。が、殿のための御膳ということでそのつもりで述べる。寒鰤の酒蒸しは洗練された京風でよい。紅白のかまぼこ、なますもめでたさがあり、悪くない」

そこで富正は眉根を寄せた。

「――が、ほかは古いな」

「……え」

於くらの心臓がどくんと跳ねた。

「まず味噌汁。わしが三河国の生まれだから赤味噌を使《つこ》うたのだろうが、殿とおなじくわしも若き頃より京で育った身ゆえ、赤味噌に特段思い入れはない」

「も、申し訳ありません」

於くらは小さな声で謝ったが、富正は言葉を止めなかった。

「つぎ煮物。里芋の剝き方こそ六方であるが魚醤が臭い。結城家では魚醤は使わず醬油を用いる。古臭い味つけを殿には出せぬゆえ。以上だ」

◎江戸時代初期は、食の変革期であった。それまでは醬《ひしお》（魚醬）を主に使っていた。まず京で醬油が普及しはじめ、江戸では江戸時代中期に普及したと言われる。また味醂が入ってきたのも江戸時代初期と言われている。

「…………」

「これを作ったのはお主か、於くら」

その通りである。ようやくちいさな声を絞りだした。

「はい」

「だろうな。三郎に聞いたがお主は百姓の子らしいな。百姓に武士の料理が作れるか。やはり台所で働くといっても庖丁役ではなく下女働きがよい。異論はないな」

答えられない於くらを一瞥《いちべつ》し、富正は立ちあがった。

「馳走になった。代金はあとで取りに参れ。三郎参るぞ」

三郎は一瞬気遣わしげに於くらを見たが、慌てて立ちあがった。

「はっ……」

於くらは哉ゑとともに表へ出て、頭をさげた。春先とはいえ夜は凍えるように寒く、三郎が掲げる提灯《ちょうちん》の明かりはしだいにちいさく、おぼつかなく消えていった。

片づけを終え、梯子《はしご》で二階にあがると、堪《こら》えていた涙がどっと溢れてきた。

「う、ううっ……うっ……」

自分の浅はかさを殴りたかった。結城家が京風の味好みだということを知らなかった。三河生まれだからきっと濃い味つけが好きだろうと、勝手に思いこんでしまった。魚醬が古臭いものだということを知らなかった。

なにより百姓であることを馬鹿にされたような気がして、悔しかった。

箸を納めた菜箸袋に目を落とす。声をあげて泣いた。

於くらを推挙してくれた元の主《あるじ》、堀尾吉晴に申し訳なく、悲しかった。夜な夜な台所につまみ食いをしに来る「茂助《もすけ》」老人は、於くらの作る素朴な料理を美味いといって腹一杯食べてくれ、褒めてくれた。新しい主君のもとで腕を振るうようにという期待を、裏切ってしまった。

吉晴の言葉が思いだされる。

『炊飯は人に寄りそうものであれ』

「わたしには……できません」

梯子を登って来た哉ゑが掻巻《かいまき》にくるまって泣いている於くらを見て、慌てて駆け寄ってきて抱きしめてくれた。

「あんたは悪くない。あたしのせいだ。あんたのいつもの味つけを失念していた。秀康さまは幼いうちに豊臣《とよとみ》家の人質になって、京で育ったんだ。伊豆どのも殿に従って京で育ったから、舌は京好み。下総国《しもうさのくに》の結城に行ってから、関東風の濃い味つけも召しあがるようにはなったけど……」

「うっ、で、でも……気づかなかったわたしが悪いんです」

悔しさと悲しさが嵐のように襲ってきて、唇が切れるほど噛《か》みしめた。

哉ゑは背中をさすって何度も謝った。

「於くら、泣かないでおくれ、あたしが莫迦《ばか》だったよ」

涙が涸《か》れ果てると、心に残るのは重い後悔だ。いっそのこと台所衆の御役目は辞退して故郷へ帰ろうかとも思った。しかし山深い大野《おおの》郡の百姓である於くらの家は貧しく、於くらの給金で食いつないでいる。しがみついてでも北ノ庄で働きつづけなくてはならない。

「これはわたしのせいです。下女働きでも、働かせていただけるのをありがたいと思わなければなりません」

哉ゑも気まずそうにして、それきり二人は言葉を交わすことなくそれぞれ掻巻にくるまった。暗がりのなかで耳を澄ませば、外では強い風が吹いて、於くらを嘲笑《あざわら》うように戸板ががたがたと鳴っている。

三　越前蕎麦

三月になり残雪も遠くの高い山々だけになるころ、朝に障子戸を叩《たた》く者がいる。於くらが障子戸を開けると、前場三郎が立っていた。

「すこし歩けないか」

哉ゑはまだ二階で鼾《いびき》をかいて寝ている。すこしだけなら、と於くらは三郎と外へ出た。風はあたたかく、町はずれには菜種油を採るための菜の花が咲き乱れ、薄紅色の桃の花がまさに花開きはじめていた。三国湊からの魚売りが桶《おけ》に鰆《さわら》や鰰《はたはた》、蛍烏賊《ほたるいか》の塩辛などを持って売り歩いている。鰆は字の通り、越前では春を告げる魚であった。

足羽川沿いには人々が出歩き、団子売りや田楽売りが出ている。とぼとぼとついてゆくと、三郎が団子屋の前で足をとめた。

「なにか食うか。買ってやるぞ」

「いらないです」

本多伊豆守の一件でなにもかもが終わってしまったように思う。推挙してくれた堀尾吉晴に申し訳が立たない。しかし時を巻き戻すことはできない。思うだけでまた鼻の奥が痛んで涙がこみあげる。

九十九橋の欄干から足羽川を見遣れば、行き交う舟は川を埋めつくすがごとくである。石垣に使う巨石や、瓦や、材木を三国湊から舟で運んできた舟頭たちの勇ましい掛け声が満ち、つぎつぎ荷揚げされてゆく。

下流を三郎は指さした。

「ほら、見ろ於くら。あちらに巨大な堀を掘るのだ。みな百間堀《ひやつけんぼり》と呼んでいる。上水も引かねばならぬ。北ノ庄は北国《ほつこく》一の町に生まれ変わるのだ」

町では大がかりな普請がはじまっていた。北側の京町《きようまち》沿いに元々あった武家屋敷を修繕し、上水を引く堀や樋《とい》が通され、あちこちで堀を掘っている。足羽川を渡った北側の土地には仮御殿と天守を建てるのだという。そこに結城秀康が暮らすことになるのだろう。

新しい主の入府を待つ北ノ庄は活気に満ち、すべてが明るい兆しに溢れていた。

俯《うつむ》く於くらへ、三郎がぽつりと言った。

「お主が百姓出であることを伊豆さまへ話したこと、恨んでもいい」

気遣いは嬉しかったが、於くらは首を振った。

「恨んでいません。本当のことですし、隠したっていずれわかります」

三郎は優しく励ましてくれる。

「元気を出せ、於くら。伊豆さまが酷評した煮物、わたしには美味く感じたぞ。腕をあげたではないか」

「伊豆さまが気に入らなければ、意味がないです」

「う、うむ……」

「わたしは京に行ったことがありません。田舎臭い料理しか作れません」

すると三郎は、まっすぐに於くらを見て強く言った。

「それは違うのではないか。伊豆守さまは『古い』とは言ったが、田舎臭いとは言ってない」

「おなじではありませんか」

於くらが口を尖らせると、三郎はがんとして首を振る。

「違う。関ヶ原の戦さが終わりいちおう天下が治まったいま、人々の興味は戦さから、平和な暮らしへ移りつつある。いままで軍《いくさ》の物資が優先だったが、越前からも京へどんどん紙や鯖《さば》などを売りに出ようとしている」

たしかに、新しくできた魚町《うおまち》に行けばそれまでは並ばなかった三国湊や敦賀《つるが》湊《みなと》の魚など、物が増えた。棒手《ぼて》振りもあちこちで見かける。

「明日死ぬかどうかというときに、食いものの味にこだわってはいられない。だが平和になれば、より美味いものが食いたくなる」

三郎は欄干から身を乗りだし、遠くを見た。

「お主はここを田舎と思っているようだが、越前は六十八万石という大国になったのだ。新しくなるんだ。北ノ庄にふさわしい味があるのではないか？」

いまも腰にさがる菜箸袋を見る。堀尾吉晴は、「新たな国」をつくってゆく結城秀康を料理で元気づけることを、於くらに望んでいた。

於くらに道を拓《ひら》いてくれた吉晴のためにも、一生懸命働きたい。それにはどうすればいいのだろう、と考える。

船で運ばれてきた土砂を、人足たちがもっこを担いで運んでゆく。その言葉は越前のものではない早口の播磨《はりま》弁であった。三郎は人足を見送りこう言った。

「あの者たちの言葉を聞いたか。越前どころか隣国や京、堺《さかい》、播磨からも大勢来ている。日の本一といわれる近江《おうみ》の石工《いしく》、穴太衆《あのうしゅう》も来るそうだ。国造りはもうはじまっているのだ」

京や堺、播磨、近江。みな上方《かみがた》の地だ。

そのとき、於くらは脳天をぽかりと殴られたような衝撃に思わずよろめいた。

「秀康さまは、幼いころから京におられたのですよね？」

急に顔をあげた於くらに面食らいながら、三郎は答える。

「う、うむ。殿は豊臣家の人質として京伏見におられ、太閤《たいこう》さま（秀吉）の秀の一字、三河さま（家康）の康の一字を継いで秀康と名乗られたのだ」

挽回の機会を逸したまま泣き暮れるのでは、格好《かっこう》がつかない。

新しい越前に新しい味を添えたい、と闘志が湧いてきた。

「なんとかして、あの朴念仁《ぼくねんじん》へちゃむくれに美味いと言わせて見せまする。これはわたしと本多伊豆さまの勝負なのです」

「う、うん？　朴念仁へちゃむくれとは伊豆守さまのことか？」

事情が呑《の》みこめず目を白黒させて問う三郎の脇を、於くらはもう駆けだしていた。その腰には小花模様の菜箸袋が揺れる。

「三郎さんありがとう！　わたし頑張ります」

残された三郎は苦笑しつつ、駆けてゆく於くらの姿を見送った。

「参ったたな。団子でも食いつつ桃花《とうか》を見ようと思うたのだがな」

梅雨が明け、七月に入ると九十九橋の袂からも仮御殿が一部できあがったのがよく見えた。城門の薄緑色の笏谷石の瓦が梅雨明けの強い日差しに輝いて、朝になると太鼓が鳴り、士たちが大勢登城していく。於くらが台所下女として働きにゆく日もちかづいてきた。

障子戸を外し、外に立てかける。障子の文句は「あな暑や、ひとつ食うべなん」に変わっていた。煮炊きの湯気で暑くてかなわないから、すこしでも風を通したいが、足羽川からむんむんとした水気がたちのぼってくる。

夕暮れの町は普請作事を終えた人足たちが褌《ふんどし》一丁に麻の着物をたくしあげて、連れだって帰ってくる。見知った顔を見つけ、於くらは手を振った。

「若旦那、寄って行ってください」

それはいつだか冷やかしに来た商家・橘屋の若旦那であった。

「飯は家で食べればいいだろう。銭を払うなどもったいない」

こう断ろうとする若旦那の袖を飯盛女のごとく引き、於くらは食いさがった。

「京の味を、お出ししますから」

若旦那は小馬鹿にしたように笑う。

「阿呆《あほう》、越前で京の上品な味が出せるかいな。わしはなんども京の料理屋に通った通人やぞ」

於くらは諦めず、小皿に出汁をよそって若旦那に差しだした。

「そんなら、味を見てみてください」

仕方なく口に含んだ若旦那が、目を見開く。

「魚醬や味噌の味でない？　はじめはあっさりと滋味深い昆布出汁。京の味じゃ。いや、京らしくもあり、なんとなく落ち着く感じがする。ほかの出汁とあわせたのか?」

「さすが若旦那! 越前鯖のお出汁を隠し味にしたのです」

あれから於くらは、町にいる出稼ぎの人足たちを質問ぜめにした。故郷の汁の味はどんな味かと。出汁か、味噌か、醬油か。出汁にしても鰹、昆布、煮干し、さまざまである。人足たちの話を聞いていくつも汁を試作した。今日の出汁は一番の自信作であった。昆布出汁を主体にほんのすこし、越前で馴染《なじ》み深い鯖の削り節でとった出汁をあわせたのだ。くせがなく甘みのある鯖出汁の風味は、越前者の舌には慣れ親しんだ味である。

京とまったくおなじではないが、越前の地にあった出汁が作れたと思う。

嬉しくて小躍りする於くらを見て、若旦那はにやりと笑う。

「なら、京で流行っているという料理を作っておくれ。そうしたら食いにきてやろう」

「なんですか、教えてください」

於くらが食いつくと、若旦那は声を潜めた。

「それはな――」


若旦那は結局帰ってしまい、つぎに店にやってきたのは背の高い、肩幅のがっしりした男だった。ちかごろ客がすこしずつやってくるようになった。

男は手拭をほっかむりにして綺麗に髭《ひげ》を抜き、白地に井桁《いげた》模様の小袖に紺鼠《こんねず》の袴《はかま》を穿《は》いて、素足に草履《ぞうり》姿である。

男は初めての店で探るように目を動かし、床几の端に腰をおろした。着物の合わせを寛《ひろ》げてはたはたと風を送る。豊かな胸筋《きょうきん》が露《あら》わになり、於くらは目をわずかに逸《そ》らして訊いた。

「なににいたしましょう」

太いさがり眉につぶらな瞳、団子鼻とどこか童子のような愛嬌《あいきょう》のある顔を動かし、男は微笑を浮かべた。

「どうもこの暑さで食が進まぬ。あっさりしたものを食べたい。それと越前の地酒はあるか」

身なりや言葉で身分や出身地を測る癖がこのごろついているが、訛りのない綺麗な言葉と対照的に庶民的な格好のこの男の正体を、於くらは測りかねた。

「永平寺《えいへいじ》の辛口のお酒と、大野郡の濁りと、丹生《にゅう》郡のさっぱりしたお酒がございます」

「うむ、わしはこちらに来たばかりで地名を言われてもぴんと来ぬ。さっぱりした酒がいいか、しかし濁りというのもまた興味深い。うむむ」

来たばかり、ということはやはり越前の者ではない。

「そなたはどこの生まれだ」

「大野郡やっちゃ」わざと故郷の言葉で答える。「みなさん熱燗《あつかん》で召しあがりますが、この時期は冷やもおすすめです」

男の顔がぱっと輝いた。

「よしお主の生まれ、大野郡の濁りを冷やで一合頂こう。あとは適当に見繕《みつくろ》ってくれ」

それから思い直したように言った。「適当、では店に失礼だな。美味いものを頼む」

「はい」

よい客だなと思いながら竈の前に戻ると、哉ゑはまな板に目を落として言った。

「あたしはいま手一杯で、あんたが適当に作っておくれ」

「えっ」

本多伊豆守の一件以来、於くらはもっぱら哉ゑの補助にまわり、一品を最初から最後まで作ることはなかった。また客を落胆させるのが怖かったのだ。しかしいつまでも怯《おび》えていてはいずれ庖丁を握ることすら怖くなりそうだった。

意を決して於くらは襷の結び目を握りしめ、きつく縛りなおした。

「わかりました、やります」

濁り酒をちろりに注ぎ、猪口《ちょこ》とともに供す。小鉢には突き出しとして小鯛のささ漬けを出した。若狭湾で獲れた小鯛を薄く切り身にし、塩と酢で漬けて杉の樽に詰めたものである。酢で締まった身に杉の薫香《くんこう》がして、嚙むほどに旨味《うまみ》が出てくる。

男は慣れた手つきで片口《かたくち》から冷や酒を猪口に注ぎ、くっと呷《あお》った。二杯、三杯とたてつづけに飲み干す。随分な酒好きのようだ。それから珍しそうに鯛の身を箸でつまみ、口へ投げ入れると目を丸くして言った。

「美味い。焼いた鯛は食べたことがあるが、ぼそぼそしてあまり美味いとは思わなかった。これは酢がさっぱりとして箸が進む。桜色の皮が美しいのう」

於くらは心の底からほっとして、頭をさげた。

「ありがとうございます」

男が肴《さかな》をつついているあいだに食事作りにとりかかる。

「すぐ作れてあっさりと食べられるもの……今日はお客さんがおおくてご飯がなくなってしまったし」

実は、於くらの頭には作りたい品がある。だが客をまたがっかりさせるのではないかと、勇気がでない。

のんびりと男の声がする。

「大変なら、簡単なものでええよ」

その鷹揚《おうよう》とした上方の言葉が、於くらに閃《ひらめ》きをもたらした。

「お客さん、もしかして京のかたですか」

つい出たという京言葉に照れるように、男は頰を掻《か》いた。

「なんというか、育ちは京で、最近はもっぱら江戸にいた」

「わあすごいですね、羨ましい。美味しいものをたくさん食べたのではないですか」

男は頭を掻いてなぜか苦笑する。

「うーん、冷えたものばかりじゃったのう」

冷えた料理ばかりだったとは、どういうことだろう。疑問に思いながらも手は動かす。器に蕎麦粉を入れ、温かい湯を入れて手早くこねる。腕がだるくなっても、我慢してこねる。粘り気が出てむっちりとしたら、出来あがりである。於くらは幼いときからなんども作らされてきたから、水加減には自信があった。

蕎麦がきである。古臭い、百姓の味である。

これはいわば越前という国だ、と於くらは思う。古くからさまざまな武将、一向衆《いっこうしゅう》の百姓が戦った北の国。

越前といわず蕎麦がきは水で溶いた味噌を煮詰め、布で漉《こ》した「垂れ味噌」で食べるのが一般的である。素朴な味わいだが、伊豆守なら古いと言うかもしれない。

だから新しくする。

練った蕎麦がきを平たくのして細くきざんで、さっと茹《ゆ》でる。これは哉ゑから教わった「蕎麦切り」という新しい蕎麦の食べかたである。

また於くらは客から煮貫《にぬき》という、新しいたれの作り方を教わった。上方で流行りのたれだという。まず味噌を溶いた水に鰹節と味醂を入れて煮詰め、漉したものを作る。味噌の塩辛さは味醂でまろやかになり、鰹節が香ばしさを添える。これなら、たんに味噌を溶いた垂れ味噌より、ぐっと味が複雑になる。上品、と言えるかもしれない。

◎このころの蕎麦は味噌を水で煮詰め、布で濾した「垂れ味噌」で食べるのが一般的であり、鰹節の出汁に醬油、味醂、砂糖を加える江戸のそばつゆは文化文政（一八〇四〜三〇）ごろには完成されていたと思われる。於くらの作った煮貫は、垂れ味噌とそばつゆの中間のようなものである。

できあがった蕎麦切りを皿に盛り、大根おろしを添え鰹節、貝割れ大根を載せる。大根おろしは胃をさっぱりとさせてくれる。煮貫たれは別の器に入れて持っていった。

「蕎麦切りにございます」

男の目が不思議そうに皿に注がれる。

「蕎麦がきは食うたことがあるが、大分違うようだの。饂飩《うどん》のようじゃ」

これは哉ゑの「厚揚げと大根おろしの炊いたん」を参考にした。蕎麦切りに大根おろしを好みで載せ、煮貫の汁を回しかける。蕎麦とたれを別にしたのは、蕎麦と汁の香りを直前まで損ないたくないからである。

「はい。お饂飩のように箸ですくって、啜って食べてみてください」

「面白い趣向じゃの」

ずずっと音をたてて蕎麦を啜った男は、とたんに目を輝かせた。

「つるりと喉に落ちて、もたれた胃に心地よい。あっさりした大根おろしがたれを吸って、香りが口一杯にひろがる」

そして猪口を呷って目を細めた。

「酒で流しこむと滅法いい」

於くらは恐る恐る聞いた。

「古臭くはないでしょうか」

「これが古い？　慣れ親しんだものがまったく異なる味わいじゃ」

男は猪口をさげて、ふっと息を吐いた。

「新しい、越前蕎麦じゃ」

◎蕎麦の歴史は古く、縄文時代には生産されていた。蕎麦の食べ方は湯で練る蕎麦がき、餅状にするおやきなどが主であった。いまの細長い形の「蕎麦切り」が文献に登場するのは天正二年（一五七四）で木曽《きそ》での作事で振舞われたらしい「振舞ソハキリ」である。蕎麦切りに大根おろしを載せ、出汁をかけて食す越前蕎麦は、一説には作中にも登場する本多富正が江戸より連れてきた蕎麦職人が考案したという。

新しい蕎麦の味。欠けていた於くらの胸になにかが嵌《は》まったような音をたてる。ただ新しさを追い求めるのではなく、いまあるものをよりよくする。そうすることで、ますます料理の幅が広がってゆく。

新しく二人連れの客が入って来た。戠ゑが炊事場から顔だけ向けて男に言う。

「そろそろ御戻りになられたほうがよろしいんじゃござんせんか、於義伊《おぎい》さん」

於義伊と呼ばれた男の顔がみるみる赤らんで、声を潜めて戠ゑに抗弁する。

「いつまでも餓鬼扱いするでないっ。わしはまだ飲むぞ」

戠ゑは訳知り顔で笑い、そっぽを向いた。

「さてねえ」

於義伊という奇妙な名の男は、入ってきた客と酒を酌み交わし、北ノ庄の普請について話に花を咲かせはじめた。

「総奉行の清水丹後《しみずたんご》は厳しい御人らしい」

「百間堀の南側は日差しがきつくて人足が大勢倒れたそうだ」

他愛《たわい》もないお喋りにうんうんと相槌《あいづち》を打ち、戠ゑが「もう仕舞だよ」と声をかけると男たちと肩を組んで千鳥足で茶屋から出て行く。去り際、「於義伊さん」は於くらを振りかえり、手を振った。

「また御城でな」

御城で、とはどういうことだろう。於くらが首を傾《かし》げていると、哉ゑが大口を開けて笑いだした。

「鯛を不味いだなんていう町人がいるかよ」

どういうことですか、と問うと、哉ゑは肩を揺らした。

「じきにわかるさ」


いよいよ城へあがる日。哉ゑに見送られた於くらは、北ノ庄城へ向かった。

城といっても仮御殿のほかはまだなにも建ってはおらず、正式な鍬入《くわい》れの儀式は一か月先である。いまは堀を掘ったり、石材や木材を運びこんだりという準備の段階である。三郎が言うには北国の諸大名、とくに加賀前田家を抑える役割の城であるから、かなり大がかりな普請になるであろうということだった。

九月もちかいというのに朝から強い日差しが照りつけ、吸う息すらも喉に張りつくようである。だだっぴろい城の敷地に入ると、褌一丁の男たちがせわしなく働いている。そのなかにあって笠に陣羽織姿の本多伊豆守の姿を見つけ、於くらは小走りで走り寄った。

「今日から台所で働かせていただきます、於くらと申します。なにとぞよろしく御頼み申します」

　しばらく富正は於くらを見て無言であった。なにか悪い報《しら》せでもあるかとそっと見あげると、目をうつろにして彷徨《さまよ》わせている。

「ん、ああ……」富正の声は掠《かす》れてか細い。「台所は仮御殿の……三郎案内せい」

　言ったとたん、富正はその場に片膝をついた。三郎が駆け寄り支えると、富正は大事ない、と遮った。暑気あたりだ、と於くらは茶屋で人足たちが話していたことを思いかえす。

「すこし涼しい所へ参りませぬか」

　下女ごときが余計な口を挟むな、と言いたげに富正が睨《にら》むが、於くらはひるまず富正の視線を受けとめた。

「御国造りで伊豆さまが倒れられて困るのはみなです。一刻休むのと十日寝たままになるのと、どちらがよろしゅうございますか」

「む……」

　富正を支える三郎も囁《ささや》きかける。

「わたしからも御願い申しあげます」

　これ以上押し問答していては周りに気づかれると悟ったのだろう、富正は短く言った。

「半刻だけだ」

　於くらと三郎は、富正を仮御殿の台所へ連れていった。まだ誰もいない台所は、六畳の土間に二十畳ちかくの板間があり、正面には真新しい神棚が据えられている。府中城の倍以上の広さがあり、檜《ひのき》の匂いが漂っていた。

ここで働く人々はどんな人なのだろう。どのような料理が作られるのだろう、と胸が高鳴る。だがいまは富正の介抱がさきだ。

板間に富正を座らせ、井戸から水を汲《く》んで飲ませる。風呂敷包みから自前の梅干し壺を出し、ひとつ渡した。

「草取りでくらりときたら、これを舐《な》めておけとお父ちゃんが言っていました。どうぞ」

富正は不承不承梅干しを口に入れた。

「みっともないところを見せた」

扇で富正を扇《あお》ぎながら、三郎が嘆息する。

「昨日も御休みになられていないのでは。朝餉《あさげ》もろくに召しあがりませんでした」

二月に北ノ庄に来てから、新しい町の普請で、この男は昼夜を問わず働いてきたのであろう。鼻を鳴らし富正は厳《いか》めしい顔をするが、梅干しで頰が膨らんでいるのでどうにも可笑《おか》しかった。

於くらは思い切ってこう言った。

「御勤めが終わりましたら、哉屋へいらっしゃいませぬか。伊豆守さま好みの『お腹にたまる』ご飯を御用意いたします」

富正の眉が吊りあがり、呻《うめ》き声がした。

「わたしに恩を売り、下女働きではなく庖丁役に成りあがろうという魂胆であろう。その手は食わぬ」

そのときであった。奥へつづく廊下から、男の声がした。

「行ってこい。主命《しゆめい》である」

紗《しや》の薄羽織を羽織った背の高い男である。下がり眉に団子鼻は、茶屋に来た於義伊であった。

「あっ、於義伊さん――」

とたん、三郎に頭を押さえつけられて叱られた。

「莫迦者《ばかもの》、宰相《さいしよう》さまなるぞ」

人はこの国の主を越前宰相と呼ぶ。

つまり、結城秀康その人であった。茶屋でしこたま酒を飲んで最後は人足と肩を組んで千鳥足で帰っていった男が、天下人徳川家康の次男、結城秀康だというのか。於くらは信じられず、声をあげてしまった。

「えええっ」

軽やかな笑い声を残し、秀康は真新しい磨きあげられた廊下を歩み去ってゆく。

富正が悔しげに呟《つぶや》いた。

「於くらめ、覚えておれよ」

四　小鍋立て

「伊豆守さまはどうしてわたしをそこまで敵視するのでしょう」

初日は庖丁役の士《さむらい》五人に挨拶して、明日から実際の調理をするということで、於くらは夕暮れどきには茶屋に戻り、哉ゑの手伝いをしていた。裃姿の士たちはみな真面目で、於くらは肩が凝ってしまった。

府中城の台所衆は半士半農だったが、ここの台所衆はれっきとした扶持《ふち》持ちの武士で、徳川御一門の格の違いを思い知らされた。

「これは聞いた話だがね」

哉ゑはそう前置きして話しはじめた。徳川家から豊臣家に人質として差しだされたころ、出雲阿国《いずものおくに》というややこ踊りの舞を見て驚嘆し、秀康は「この女は舞で天下を獲った。自分はこの女にも敵《かな》わぬのは無念なことである」と涙を流したのだという。

「女にも敵わぬ？」

秀康は言うまでもなく徳川家康の次男である。長男の信康《のぶやす》は昔に切腹して果てたから順番で言えば第一の息子であったが、生母の身分が高くなかったことと、豊臣家に養子に入ったことで跡継ぎからは外れ、有力士族を母に持つ三男の秀忠《ひでただ》がその地位に就くことになった。いまも秀康は徳川姓ではなく、第二の養家である結城姓を名乗っている。

秀康は自分ではどうにもならぬ身分差によって弟に跡継ぎの座を譲り渡したことを、いまも悔いているのだろうか。恨んでいるのだろうか。

「伊豆守はくそ真面目な男だからね、それからというもの秀康さまにちかづく女子に厳しくあたるようになったと聞くよ。出雲阿国は百姓だか鍛冶《かじ》屋だかの娘だったというじゃないか。そういうのが武士のように刀を取って天下を獲ったように舞うのが、恐ろしいのだ」

「わ、わたしは天下など。ただ料理を作りたくて」

於くらが慌てると、哉ゑは真面目な顔をして言った。

「庖丁も刃《やいば》さ。女が身近に持つ刃だよ。わたしはそういう思いで台所に立っている」

哉ゑの覚悟に圧倒され、於くらはいままで自分にそういうものがあったのかと自問した。一時は庖丁を持つのも怖いと思うことすらあった。庖丁役に誇りと覚悟をもっているだろうか。富正に出す料理の下準備をしながら、於くらは庖丁を動かすたびに、自問した。

この「企《たくら》み」、一歩間違えれば富正を怒らせることになるだろう。

だがやらぬわけにはいかない。

「これは、わたしの意地なんだから」

そのとき「御免」と声がかかり、本多富正と三郎が立障子から姿を現した。

「あれから御加減はいかがですか」

大事ない、といって富正は床几にどかりと腰をおろす。三郎も御無礼つかまつりますと一礼して座った。

「今日はとっておきの料理を用意していますから」

於くらが微笑《ほほえ》みかけても、富正は目をちらりと動かすだけだった。温めた酒を烏賊《いか》の塩辛とともに供すと、くっと喉を動かして呷る。

「酒ばかりは江戸よりも上方よりも、越前がきりりと美味い」

はじめて出た褒め言葉に、意気があがる。於くらは、大根、葱《ねぎ》といった具材を小鍋に見場よく並べていく。真ん中にぶ厚い厚揚げを置き、最後に大根おろしをたっぷりと盛りつける。こんどは魚醬ではなく、濃い目の醬油を垂らしてくつくつと煮立たせた。

小鍋のまま七輪に載せ、富正と三郎のあいだに置くと、富正は片眉を動かした。

「腹に入ればいいとはいえ、こんなに食えぬ」

恐れるな、と於くらは口元に笑みを浮かべた。企みを進めるのみだ。

「これは二人前でございますから。お二人でつつくのでございまする。前場さまと一緒に」

三郎が驚いて顔をあげる。上座下座を違《たが》えることは許されない武士が、横に並んでおなじ床几に座っているというだけでも身分差を犯していることなのに、普段めいめいの膳に盛られた飯を食う武士が、「一つの小鍋をつつく」というのは、ありえない無礼である。

「小鍋立ては京で流行っているそうです。どんなお客でもみんなで一つの鍋をつついて仲よくなれるから、ということで」

小鍋立てのことは、於くらを冷やかしにきた橘屋の若旦那から聞いた。京に行った折、ひとつの小鍋立てを遊女とつつく「遊び」をしたと。

若旦那は鼻の下を伸ばしながら言った。

「普段お高い京女の顔がよく見えてな、そっちが煮えてきましたえ、早《はよ》う食べ、なんて言われると、ぐっとくるもんだね」

いつもなら顔を赤らめて聞き流してしまう於くらだが、これは使えると思った。

――古きを新しく、身分の差を一時でも超えて。

こんどこそ眉を吊りあげて富正は大声を出した。

「ええい、屁理屈を言わずもう一つ用意せい」

「外まで聞こえておるぞ。茶屋に悪い客が入っているな」

こう言いながら、大柄な影が茶屋に入ってくる。木綿の絣《かすり》の小袖に野袴という町人姿の於義伊であった。於義伊こと秀康は、呆気《あつけ》にとられる富正と三郎を交互に見比べ企み顔で唇を持ちあげた。

「殿、その格好はいったい」勘のいい富正は於くらを睨みつけた。「お主が唆《そそのか》したのか」

秀康は頬を膨らませて抗弁した。

「違う、わしが勝手に来たのだ。毎日冷めた仕出しの弁当で飽き飽きしておったゆえ。伏見でも江戸でもそうだった。入念に毒見をしてわしの手元に来る頃には料理はすっかり冷めておる。せっかくの哉ゑの料理も台無しだ」

忠臣らしく富正はがんと言い放った。

「それも殿の御命を守るためにございまする。辛抱なさいませ。三郎、殿を御戻しするぞ」

「わしは帰らぬ」

主君と家臣の睨みあいに折れたのは富正のほうだった。

幼いころから命運をともにした主には逆らえぬ、というふうに大仰《おおぎよう》にため息を吐く。

徳川から送りだされ、豊臣という他家で育った二人はまるで乳兄弟《ちきようだい》のような間柄なのだろう。肝心なところで主に甘いのが透けて見えて、於くらは微笑ましく思った。

「食べたらすぐに御戻りくださいませ」

於くらは富正のほうへ、鍋を押し進めた。

「では御毒見くださいませ」

秀康は向い側の床几に勢いよく腰をおろし、輝く瞳で富正を急《せ》かす。

「はようはよう。煮詰まってしまうぞ」

観念したように富正は大根おろしを崩し、出汁をたっぷり吸った厚揚げを小鉢に移し吹いて口に運んだ。苦虫を嚙み潰《つぶ》したような顔がほんのすこし、溶けた。

「……毒は入っておらぬようにて」

於くらは笑みを絶やさず、富正に畳みかける。

「百姓であろうと、美味い飯は作れまする。そうですね？」

「…………」

ここぞとばかりに秀康が身を乗りだし、厚揚げと大根を箸でつまんで小鉢に移す。上気した頰《ほお》を動かし、下がり眉がいっそうさがった。

「まろやかな出汁が沁みて厚揚げからじゅわあっと溢れだす。これは魚醬ではないな。わしはあの臭いがどうも苦手での。お主、前場三郎と言ったか、はよう食え」

名前を憶《おぼ》えられていた感激に身を震わせ、三郎は箸をそっと鍋に差しだした。

「あ、ありがたき幸せ。御無礼つかまつります。殿、こちらが煮えてございます」

「おお、いただこう」

膝を突きあわせ仲よく鍋をつつく秀康と三郎を横目で見、富正はちいさく呟いた。

「お主ぼうっとした見かけによらず執念深いな。百姓だから料理が古いというのは取り消す。この料理は、美味かった」

具があらかたなくなり、大根おろしが浮かぶ出汁に、於くらは蕎麦粉を練った蕎麦がきを、匙《さじ》ですくって浮かべていった。

「これで〆でございます」

毒見として富正が大根おろしをからめた蕎麦がきを掬《すく》い、口に入れる。その様子を秀康は目を細め、猪口を傾けて見ていた。弛緩《しかん》した空気のなか、くつくつと鍋が煮える音がする。

組んだ膝に肘《ひじ》をつき、秀康の呟きが聞こえる。

「これはいいな。こんど江戸にのぼったら権大納言《ごんだいなごん》さまとひと差し、やろう」

権大納言とは大御所家康の三男にして嫡男、秀忠のことである。

秀康はきっと割り切れぬ思いを抱えながらも、彼なりに弟の秀忠を思いやっているのだろう。でなければ差し向かいで鍋をつつこうなどと、世辞でも言いはしない。於くらはそう感じた。

まだ飲み足りないという秀康を急《せ》かし、三人はほかの客が来る前に退散した。宵《よい》の口の夜空には天の川が流れ、新しい屋敷が立ち並ぶ越前北ノ庄の町を、ほかの家路を急ぐ人々の群れのなかに、三人の姿が消えてゆく。

「今後とも御贔屓《ごひいき》に」

哉ゑとともに於くらは深々と頭をさげた。

入れ違いに仕事を終えた人足たちが哉屋にやってくる。於くらは胸のつかえが軽くなったのを感じつつ、人足たちを迎え入れた。

「御苦労さまです、いらっしゃいませ！」


九月に入って北ノ庄城の鍬入れ式を間近に控えた夕方、三郎が本多富正の書状を持って哉屋を訪れた。字が読めぬ於くらの代わりに三郎が書状を読んで聞かせてくれたところによると、次のようであった。

「庖丁役としてお主を雇う条件に、しかるべき庖丁式を披露せよとの御達しじゃ」

富正としては主君秀康に「美味い」と言わせた者に下女働きをさせるわけにはゆかぬ、しかしただでとは言いがたいのであろう。そこで出されたのが庖丁式の試練だった。

三郎に誘われてほんの少し、九十九橋を歩く。重陽《ちようよう》の節句を前にして、橋では色とりどりの大輪の菊の花が売られている。戦さが終わって食い物ばかりでなく、こういうものを愛《め》でる心の余裕ができてきたのだと気づかされる。

「お主は伊豆守さまのこの挑戦、受けるのか」

橋の袂で売られていた甘酒をそれぞれ買うと、中に紅色の菊の花びらが浮かんでいた。それだけでどこか雅《みやび》やかな気分になり、心が躍る。これは料理にも生かせるかもしれない、と思いながら於くらは頷いた。

「当然です。わたしは伊豆守さまに負けませぬ」

そろそろ客が来だすころだ、あまり店を空けてはいられない。別れ際、於くらは三郎に頭をさげた。

「春のころ、元気づけてくださって、ありがとうございました」

三郎は菊花の浮いた甘酒の入ったかわらけを呷り、ふと目を細めて聞いてきた。

「なら、菊花を見に行かぬか。ちかくの寺で見ごろだそうだ」

三郎からこのように誘われるのははじめてのことで、胸がどきりとした。木ノ芽峠城で青い顔をしていた少年の面影はもうなく、新しい国造りに燃える青年が立っている。眩《まぶ》しいほどのこの男の隣に並べたら、との思いが一瞬脳裏をよぎった。

――百姓の女が出過ぎたことを。

叶《かな》わぬ願いだと胸の奥に押しこめ、於くらはていねいに詫《わ》びた。

「ごめんなさい、庖丁式のことでしばらくは頭がいっぱいですので。後悔したくないのです」

「なるほどそうだな」

ぴんと背筋を伸ばし哉屋へ帰ってゆく於くらを目を細めて見送り、三郎は苦笑する。

「思い通りにはならぬものだな」

ほんのすこし寂寥《せきりょう》を含んだ呟きは、誰にも聞かれず流れていった。

一番鰤

序　舟唄

粉雪まじりの横殴りの風は、恨みごとのように鳴っている。

東の空が薄く白みはじめるころ、目深《まぶか》は網船《あみぶね》に乗りこみ、ほかの水主《かこ》とともに沖へ繰りだしてゆく。今日は鰤《ぶり》漁の解禁日で、初物は高値で取引されるから、多少の無理をしてでも漁に出る。

山のようにうねる波を乗り越え、目深は飛沫《しぶき》を全身に浴びた。船が波を滑り落ちる。胃がふわりと浮き、船底《しき》に叩《たた》きつけられる。船が軋《きし》む音をたてる。この船は元々敦賀《つるが》城主大《おお》谷吉継《たによしつぐ》の御家来の誰かの軍船《いくさぶね》だったということだが、払いさげられて漁民のものとなった。

暴れ狂う海中に体が引きずりこまれないよう、ふんばるので精一杯だ。そのうちいつか、呑《の》みこまれて海の藻屑《もくず》と成り果てるのだろう、と思う。

ただ。胸の内にある娘の面影を思い浮かべれば、ぽっと火が灯《とも》ったように胸が温かくなる。

後ろで前場三郎《ぜんばさぶろう》の悲鳴が聞こえた。

「こんなところで死んでなるものか、わたしは――と一緒になるんだ」

好いた女の名は波を被《かぶ》って聞こえなかった。

目深は後ろに声を張った。

「そうだ御士《おさむらい》さん、その意気じゃ」

――死んでたまるか。

「サーエイサ、エイサ」

呼応するように、ど、ど、どどっと海が鳴っている。

一　鯖のなれずし

慶長《けいちょう》六年(一六〇一)、十月のこと。

越前国北ノ庄《えちぜんのくにきたのしょう》の真ん中を流れる足羽川《あすわがわ》にかかる、九十九《つくも》橋の袂《たもと》にある煮売茶屋の哉《かな》屋《や》で、於《お》くらは旅支度を整えていた。北ノ庄城の台所衆として召し抱えられるために、庖《ほう》丁式《ちょうしき》の試練が課されたためである。

庖丁式とは、定められた儀礼と形式に則《のっと》って鯛《たい》や鯉《こい》、鶴などさまざまなものを捌《さば》く手法である。高橋《たかはし》流や四条《しじょう》流などさまざまな流派が存在し、門人といって弟子に入ってはじめて会得できるものであるらしい。

試練は初物の鰤の披露で、とのことであった。鰤といえばここ越前では十月末の解禁で、越前蟹《がに》とならんで冬の風物詩である。

哉屋にまた忍んできた越前宰相結城秀康《ゆうきひでやす》にそのことを相談すると、秀康はこともなげに言った。

「わしが伏見《ふしみ》城にいたころの庖丁役が隠居して丹生《にゅう》郡にいる。紹介してやろう」

たしかに秀康ならば、上方、江戸、とあちこちで台所衆を抱えていただろう。その庖丁役は四条流の庖丁式を修めた熟練の者であるという。

思いがけぬ申し出に於くらは小躍りした。思えば庖丁式など知らぬ於くらに試練を課した本多伊豆守富正《ほんだいずのかみとみまさ》は、主君がそっと於くらを手助けすることを見越していたのかもしれない。

「本当ですか於義伊《おぎい》さん。わたしには伝手《つて》というものがございませぬ。教えを乞いたく存じまする」

ちなみに哉屋にいるときは殿ではなく「於義伊さん」と呼べと言われている。

越前宰相から於義伊さんの顔になった男は、手ずから猪口《ちょこ》に燗酒《かんざけ》を注ぎ、肴《さかな》の子持ち甘海老《あまえび》を器用に剥《む》いてつるりと飲みこむ。甘海老も秋から冬が旬だ。

「丹生にはさまざまな魚貝の獲れる浦がたくさんある。この甘海老も丹生の産であろう？その目で見てくるがよい」

丹生郡と聞いて、哉屋の女主人の哉ゑ《かな》が顔を顰《しか》めた。哉ゑは元々結城家の江戸屋敷で庖丁役を務めていた女である。庖丁式に関して哉ゑは詳しくなく、於くらに教えられないのを悔しがった。それだけ上方というのは江戸より格が高いものとみなされていた。

「丹生って海沿いの辺鄙《へんぴ》なところだろ。一人で行くなんて危ないよ。なんでそんな田舎に引っこんでるんだ」

「偏屈な男でな。北ノ庄に来いと言ったのだが、もう人間《じんかん》はこりごりだと言ってきかなんだ」

「於義伊さんは武田《たけだ》家の荒武者なんぞを雇い入れたりして、むかしっから偏屈男が好きだねえ」

哉ゑの憂いにも、於義伊はにこにこと笑っている。

「とはいえ女子《おなご》一人はたしかに危ないな。富正に言うて三郎を同行させよう」

二人の厚情がありがたく、於くらは頭をさげた。

「追いかえされても、意地悪されても、教えてもらえるまで帰りませぬ」

於義伊はくっと猪口を呷《あお》り庖丁式の試練を出した本多富正のことを言った。

「伊豆守を恨まんでやってくれ。お主が美味《うま》い料理を作ることは、こうして哉屋に入り浸っているわしがようわかっている。しかし女子が台所衆の役目に就くのは、あまりないことと。うるさく言う者もおる。初鰤の披露を立派に務めることで、みなを納得させられよう」

合戦も終わったとはいえ、女子一人の旅は危ないからと、於義伊は本多伊豆守富正付の若い士、前場三郎を目付役という名目で於くらにつけてくれた。庖丁役が隠棲《いんせい》していると いう丹生郡新保浦《しんぼうら》は、北ノ庄から府中《ふちゅう》へ南下し、真西に進んで山を越えたところにある。若狭湾《わかさ》の出口である越前岬のちかくにあり、越前蟹の漁場として有名なところであった。富正は案内人の中間《ちゅうげん》もつけてくれ、於くらと三郎で三人の出立となった。

越前は十一月ともなれば初雪が降りはじめる。旅は急がねばならない。

北ノ庄から府中へゆき、その日は府中の三郎の実家、前場家に泊まることとなった。前場家は府中城のちかくにあり、父と母、すでに嫁いだ姉が二人と、妹が一人いた。

「あんたが於くらさんかい。三郎から話は聞いておるぞ」

三郎の父はたいそう喜んで、晩飯には膳《ぜん》に載りきらないほどの品がならんだ。

「わあっ、こんな御馳走《ごちそう》をありがとうございます」

膳の上には鯖《さば》のなれずし、厚揚げと牛蒡《ごぼう》の煮物、菜飯、大根の漬物、そして豆腐と葱《ねぎ》の味噌《みそ》汁。どれも下級武士には精一杯のもてなしの品であった。

この地方では御馳走といえば鯖のなれずしである。

鯖を塩漬けした「へしこ」を、たっぷりの米麴《こめこうじ》とともにさらに漬けこんだもので、飯《い》ずしとも呼ばれる。於くらは軽く火で炙《あぶ》った鯖の身に、米麴を山盛りにして頬張った。口に、甘酒のようなほんのりした甘みと樽材《たる》の香り、そして力強い鯖の風味が渾然《こんぜん》一体とひろがる。鯖は足がはやくすぐ饐《す》えてしまうが、こうして米麹で漬けこむと、数か月もつ。旨《うま》みも強くなり、保存食として各家で作られていた。

三郎の妹がはきはきと言った。

「わたしが夏の終わりに漬けたのです。お味はどうですか」

思わず頰っぺたを押さえると、妹は嬉《うれ》しそうに微笑《ほほえ》んだ。

三郎の父が、結城秀康について問う。

「新しい殿さまはどんな御方かね」

三郎は行儀よくなれずしを飲みこんでから口を開いた。

「思慮《しりょ》深い御方で、わたしのような身分の高くない武士にも御声をかけてくださいます」

於くらも身を乗りだした。三郎の父母を安心させてやりたかった。

「わたしにもとても御優しい殿なのです」

そうか、よかったと三郎の父は頷《うなず》いた。

「ときに三郎。縁談が来ておるぞ。久世《くぜ》但馬守《たじまのかみ》さまの御家中の、お前も知っておろう。御受けしてよいな」

味噌汁を口にしていた三郎がむせる。

「まだ本多伊豆守さまに御仕えして日も浅く、妻を養えるような立場ではありません。御断りしてください」

　静かに、しかしきっぱりと言い放った三郎の言葉に、父と母は顔を見あわせた。

「御断りって、お前は前場家の跡取り息子。来年は十七。嫁をとってもおかしくない歳じゃ。はようわしらを安心させておくれ」

「御断りしてください、御馳走さまでした」

　三郎は椀《わん》を置くと、大股で母屋《おもや》を出て離れへと行ってしまった。なんとなくばつが悪いまま、於くらがぽりぽりと大根の漬物を嚙《か》む音だけが響く。母が白髪《しらが》まじりの鬢《びん》を掻《か》いてため息をついた。

「誰に似たのか頑固な子だから……北ノ庄での御勤めだって、わたしたちは府中を離れるなと反対したのだけど」

　翌朝前場家を送りだされ街道を西へ、道は平野部から山路へさしかかった。山中の織田《おだ》という集落で一晩明かし、緩やかな坂道をくだっていくと、背負子《しょいこ》を背負った旅姿の女たちが歌いながら山を登ってくるのとすれ違った。

〽ハァ　アーアーア
今日は　時化《しけ》でも　ヤーイ

ハァ　又明日になりゃ
大漁大漁の　旗立てる

浦で獲れた魚を府中や北ノ庄へ運ぶのであろう。背負子に積まれた桐箱からは嗅ぎなれぬ匂いが漂い、それが海の匂いだと気づくにはしばらく進んで、突然ひらけた灰色の大海《おおうな》原《ばら》が目に飛びこんでくるまでわからなかった。

「海です、三郎さん！」

山深い大野《おおの》郡生まれの於くらにとって、海を見るのははじめてであった。黒々とした岩の断崖がつづき、巨岩へ波が押し寄せる。どんよりと曇った空のもと、海鳥が鋭い叫び声をあげながら群れ舞う。

果てはなく、どこまでも灰色の海原がつづいていた。

於くらが思わず裾《すそ》を引っぱると、呆然《ぼうぜん》と海を見つめていた三郎が呟《つぶや》いた。府中生まれの三郎も海を見るのははじめてだったらしい。

「なんと力強い。引きずりこまれそうだ」

丹生郡は越前国のなかでも豊かな地域とは言いがたい。海岸際までせりだした山々のあいだを縫って細い道が続き、浦（漁村）が点在している。あとひと月もすれば雪に閉ざされるであろう。

だが豊かな若狭湾で獲れる蟹や鯖、鯛といった海産物は北ノ庄だけでなく、京にまで届けられ、珍重されていた。

細かい飛沫を浴びながら、海沿いの崖上を半里（約二キロメートル）ばかりも歩く。道が急に開け、新保浦が広がった。浜辺に網船が何艘《そう》も並んでいる。府中の町よりはちいさいが、街道筋の宿場ほどのおおきさがあるように見えた。

新保浦に入ると途端に潮の匂いが強くなる。理由はすぐにわかった。

「干物がいっぱいありますね、美味しそう」

網小屋の外には網に開いた連子鯛《れんこだい》や笹鰈《ささがれい》（柳鰈）が並べられ、磯の匂いはここから風に乗って道々を抜けてゆく。道端に所在なげに野犬が蹲《うずくま》っていた。

「これまでの道からしてどんな寒村かと思うておったが、なかなかに栄えておるようだな」

網小屋には名の通り大量の藁網《わらあみ》が積まれ、女たちが藁縄を綯《な》っていた。

「おおきな網ですね。どんな大きな魚を獲るのでしょう。鯨ですか。鮫《さめ》ですか」

絵草子で見たことがある、巨大な魚を網で引っ張ってくる男たちを思い描き、於くらは胸を高鳴らせた。

三郎がくすりと笑い、説明してくれる。

「投網《とあみ》は麻縄を使う。これは藁縄だから投網ではなかろう。海の中に深く沈めて魚を獲るのだ。だから長く、おおきなものでなくてはならぬ」

於くらは素直に感心した。

「三郎さんは物知りですね」

「網元からの報告状を写したから知ったのだ」

案内役の中間は新保浦の大網元へ用があるというのでここで別れ、於くらたちは隠居した庖丁役、大隅大炊助《おおすみおおいのすけ》の屋敷へと向かった。

なだらかに登ってゆく石畳の坂の両側にはすでに雪囲いを終えた家が立ち並び、登ってゆくごとにおおきくなってゆく。坂の一番奥にあるのが、大隅大炊助の屋敷であった。石垣に囲まれ、大身《たいしん》の武家の屋敷かと思うほどに豪壮であった。

表門を潜《くぐ》ろうとしたとき、石垣にへばりつくようにして、人影があるのに気づいた。

於くらや三郎と変わらない年頃の青年が、石垣に足を掛けて屋敷を覗《のぞ》きこもうとしている。髷《まげ》を結わず、潮焼けした赤茶けた髪を後ろでくくり、木綿の藍染めの小袖《こそで》は袖が破けていた。綺麗《きれい》な身なりとは言いがたかった。

三郎が目を吊《つ》りあげ、つかつかと歩み寄る。

「そこでなにをしておるか」

「わあっ」

三郎の声に青年は足を踏みはずし、どっと地面に転げ落ちた。仁王立ちになった三郎を身軽に避けると、青年は於くらのほうへ走ってきて、於くらを勢いよく突き飛ばした。

「きゃあ」

背負った風呂敷包みが投げ出され、荷物が散らばる。青年が一瞬振りかえり、駆け戻ってきた。急いで於くらの荷を拾い集め、於くらに突きかえす。

「あ、ありがとうございます……」

青年は於くらより頭ひとつ背が高かった。歳は二十に満たないくらいであろう。陽に焼けた赤ら顔にいくつか擦り傷がついている。丸い大きな目玉が瞬《またた》いて、焼けた声がした。

「すまへなんだ」

怒りに目を見開いた三郎が駆け戻り、摑《つか》みかかろうとしたのを身軽にかわし、青年は坂道を走り去った。

「糞《くそ》っ、逃げ足の速いやつめ」

騒ぎを聞きつけ屋敷から家人《けにん》がなにごとかと顔を出す。若者が屋敷を覗こうとしていたと告げると、ああ、と声を出した。心当たりがあるらしい。

「どうせ目深《まぶか》のやつが菊子《きくこ》さまを見に来たんや。鬼子《おにご》じゃから塩を撒《ま》いておけ」

聞けば、菊子というのは大隅大炊助の一人娘ということだった。

大隅大炊助は五十後半の老いた男で、剃髪《ていはつ》頭に茶坊主のような頭巾を被って、茶室で於くらと対面した。利休《りきゅう》好みの狭い茶室で、於くらは茶を点《た》てる大炊助の手前をじっと見つめていた。皺《しわ》だらけのおおきな手が流れるように動き、黒楽《くろらく》茶碗に濃茶《こいちゃ》を寄越す。三郎が落ち着いて喫するのを見よう見まねで、於くらもおずおずと茶を飲む。はじめての茶は苦く、小皿に載せて供された落雁《らくがん》の甘さばかりが印象に残った。

大炊助は、本多富正の書状を読み終え、軽く息を吐いて於くらを見る。

「あいかわらず殿はけったいな人を好みなさる」

頑固な人だろうと於くらも覚悟をしてきたので、このくらいの揶揄《やゆ》では動じない。深々と頭をさげた。

「わたしは宰相さまにすでに何度も御食事を作り、味のお墨つきをいただきましてございます。女と言って台所衆になれぬというのは、古い考えにございまする。庖丁式を御教えいただくまで、帰りませぬ。なにとぞ」

大炊助の返答はにべもなかった。長く住んだ京言葉で言う。

「帰りよし。わしはもう、人が嫌いになったんや」

於くらは三郎と顔を見あわせた。秀康もおなじことを言っていた。なにか訳がありそうだ。

いま押しても手ごたえはないだろう。その日は大炊助の屋敷に泊まらせてもらい、別の手を考えることにした。

その晩、於くらが床に入ったときだった。表門から言い争う声がする。若い女の声だ。しだいにおおきくなり、悲鳴のような声がした。

「賊ではないかしら」

廊下に出ると三郎も太刀《たち》を手に部屋を出てきたところで、二人は目をあわせて頷き、表門へ向かった。

銀色の月の光に照らされて、手燭《てしよく》もいらぬ夜である。

表門のところで、家人二人に囲まれて若い女がさめざめと泣いている。

「どうにか外に出させてくださいまし」

「せめて理由を聞かせてくださいい、菊子さま。なぜこんな夜半に」

大炊助の娘の菊子は、紅色の半纏《はんてん》を着て髪は唐輪《からわ》に結い、目深という青年が覗きにくるのも頷けるような可憐《かれん》ななりをしていた。十七、八か、うりざね顔に細眉を引いて、両手で襤褸《ぼろ》を大事に抱きしめるように持っている。仕立てのよい着物に、抱いた襤褸だけが古びて見えた。

「せめてこの半纏を届けたいのです、観音さまへ行かせてください」

菊子の絞りだすような声に、家人は首を振るばかりだ。

「目深は鬼子ですぞ。旦那さまから外に出すなと固く申しつかっておりますゆえ」

菊子は語気を強めた。

「人を出自で区別しないでください」

於くらはたまらず菊子に声を掛けた。止める機会を逸した三郎が嘆息するのが聞こえた。

「あのう。わたしたちが届けて参りましょうか」

ぱっと菊子がこちらを向く。

「あなたがたは父上を訪ねてきたという御客人ですか。御挨拶もせず無礼を御許しください。父が人前に出ぬよう厳しく言うので……」

「その半纏を届けてくればよいのですか」

菊子は両手に抱いた襤褸に目を落とし、躊躇《ためら》った。

「御客人にこのようなことを頼んでよいのでしょうか」

於くらの後ろから観念したのか、三郎が進みでて言う。

「お気になさらず。すこし夜風に当たろうとしたところです。観音さまというのは、どこです」

涙で潤んだ菊子の目が輝いて、於くらと三郎を見つめる。

「北へ一里ばかり行った洞窟に観音さまが居《お》られます。そこで待つ目深というかたに渡してくださいませ」

二　一番鰤

　菊子から半纏を預かり、於くらと三郎は屋敷をでた。門番は心配そうにしていたが、三郎が太刀を帯びているので、はやく戻るようにと告げて通してくれた。

　やや欠けた月が高くあがっている。昼間とはうって変わって凪《な》いだ海には月光の道ができていた。身も凍るような寒さに波音さえも凍りついて聞こえる。

　提灯《ちようちん》を掲げ、於くらの手を取る三郎の手は温かい。思えば三郎にちゃんと触れたのはこれがはじめてで、意識すればするほど頬が熱くなる。

　おおきな手だ。剣の握りだこがある。稽古に励んでいる姿が目に浮かぶ。

　気を取りなおして声をかけると、面白いほど声が裏がえった。

「三郎さんありがとうございました。反対するかと思いました」

　三郎の声は、月夜にいつもよりもさらに怜悧《れいり》に響いた。

「将を射んと欲すればまず馬を射よと申す。まず娘に恩を売るのは、悪くない話だ」

「ことわざの意味はわかりませぬが、そのとおりです」

　菊子の言うところでは、観音さまというのは、新保浦から北へ一里ほど歩いた洞窟にあるという。かつて海中から漁民が引き揚げたという不思議な功徳《くどく》のある観音さまで、漁民の守り神として信仰されているそうだ。

そこに目深という半纏の持ち主が待っている。

「しかし武家の娘が逢引《あいびき》とは、大胆なことをするものだ」

三郎が呆《あき》れたように呟く。於くらは涙に濡《ぬ》れた菊子の白い面《おもて》を思いかえした。

「想う御方がいるというのは、羨ましい気がします」

さきを進む三郎が咳《せき》ばらいをした。

「う、うむ。そうか」

武士の婚礼は個人の想いとはべつに、家の結びつきを重視する。いっぽう、百姓の女は初潮がきたらすぐに馴染《なじ》みの男と契《ちぎ》る。はやく子供を、たくさんつくるためだ。於くらも故郷にいたら、もう夫がいて、大きくなった腹を撫《な》でていたかもしれない。

この胸の高鳴りはなんだろうか。手のさきが熱い。

思い切って気になっていたことを問うてみた。

「三郎さんは、どうして縁談を断るのですか」

三郎の答えがかえる。どうしてか怒ったような声音《こわね》をしていた。

「わたしも菊子どのとおなじということよ。叶《かな》わぬ恋を成就させたく、抗《あらが》っている」

「そ……うですか」

三郎に想い人がいるのを、於くらははじめて知った。

どんな女子なのだろう。きっと武家の、育ちのよい御姫さまのような人だろう。

「…………」

胸がちりちりと痛む。なんだかそのさきを考えてはいけないような気がした。

遠くの崖上に火が見える。恐らく越前岬の船明かりであろうと思われた。夜に航行する船が岬に激突しないよう、崖上で一晩じゅう火を焚《た》くのである。

於くらたちは越前岬を目指して道を辿《たど》って行った。半刻《はんとき》も歩くと、波打ち際の岩場にぽつかりと穴が開いているのが見えた。あれが観音さまの洞窟であろう。三郎と手を取りあい、注意深く岩場に降りてゆくと、洞窟の入口から咳ばらいが聞こえてきた。

「誰だ」

問うて三郎が提灯を掲げると、背の高い男がいる。於くらには見覚えがあった。昼間、於くらの荷を拾ってくれた目深であった。

「あんたら、昼間大隅屋敷にいた……」

目深も気づいたらしく、不思議そうに於くらと三郎を交互に見る。こんな寒い夜だというのに薄い小袖一枚で身を縮こめていた。

「菊子さまは御父上の御言いつけで、ここへは来られませぬ。かわりに半纏を預かって参りました」

半纏を渡すと、月夜に透かすように掲げ、目深はさっと半纏を羽織った。

「綿を新しく詰めてくれたんだな。あったけえや」

「菊子どのとはどういう間柄なのだ」

尋問のように三郎が問うと、目深は大口を開けて笑う。

「間柄なんて御大層なもんじゃやねえ。伏見から来た若い女だってんで、珍しいもの見たさで覗きに行ってさ。家人と喧嘩《けんか》になって菊子さんが止めたんだ。おれは家人に半纏を破かれてね、菊子さんが繕ってくれると約束してくれたんだ。それだけだ」

三郎が腕組みをして目深を上から下まで眺めた。

「お主のような下賤《げせん》な水主を、菊子どのが相手にすると思うな。弁《わきま》えよ」

「ちょっと、三郎さん……」

目深は気にしたふうもなく、身軽に岩場を歩きはじめる。ゆく先に目深が乗ってきたものらしい小型の刳舟《くりぶね》が繋《つな》がれていた。丸太をそのまま刳りぬいて作った舟で二、三人も乗れば一杯になろう。

「わかってる。おれなんぞ鬼子だから、なおさらな」

そういえば大隅家の者もおなじことを言っていた。どういう訳かと問えば、はるかむかし、仲哀《ちゅうあい》天皇の子である忍熊皇子《おしくまのおうじ》が退治したと伝わる鬼の子孫なのだという。於くらはよくわからなかったが、三郎ははぁ、という顔をした。

「菊子さんは半纏を繕ってくれた。糸がほつれるまで着て、海の藻屑になるにゃあ、十分すぎる思い出よ」

こちらを振りかえり、目深は顎をしゃくる。

「こんな吹きさらしにいつまでもいる意味はねえや。乗っていきなよ。歩くよりはやく帰れるぜ」

「えっいいんですか。こんなことって滅多にないですよ、三郎さんいいでしょう」

「う、うむ……」

好奇心から於くらは刳舟に乗せてもらうことにした。注意深く乗りこむと、目深は櫓《ろ》を握って漕《こ》ぎはじめる。三郎も促され、不慣れながらも櫓を動かした。

はじめて乗る舟は上下に揺れ、水面《みなも》を見ると、ちいさな青白い光があちこちを動いている。

「目深さん、海の中が光っています」

「蛍烏賊《ほたるいか》だ。網を入れりゃ掬《すく》えるぜ」

目深は玉網《たまあみ》を海中に入れる。引き揚げると、いくつか蛍烏賊が網の中で光りながら蠢《うごめ》いた。

「うわあ、綺麗ですね」

いくつか海上に突き出す巨岩を巧みな櫓捌《ろさば》きで避けながら、目深が言う。

「菊子さんは、去年の戦さで旦那を亡くして、出戻ってきた。年が明けたら北ノ庄の御士へふたたび嫁ぐんだと。だから、おれに目があるなんて考えちゃねえよ」

去年の戦さといえば、東西を分かつ関ヶ原《せきがはら》での大一番が有名であるが、戦さはそこかしこで行われた。於くらと三郎は大谷吉継の別働隊と木ノ芽峠《きのめとうげ》で戦ったし、隣国では前田《まえだ》利長《としなが》と丹羽長重《にわながしげ》が浅井畷《あさいなわて》で死闘を演じた。

京の伏見ではもっとも凄惨な戦さがあった。徳川家康《とくがわいえやす》の留守居役として伏見城に残った鳥居元忠《とりいもとただ》をはじめとする二千に満たぬ兵は、西軍四万に攻められて善戦したが、最後には元忠はじめほとんどの将が討死《うちじに》して果てたという。

三郎が低く言う。

「菊子どのの前夫も伏見城で戦ったのであろうな。凄《すさ》まじい戦さであったと聞く」

結果的には東軍徳川方の勝利で幕を閉じた大戦さも、東軍西軍を問わず数百数千が命を落とすものであった。

「菊子さんは子供ができなかった。男子が生まれていたら嫁ぎ先から捨てられることもなかったろう、と嘆いていたよ。可哀想《かわいそう》なことだ」

三郎がじろりと目深を睨《にら》む。

「お主、その口ぶりだと覗きどころか、なんどか逢引をしておるであろう」

「へへ、野暮なことは言いっこなしよ」

そこで目深は言葉を切った。後ろでくくった蓬髪《ほうはつ》が夜風になびいている。

「もうすぐ鰤の解漁日だ。この日は網元も水主もなくて、釣ったやつが丸ごと代金を貰《もら》える。一番おおきな鰤はさっきの観音さまに奉納する誉《ほま》れがある。今年はなんでも大隅大炊助が観音さまの御前《ごぜん》で一番鰤を捌くらしくて、ありがたい儀式って話だ」

於くらと三郎は顔を見あわせた。

「それって、庖丁式のことではないでしょうか」

「であろうな。なんとかして見たいものだ」

なんでこんなしけた浦に来たのだと目深が問うので、自分たちが結城家の者であること、大隅大炊助の庖丁式を学びに新保浦を訪ねたことを話した。

「へえっ、あんた料理を生業《なりわい》にしているのか。面白いな」

新保浦の浜が見えた。艫《とも》から釣り竿と釣り糸を引っぱりだし、目深は於くらに渡した。

「小腹が空《す》いた。なんぞ釣りあげてくれ」

蛍烏賊を餌に釣り糸を垂れれば、すぐに竿が弓なりになった。

「三郎さん、なにかかかりましたよ」

「引くのだ於くら。力いっぱい」

浮かびあがってきたものを、三郎が手を伸ばして釣り糸を引き揚げると、透明な烏賊であった。歓声をあげる二人を見て、目深がまた笑う。

「槍《やり》烏賊だ。冬にゃ一等美味い。おれの小屋に寄っていけよ。食わせてやるぜ」

「是非に！」

断ろうとした三郎に先んじて於くらは身を乗りだした。北ノ庄は内陸であるから市場にならぶ魚はどうしても鮮度が落ちる。いちど獲れたての魚というものを食べたいと思っていたのだ。於くらの台所衆としての好奇心に負け、三郎も頷いた。

「それが於くらの経験となるのなら、仕方あるまい」

目深の小屋は浦の中心部からすこし坂を登り、海に突き出した崖の上にあった。小屋というより地面に掘った穴倉に茅葺《かやぶき》をかけたような、獣の寝床のようなところであった。小屋に潜りこむと目深は腰にさげた袋から長い漁師庖丁を取りだし、烏賊を捌きはじめた。胴体のなかに指を入れて内臓と足、透明な甲を引きずりだし、皮を剝《は》ぐ。透きとおるような烏賊の身が現れる。すっすと庖丁を入れて細く切り、藻塩《もしお》を少量振り、於くらに突き出した。

「ほらよ」

ぱちぱちと爆《は》ぜる炉端の火に照らされて、南蛮の硝子《ガラス》細工のように烏賊の身が光っている。

「いただきます」

身を直接指でつまんで口に入れる。磯の香りとなんともいえぬ甘みが口のなかに広がった。歯切れのよい身を嚙むほどに口のなかに旨みが広がる。これが本当の烏賊の味なら、いままで食べたものはなんだったのかと、大げさでなく全身が震えた。

数瞬前まで命のあったものを、体にとりこんでいる。生きているのだ、という喜びのようなものが、全身を駆け巡る。

不承不承口に入れた三郎も、目を輝かせている。目深がけたけた笑った。

「こんなもので驚いてもらっちゃ困るぜ」

墨袋などの内臓とゲソをぶつ切りにして叩き、真っ黒になったものに酒と魚醬《ぎょしょう》を加え、それで蛍烏賊をあえる。

目深は急に立ちあがって、外から青い酢橘《すだち》の実をひとつもいできた。

「ひと搾り、これで味が締まる」

蛍烏賊の黒作りができあがった。見た目は真っ黒なぬたのようなものだが、於くらはひるまず口に入れる。槍烏賊とはまた違う、蛍烏賊の強い風味が溢《あふ》れだす。嚙むと蛍烏賊の濃厚なわたが出てきて、味が変化する。最後に酢橘の酸味がすべてを洗い流していくようだ。

徳利《とっくり》に直接口をつけ、目深は酒を呷った。

「漁師飯はどうだい」

「いままで食べたお魚の中で一番美味しかった。びっくりしました」

照れたように目深は目を細めた。

「おれの夢は一番鰤の誉れを得て菊子さんに見せること。おれというちんけな漁師がいた証《あかし》になりゃあいい」

いままで黙っていた三郎が目深から徳利を奪い、酒を干して言った。

「それでいいのか。お前の想いとはその程度か。つまらぬ男だ」

目深は、眉を吊りあげて不快感を示す。

「身分の差はどうしようもねえ」

「そんなことはない。わたしは、殿と差し向かいで小鍋をつついたことがある。そのとき思ったのだ。士とそれ以外の身分の壁は今後ますます強固になっていくだろう。しかし人それぞれは壁を越えられる」

三郎は赤らんだ目を据え、目深を睨みつけた。

「武功を挙げよ。一番鑓《やり》ならぬ一番鰤とやらを獲れ。そして菊子どのを貰い受けたい旨伝えるのだ。わたしが手伝ってやる」三郎はこちらを向いた。「その功をもって於くら、お主は大炊助どのから庖丁式を伝授してもらう。一番鰤がすべてを解決する」

目深は眉を吊りあげ、挑むように三郎を睨んだ。

「おれに偉そうに指図するからには、海に出てもらう。船から落ちたら、死ぬからな」

「わたしにも思うところがある。一番鰤の武功を挙げてみせる」

普段は冷静な三郎がここまで言いつのるのを、於くらははじめて見た。危険なことを、益《えき》もないのになぜするのか、於くらにはわからない。だが三郎はやるのだと言ったら聞かぬ男である。

赤く上気した三郎の頬骨の張った横顔に少年の面影は残っておらず、一人の男の顔をしていた。

一番鰤の解漁日はそれから二日後であった。

前日に沖合一里に沈めておいた刺網《さしあみ》を、引きあげに行くのである。藁縄でできた網は網目七寸四分（約二二センチメートル）、長さ二十五間《けん》（約四五メートル）、高さは五間（約九メートル）もあり、二つ繋ぎあわせて桐木《きりのき》の浮《うき》をつけ、下側には石の錘《おもり》をさげる。これを鰤の回遊する箇所に沈めて魚群ごと搦《から》めとるのが刺網漁である。

ふだんであれば獲った魚の定量を網元に上納するが、この日一日だけは網元も水主も関係なく、獲った魚は自分の取り分にできるのが新保浦のしきたりであった。それだけにみな活気づいて、浜は出漁の夜明けを待っていた。

網小屋に集まった水主たちは、宮司が浜であげる祝詞《のりと》に揃《そろ》って頭《こうべ》を垂れ、柏手《かしわで》を打って海神へ祈りを捧《ささ》げる。東の空がかすかに闇色を払うころ、男たちは低く歌いながらそれぞれ網を積んだ船に乗り、浜から漕ぎだしてゆく。

三郎は髷を解《ほど》いた髪に鉢巻をしめ、藍染めの半纏に裁着《たつつけ》を穿《は》いている。首には浮となる桐木の拍子木を掛けていた。

泰平の世になり、戦場《いくさば》をなくした武士が、海を睨んでいる。

三郎はこちらにやって来て、首からさげた御守《おまもり》を於くらに手渡した。

「預かっていてくれ」

黒々とした瞳の深さに吸いこまれそうになる。言葉もなく頷いて、色あせた府中の氏神様のものであろうそれを、於くらは両手で握りしめた。思えば初陣はともにいた。離れるのは心細い。傍らに居られたらそれだけでいいと願わずにはいられない。たとえ、御姫さまになれなくとも。

年かさの水主が手を振り、水主たちがいっせいに走りだした。

「ソーエイ、いざゆかん」

「応」

肌を刺す寒さに白い息を吐き、三郎は、目深やほかの男たちとともに五間半（約一〇メートル）もある八丁櫓《ろ》の網船を押して海へと滑り出る。

於くらは小声で三郎たちの背中へと声を振り絞った。

「三郎さん、目深さん、どうか御無事で」

答えの代わりに二人の手が挙げられた。

〽河野浦《こうのうら》から　今朝出た船は
能登《のと》の岬を　過ぎたやら
漁師船方は　板一枚じゃが
そよと風吹きゃ　下地獄

渦巻く波濤《はとう》を乗り越え、薄暗い海へ漕ぎだす。男たちが櫓を漕ぐぎぃこ、という音が遠ざかってゆく。西の水平線はまだ黒一色の闇夜である。

於くらは女たちとともに手をあわせ、神仏に祈った。

待つほうもただ待つのではない。浜に火を焚いて目印とし、体を冷やしきって帰ってきた男たちが体をすぐに温められるよう、火を熾《おこ》して料理を作るのである。

野犬が吠えて、人が来たのを知らせる。見やると、蓑《みの》を羽織った菊子が泣きだしそうな顔で小屋の入口に立っていた。

「わたしにも手伝わせてください」

女たちは欠けた歯を見せて笑う。

「あんれまあ、御姫さまの御成りじゃあ」

於くらは菊子に駆け寄って網小屋の中に招き入れた。

「父上には内証で参りました。籠《かご》の中の鳥はいや。できることをしたい」

「目深さんもきっと喜びます」

なにを作っているのです、と菊子は火の脇に置かれた木箱にちかよった。中には今朝獲れた鱈《たら》が山と積まれている。これで汁物を作るのだと説明すると、菊子の目が輝いた。

「わたしにも手伝わせてください」

絹の美しい小袖に慣れぬ手つきで襷《たすき》を掛け、菊子は庖丁を握った。於くらも緊張しながら菊子に鱈の身を見せた。いままで哉屋の女主人哉ゑに料理を教わる立場であったが、教えるのははじめてである。

「よく見ていてください、こうして……」

鱈の細かい鱗《うろこ》をこそぎ落とし、尻から庖丁を入れて腹を裂き、鰓《えら》のあいだに指を入れて頭部と内臓を引きずり出す。菊子は鱈を触って一瞬指を引っこめかけたが、意を決したようにむずと摑んだ。

「魚に触るのもはじめて。でも泣きごとは言っていられない」

見ている於くらもはらはらしながらではあるが、菊子は長い時間をかけて鱈一匹の腹を割った。

アラはそのまま鍋へ入れ、内臓は小屋の外に群れ待つ野犬に投げ与えてやる。身を海水で洗い流し、背から骨を剝がして三枚におろす。女たちは鼻歌まじりに庖丁をまな板に叩きつけ、勢いよく身をぶつ切りにして鍋に投げこんでゆく。腕や顔まで鱗まみれになりながら、菊子も鱈を切り、鍋に投げこんだ。桐箱一杯の鱈が瞬く間に消えていった。

鍋は、昆布でとった出汁《だし》を煮立たせ、白い雪のような鱈の身が頭とともに浮かんでいる。

「ここにささがきにした牛蒡と葱を入れまする。菊子さんは葱を切ってください」

「鱈に比べたら、葱なんてお安いものです」

菊子がこう応じると、女たちが葱をつぎつぎ菊子に渡して、太くむっちりした葱を五本、切る羽目になった。

水に晒《さら》した牛蒡と乱切りにした葱を加えてひと煮たちさせる。あくを掬えば鱈の頭が鍋から突き出し、なんとも荒々しい印象があるが、汁を味見してみれば、淡白ななかに鱈の旨みと牛蒡の風味が溶け、優しいあっさりとした味わいである。

恐る恐る味見した菊子の顔が、ぱっと輝いた。

「体の中から力が湧いてくるようね」

最後に味噌を溶き入れれば、無骨な漁師飯のできあがりである。

「鱈汁、できあがりました」

◎鱈汁は室町末期から作られている鱈の汁物である。おおくは塩、醤油仕立てのすまし汁で、味噌仕立てのところもある。『料理物語』（寛永《かんえい》二十年／一六四三）

には「鱈汁は昆布だしにてすましよし　すなはちこぶ上置によし　おごかたのりも置く　だしを加へよし　又　蛤《はまぐり》つみ入　みの煮などを加ふることもあり　同干鱈も汁によし」とある。


野犬がけたたましく吠えている。於くらが外を覗いてみれば、提灯の明かりが見えた。大隅大炊助が家人を連れてこちらにやってくる。於くらは慌てて菊子に告げた。

「御父上がこちらに来ます。連れ戻しに来たに違いありません」

菊子は鱈汁を椀によそうと、眉をあげた。

「逃げませぬ。父上と話をします」

菊子は大股で小屋を出、坂道を下りてきた大隅大炊助と顔をあわせた。

厳《いか》めしい顔をして父が言う。

「これ以上家の名を汚すような真似《まね》をするな。帰るんや」

風が強く鳴りだし、菊子の声は悲鳴のように風に流れてゆく。

「帰りませぬ。わたしは父上の言うとおり嫁ぎ、子供を授からなかったから物のように送りかえされました。つぎも子供ができなければ？　わたしは、思うように生きますする」

「なれば金輪際、家の敷居は跨《また》がせぬ。親子の縁もこれまでや。それでもええか」

於くらもあとを追って出てきた女たちも、菊子の答えを、固唾《かたず》を呑んで待った。

どちらに転んでも菊子には辛《つら》い選択になる。

菊子は椀を差しだして言った。

「庖丁も握ったことがない娘が、庖丁の師匠である父上の気持ちをすこしでもわかりたく、作りました。いままで、御世話になりました。今生《こんじょう》最後の一椀にて」

大隅大炊助が訝《いぶか》しげに椀を受けとり、口をつける。目を閉じ、丹念に味わうように口を動かした。

「これは……」

そのとき、浜から声がした。

「戻ったぞう」

ど、ど、どどっ。濤声《とうせい》にまじって低く、男たちの声が聞こえてくる。

すぐそこまで船が近寄ってくる。朝日を受けて銀色に輝く鰤が、船で跳ねているのが見えた。数十ではない、百匹からである。女たちは木箱を持って駆け寄り、浅瀬にきた船を男女の区別なく縄で引いた。

「よーいせ！」

船を浜に引き揚げると、男たちはよろめきながら網小屋に入っていく。火に当たり、鱈汁を食って体を温めるのだ。菊子が駆けだした。

「目深！」

船べりで目深が極彩色の大漁旗と三貫（約一一キロ）はあろうかという巨大な鰤を掲げ、白い歯を見せて笑った。

「一番鰤は、おれが獲ったぞ。菊子さん」

その腕に菊子が飛びこむと、目深はしっかりと菊子を抱きしめた。

椀を持ったまま、大隅大炊助はその様子を見つめている。その目が、わずかに細められた。

「伏見では人の死骸をたくさん見た。あれは意味のない死やった。もう人など糞だと思うた」

なるほど、それで人を避けて丹生という地を選んだのか。

「だが、あの鰤は神仏に捧げられ、じきにわしらの口に入り、命を繋ぐ。このように魚ですら、わしら人よりずっと役に立っているのは皮肉なことやな」

大炊助に気づいた目深が、菊子を伴ってこちらに歩いてくる。濡れて顔にへばりついた髪、体の輪郭が朝日に照らされて輝いて見えた。

「一度は諦めようと思ったけど、菊子さんのこと諦められませんでした。おれに菊子さんをください」

目深は言って、深々と頭を垂れた。菊子も頭をさげた。

大隅大炊助が低く言う。

「もはやその娘とは父子《おやこ》の縁も切れた。好きにするがええ」

菊子が涙を流しながら、震える声で応じる。

「ありがとうございます。育てていただいた御恩は一生忘れませぬ」

家人を連れて、大炊助が背を向ける。

「……馳走になったわ」

わっと男も女も歓声をあげて駆け寄り、菊子と目深を囲んで小屋に入る。肩を叩かれると三郎がいた。途端に熱いものがこみあげ、於くらは洟《はな》を啜《すす》った。

「御帰りなさい、三郎さん」

三郎はわずかに口元を緩め、困ったような笑みを浮かべ、於くらの肩に優しく手を乗せた。

「海は、戦場のようなところであったよ、於くら」

小屋では鱈汁が振舞われ、目深が庖丁を取った。

「おれの祝い魚を食え」

目にもとまらぬ速さで鰤の頭を落とし、三枚におろして藻塩を振る。みなと争うようにして、於くらと三郎もねっとりと脂がのった身を口に放りこんだ。弾力のある身がとろけ、鰤の風味が口じゅうにひろがった。この味わいはほかの魚では味わえない。なんと甘美だろう。

「刺身もええが、鰤焼もええじゃ」

女たちが負けじと平鍋を火にかける。鰤の切り身を平鍋に入れて、酒を振りかけた。じゆわっと湯気が立ち、淡い紅色であった鰤の身が、霞《かすみ》がかかったように白くなる。そこに生姜《しょうが》と酢橘の搾ったものを振りかけて、食え、と突き出される。口に運ぶ。刺身とは違った、しっかりとした旨みが口のなかに広がる。於くらは思わず叫んだ。

「わたし、これ、好きです！」

◎鰤焼とは魚の焼き方の一種で、塩鰤の切り身を酒を注《さ》しながら鍋で焼くもの。橘川房常《きつかわふさつね》『料理集』（享保《きょうほう》十八年／一七三三）によれば「塩ぶりはさはら切にして持塩にて酒をだんだんさし鍋焼に仕よく候」とある。作中ではさっと炙る程度としている。

盃《さかずき》につぎつぎ燗酒が注がれ、於くらも盃を干した。菊子も目深も笑い転げ、そんなふうに肩を寄せあう二人を見ていると、心に火が灯るようにあたたかく、訳もわからず涙が浮かんでくる。酔った目深が三郎の肩を抱いてみなに触れてまわる。

「こいつ、波を被ったときに好きな女の名を言いおった。ふつうは母ちゃんの名を呼ぶのに、大物じゃ」

三郎が真っ赤になって目深の口を塞ぐ。

「よせ。名を言うと斬るぞ」

その様子を見ても、於くらはもう心が痛まなかった。三郎がほかの御姫さまと一緒になっても、きっと心から祝福できると思った。三郎がなにかを成し遂げ、自分はひとときなりともその横に立てたのが誇らしかったのだ。

小屋に笑いが満ち、野犬が外で遠吠えをした。


翌日目深の引き揚げた一番鰤が新保浦から観音の洞窟へと運ばれ、献上された。一番鰤を桐箱に入れて掲げ持つ目深を先頭に、新保浦の者たちは行列を成してゆく。潮の引いた洞窟の入口に、宮司とともに大隅大炊助が烏帽子《えぼし》に水干《すいかん》姿で待っていた。

「新保浦より一番鰤、献上つかまつります」

目深はうやうやしく桐箱を掲げ、膝をつく。蓬髪をきっちりと結いあげた目深は頭を垂れて言った。

「御願いがございまする。於くらに庖丁式というやつを、教えてやってほしい」

菊子を奪われた恨みから大炊助が拒絶するのではないかとも危ぶんだが、大炊助は口元を引き結んで頷いた。

「わしも武士ならば一番鑓にひとしき功に報いるべし」

目深がそっとこちらを向いて片目を瞑《つぶ》ってみせる。於くらは大炊助に頭をさげた。

「ありがとうございます！」

於くらは目深から桐箱を受けとり、宮司と大隅大炊助のあとについて洞窟に入っていった。水滴が落ちる音にまじる大炊助の声は、思いがけず軽やかだった。

「昨晩食べた鱈汁、妻の味を思い出したわ。料理が好きなのに不器用な女よって、はやくにのうなって、菊子は庖丁も握らせずに育てたが。不思議と味は似るんやな」

「菊子さんと目深さんは、二人で立派にやってゆかれることと思います」

大炊助の含み笑いが、洞窟の中に響く。

「さあ、こんどはあんたが覚悟を見せる番や。菊子という娘がいなくなったさかい、あんたが門人ならぬ、娘のようなもんや」

なるほど、自分をそのように見てくれるのか、とありがたさで胸が詰まる思いがする。

「はい」

両側に燈明《とうみよう》が並び、奥まったところに二尺（約六〇センチメートル）ほどの金色の観音像が祀《まつ》られている。やわらかい微笑を浮かべ、よく来たと言っているように於くらには思えた。宮司が祝詞《のりと》をあげるなか、観音像の前にまな板を据え、大隅大炊助は裾を捌いて正座した。於くらも脇に膝をつく。

「庖丁式は神仏に奉納する、祝いの儀式。口伝《くでん》にて奥義書のようなものはあらへん。よく見て、学ぶべし」

かつて哉ゑが庖丁を握るときは、天下を取る心構えでやっている、というようなことを言っていたのが思いだされる。於くらにはその覚悟が備わっているか。自問した。

いまは胸の奥に、ある。

吉晴との約束を思いかえす。人の心に寄りそう料理を作りたい。それが目指す道だ。庖丁一本で、天下のあらゆる人の腹を満たし、幸せにしたいと思う。

「心得ました」

真水を汲んだ桶《おけ》、まな板の左に庖丁刀、真奈箸《まなばし》を載せて、大炊助と於くらの頭の上を宮司の振るう幣帛《へいはく》が行き交う。

「まな板の向かって左上を宴酔、右上を朝拝、左下を五行、右下は四徳。中央を式と呼ぶ。いま鰤は死んだ鰤に過ぎぬ。四方に切り分けて清め、食材とする儀式や」

庖丁刀と真奈箸を取り、十文字に交差させれば刃物が擦れる音がした。大炊助の操る箸は魚の頭を押さえ、庖丁刀は高く掲げられた。

「ええい」

気合をかけて頭を落とし、まな板の左上に置く。つづいて箸と庖丁刀のみで手を触れずに身を動かし、背びれを落とし、身を向かって右下に置いた。庖丁刀が勢いよくまな板を叩けば、洞窟にたたん、と音が染み入り、背筋が伸びる。身に真奈箸を突き刺して固定し、庖丁刀を横に入れて骨から身を削《そ》いでゆく。裏返してもう片方の身も削ぎ、薄く透明な骨とわずかな肉が残った。

「神に捧げる食いものゆえ、不浄な手を触れず、かように捌いてゆくのや」

息が白くなるほど肌寒い洞窟の中で、於くらは汗の浮かぶ大炊助の額を懐紙《かいし》で押さえ、正面の観音を見た。薄目を開けるように観音像が微笑んでいる。頭、尾びれ、背びれ、そして三枚に開いた身と骨を晒し、海の中を泳いでいた鰤が、まな板の上に、神へ捧げる食物へと変じる。ひとつの輪廻《りんね》であった。

大炊助は長い息を吐いて庖丁刀と真奈箸をまな板の左隅に戻し、にじりさがって頭を深々と垂れた。於くらも手を突いて頭をさげる。

宮司が厳かに告げた。

「御見事にございました」

洞窟を出てゆくと待っていた三郎、目深、菊子や浦のみなが、静かに頭を垂れた。眩《まぶ》しく、押しよせる波音に体が震える。体の毛の一本一本までがさざめいて、於くらはいま自分が世界に生まれ落ちたような感覚に陥った。

「………」

言葉もなく海原を見遣《みや》る。産声《うぶごえ》のように、波濤が鳴っている。

三　越前蟹の羹

初鰤を藁に巻いて、於くらと三郎は慌ただしく北ノ庄に戻った。大隅大炊助からは庖丁刀と真奈箸、このために用意した秘伝の書きつけを贈られ、目深と菊子が山路の途中まで見送ってくれた。

二人は三郎と於くらの姿が見えなくなるまで手を振りつづけてくれた。

「二人で新保浦を出て、あたらしい住処《すみか》を探すんだ。おれたちが獲った魚が、北ノ庄の市に並ぶ日もちかいぞ」

そんな日が来ればいいと、於くらは心から願う。

「二人とも御元気で」

山路を辿り、水平線の見えぬ内陸部に戻ると、夢から覚めたような心地がする。

北ノ庄に帰るやいなや、初鰤を越前国主、結城秀康に献上するため、翌日に庖丁式を披露するべき旨が通達された。

帰り道、於くらは目に焼きつけた大隅大炊助の手業をなんども目の裏で繰りかえし見たし、哉屋に戻ってからも、寝ずに安い魚でいくども練習を繰りかえした。命を無駄にせぬようすり身にしたり、焼き魚にしたり、明け方には五品を作り終えた。

つきっきりで見守ってくれる哉ゑは、於くらをじっくり見て目を瞬《しばたた》いた。

「慌ただしいねえ。伊豆守も少し休ませてくれればいいのに」

「魚が腐っては元も子もありませぬから。生き物の命、無駄にできませぬ」

「あんた、背が伸びたかい？　なんだか子供っぽさが抜けたね」

旅路の疲れも癒えぬまま登城し、白練《しろねり》の小袖に緋袴《ひばかま》の神式の装束に着替える。初鰤の献上は公的な儀式であったから、太鼓の音にあわせて家臣たちも大勢登城してくる。

支度を整えた於くらのもとに、家老の本多富正がやってきた。

「で、庖丁式は会得してきたのか。殿の御前で無作法をすれば、男ならば切腹ものぞ」

この男は意地悪で言っているのではない。重たい一重の日の奥に気遣わしげな光がかすかに宿っているのが、このごろはわかるようになってきた。

於くらは静かに頷いてみせた。

「遺漏なく披露してみせまする」

家臣が勢ぞろいした大広間の上座には神棚が据えられ、神棚の前に注連縄《しめなわ》を四方に張られて大まな板が用意されていた。於くらは大まな板の左側に大隅大炊助から贈られた新しい庖丁刀と真奈箸を置いて、介添え役の台所衆とともに主君がやってくるのを平伏して待つ。

小姓が触れ、結城秀康が大広間に入ってきた。神主が祝詞を唱え、幣帛を振って四方を清めてゆく。十月の終わりの、冷たい風が大広間にさっと吹きこんできた。

「庖丁式、はじめい」

はじめて穿《は》いた上等な緋袴の裾を持ちあげ、於くらがまな板ににじり寄ると、介添え役が鰤を載せた三方《さんぽう》を掲げてやってきた。真奈箸と庖丁で重い鰤をまな板に移す。

結城秀康の咳払いの気配がした。ちらと見ると、於義伊さまから北ノ庄六十八万石の国主の顔になった秀康が、かすかに頷いた。

きょうも目深は荒々しい海へ漕ぎだしただろうか。菊子は目深の帰りを待っているだろうか。みなに助けられ、道を作ってもらった。思えばいつもそうであった。堀尾吉晴《ほりおよしはる》、梅若《うめわか》、猪爺《いのじい》、本多富正、そして結城秀康。みなが於くらの進むべき道を示してくれた。

もう一人、於くらには大事な人がいる。

「ええい」

真奈箸で頭を突き通し、庖丁刀を高く掲げ、一刀のもとに頭を外す。つぎに身についた脂を懐紙で拭《ぬぐ》い、今度は背びれを落とす。腹の底から自分のものとは思えぬ力が湧いてきて、全身をめぐってゆく。於くらはなにかに突き動かされるように庖丁を動かし、身と骨をわけた。海を泳ぐ引き締まった肉を、食いものにしていく。

真奈箸で裏がえし、もう片方の身も落とす。まな板に頭、身、骨、尾それぞれが切りわけられて整然と並んでいた。

「出来《しゅったい》しました」

於くらは言って、深々と頭を垂れた。抑えていた汗が噴きだし、額《ぬか》ずくさきの手指が震えてその場に倒れてしまいそうだった。

やわらかい秀康の声が上座から降ってくる。

「見事也《なり》」

退出するとき、ひとつ、拍手が起きた。飛びあがりそうに驚いて目を走らせると、下座の居並ぶ家臣のなかにいた三郎の父親が、手を叩いている。老いた男の顔に、満面の笑みが浮かんでいた。拍手は自然に人から人へ広がって、大広間があたたかい祝福に満ちた。

哉屋に戻った於くらは、その日こんこんと眠った。


翌日、哉屋で仕こみをしていると本多富正が三郎ら供を引きつれやって来て、仰々しく文《ふみ》を開いた。秀康からの沙汰状《さたじょう》であった。

「――よって右の者、台所衆として召し抱えるべし。この書状は殿御自ら筆を執られたものである。滅多にないことにて、御恩に報いてよくよく懸命に働くように」

於くらを正式に台所衆に召し抱えるということであった。後ろから哉ゑが飛びついて来て弾んだ声をあげる。

「ようし、よくやったよ於くら!」

於くらは実感が湧かず、哉ゑに急《せ》かされて本多富正に頭をさげた。あれほど固く閉ざされていた扉が開いたのは、自分の手柄ではないような気がしたのだ。富正のちいさな目が細められ、一瞬笑みが浮かんだ。

「呆《ほう》けた顔をしおって。仔細《しさい》は三郎から伝える。明日より出仕せよ」

三郎と九十九橋の欄干に凭《もた》れかかって、遠くの山にかかる雪雲を見つつ、ぽつぽつ話をした。すでに奥深い山地の高い所は白くなって、北ノ庄に雪雲がかかるのも数日のうちだろう。

「言うべきことが、あるのだ」

三郎も於くらとおなじくどこか物寂しそうにして、こう切りだした。

「わたしも忘れていたことがあるのです。漁のときに預かった御守をおかえししないままでした」

於くらはすこし嘘をついた。ほんとうは忘れていたのではない。かえしてしまったら三郎が別の「御姫さま」のような女《ひと》のもとへ行ってしまう気がして、かえせなかったのだ。

三郎はまっすぐこちらに向き直った。

「それは、持っていてくれ」

「でも大切なものでは――」

「だからだ。つまり……わたしと夫婦《めおと》になってくれぬか」

「えっ？」

思いがけない言葉に、於くらは意味を摑みかねて瞬《まばた》きを繰りかえした。三郎の横顔が真っ赤に染まっている。三郎が思いを寄せる御姫さまのような女《ひと》が、はからずも自分だったと気づいたとき、於くらはわあっと叫びだしたい気持ちになって、その場に座りこんでしまった。

「於くら、い、嫌か」

言葉が出せず、首を目一杯横に振る。三郎が肩を抱いて立たせてくれた。

「目深と菊子どのを見ていて、わたしも逃げてはいけないのだと、覚悟を決めた。お主はその、百姓の出であるが、己の腕ひとつで台所衆という士分になった。わたしはしがない下級武士であるが、お主を支えてともに生きてゆきたい」

思えば府中城ではじめて三郎と出会ってから、つねに三郎に助けられ、三郎を助け、於くらはここまでやってきた。二人でひとつであった。

ただ傍にいたいと思う。

「父上には新保浦の帰り道、話をした。昨日の様子を見るに、お主を認めてくださったのだと思う」

三郎の父の、穏やかな笑みを思いかえす。百姓の娘が武士に嫁ぐことを認めてくれたのなら、どんなに嬉しいだろう。

「返事はいまでなくていい。御役目を優先させてくれて構わない。わたしも若輩ゆえ、身辺を整え、よきときがきたらでいいのだ」

於くらを思いやる言葉を紡ぐ三郎の肩に手を置き、於くらは目をあわせた。

「返事は決まっております。ともに命の絶えるまで、参りましょう」

手にした御守りを抱きしめるように胸に当てれば、熱を宿しているようで、命が燃えている、と於くらは思った。


翌朝早く、於くらは北ノ庄仮御殿の台所に一番に入った。心は晴れ晴れとして、台所を隅々まで綺麗にした。庖丁役が揃った台所に小姓が運びこむのは、まだ生きた越前蟹である。

遅れてやってきた御膳奉行が、居並ぶ六人の庖丁役を見回し、命ずる。御膳奉行とは、秀康や正室らの食事の一切を任された家臣で、食材の手配や配膳、毒見などを司《つかさど》る台所衆の上役である。

「丹生郡より初物の蟹が参った。今宵は殿が御隠居さま（養父・結城晴朝《はるとも》）をもてなす宴《うたげ》ゆえ、これを羹《あつもの》にせよとのことじゃ」

丹生郡。せまる山と海に囲まれた浦を思いだす。目深たちもきっと寒風に吹かれながら蟹を獲っているのだろう。舟唄を口ずさんで、命を削るようにして櫓を漕ぎ、菊子はあたたかい料理を作って浜で帰りを待っているだろう。

三杯の蟹を塩茹《しおゆ》でにして殻を剝き、枝豆とともにすり身にして団子状にする。茹でた青菜を添えて団子を漆《うるし》の器に盛り、昆布でとった出汁をさっと注ぎ入れれば、蟹の身の香ばしい匂いが立った。黒漆《くろうるし》の椀に、ほんのりと淡い紅色の団子が美しい。

仕あげに柚《ゆず》の皮をひとかけら、削って載せる。これは目深が蛍烏賊の黒作りで酢橘を搾ったのを真似た。さっぱりと口を清めてくれるはずだ。

大広間から結城晴朝の着到を告げる声が響いてきて、於くらを含めた六人の台所衆は慌ただしく湯気の立ちこめる台所で働いている。

「越前蟹の羹、できあがりました」

折り目正しい裃《かみしも》を身に着けた小姓たちが、毒見を終えた膳を捧げ持って台所を出てゆく。

於くらは自分よりも年若く、緊張した面持《おもも》ちの小姓たちへ微笑みかけた。

甘う握り飯

一　蕗味噌

前にも後ろにも長い行列がつづき、東海道《とうかいどう》をのぼっている。三郎《さぶろう》は行列の真ん中よりやや前寄りにいた。主人である本多伊豆守富正《ほんだいずのかみとみまさ》の黒馬の尻で、朱色の房が揺れている。そのさきに越前宰相秀康《えちぜんさいしょうひでやす》の駕籠《かご》が静かに進んでいるはずだ。

慶長《けいちょう》八年（一六〇三）、四月。

二月《ふたつき》前に、徳川家康《とくがわいえやす》が征夷《せいい》大将軍に任ぜられ、江戸《えど》を本拠に幕府を開くことが決まった。その御祝いと、秀康自身も従三位《じゅさんみ》が贈られたことの礼のため、こたびの江戸参勤が決まったのであった。

ようやく雪がなくなった越前国《えちぜんのくに》を出てから二十日あまり。途中駿府《すんぷ》に逗留《とうりゅう》し、箱根《はこね》の関を越えて武蔵国《むさしのくに》に入ってから保土ヶ谷《ほどがや》宿、神奈川《かながわ》宿、川崎《かわさき》宿と進んで、江戸城まで四里（約一六キロメートル）というところまで来た。

「ここはもう江戸なのだろうか」

保土ヶ谷宿をすぎたあたりから、民家が途切れることはなく、どこからが江戸なのだろうか、と三郎は不思議に思う。世にこんなに人が溢《あふ》れているとは。

於《お》くらが縫った真新しい裃《かみしも》を身に着けた三郎は、右手に見える、内海の広大な干潟を見遣《みや》った。蛤《はまぐり》拾いであろうか、小袖《こそで》を尻までたくしあげた人々が干潟に大勢いる。波濤《はとう》が砕ける越前の灰色の海とは違って陽光がきらめき、その向こうは薄青であった。

三郎が越前国を出たのははじめてである。道行く途中で関ヶ原《せきがはら》、長久手《ながくて》、三方ヶ原《みかたがはら》と古老や講釈師に聞いた古戦場を見た。自分が乱世よりすこし遅く生まれてきたことを口惜《くちお》しく思う気持ちと、戦乱の世に生まれていたら果たして生き残れただろうか、という気持ちが半々である。

品川宿《しながわ》がちかくなるころ、突然列が止まった。背伸びをしてみても、さきでは馬印《うまじるし》が揺れ動いているばかりで、なにが起きているのかわからない。

主人の本多富正が三郎を呼んだ。

「様子を見てまいれ」

ちいさな細い目を動かして、油断するなと伝えてくる。この人も乱世の武人なのだと思いだされるような、鋭い眼差しだった。

「はっ」

三郎はいつでも腰の太刀《たち》を抜けるよう気を引き締め、列の先頭へと走った。秀康付の見知った小姓《こしょう》を見つけ、問うた。

「行列が進んでおらぬは、いかなることか」

手にした桶《おけ》形の行器《ほかい》には握り飯などの軽食が入っているのであろう、小姓は葵紋《あおい》が入った行器をおろすわけにもいかず、眉根を寄せて答えた。

「その、権大納言《ごんだいなごん》さまがいらしたそうで……」

権大納言とは徳川家康の後継者にして次代の将軍、徳川秀忠《ひでただ》である。秀康にとっては腹違いの弟であった。本来ならば江戸城で、兄の到着を待っているはずである。

三郎は仰天して問いかえす。

「わざわざ御出迎えにいらっしゃったというのか」

そのとき向こうで馬印が揺れ、一人の男が悠々歩いてきた。やや小柄だががっしりした肩幅で、白地に金の蜀江《しょっこう》の刺繍《ししゅう》が入った羽織を着て、紺鼠《こんねず》の袴《はかま》を穿《は》いている。身軽に秀康の駕籠へちか寄って手を振った。

「兄上、御迎えにまいりました」

秀忠本人である。ぱっちりとした目がよく動いて、異母兄の秀康とは印象が違うが、どことなく眉の感じが似ていると思った。

周囲の誰もが呆気《あっけ》に取られて声も出せないでいると、駕籠の戸が開いて秀康が慌てた様子で出てきた。

「権大納言さま、こんなところまでいらしては危のうございまする」

秀忠よりすこし背の高い秀康は、弟へ深々と頭《こうべ》を垂れる。五歳年下の弟にていねいな言葉遣いをするのは、やはり徳川の後継者という立場を慮《おもんぱか》ってのことだろう。

とたん、秀忠は明るい笑い声をあげた。

「なんの、江戸の傾奇者《かぶきもの》たちも兄上の豪胆さにはかないますまい。このさきにも越前宰相を一目見ようと人垣が幾重にもなっておりました」

秀忠は手を差し伸べて兄を誘《いざな》う。

「さ、兄上おさきにどうぞ」

秀康は困った様子で弟の袖を引いた。弟は兄を立てようとしているのであろうが、兄の秀康にしてみれば、じきに征夷大将軍となる弟よりさきに進むのは気が引けるのであろう。

「某《それがし》は従三位、権大納言さまより下位の者がさきを進むなど」

すると、秀忠は子供のように頬を膨らませた。

「しかし兄上。弟が兄のさきを進むなど孝悌《こうてい》に悖《もと》りまする。わたしを不孝者にするおつもりですか」

「あ、いや……」

三郎が急ぎ本多富正の元へ駆け戻って、どちらがさきに江戸城に入るかで譲りあっていると告げると、富正は呆《あき》れたような顔をした。

「仲睦《むつ》まじくてなによりだ。駕籠を並べてともに御入城なされればよいのではないか」

どうやら秀康が折れたのか、ほんとうに駕籠を並べて江戸城に入ることになった。もとからの行列に秀忠が連れてきた供もまじり、街道は見物人も押しあいへしあいの大騒ぎの道行となった。

割り当てられた江戸城二の丸へ入ると、すぐに三郎は召しだされた。迷ってしまいそうな巨大な城を進みゆくと、慌ただしく長持や葛籠《つづら》が運びこまれ、廊下に秀康が行器を抱えて立っている。先刻小姓が持っていたものだ。

嬉《うれ》しそうに手を差しだし、秀康は言った。

「やれやれ。三郎、小腹が空《す》いた。曲げわっぱをおくれ」

たしかに越前を出るまえ、於くらが弁当を作ってくれた。曲げわっぱにぎっしりと詰めこまれた色鮮やかな品を思うだけで唾がわいてくる。蓮根《れんこん》と干し椎茸《しいたけ》の煮物、雁《かり》肉を照り焼きにして薄焼き卵で包んだもの、そして味噌《みそ》を塗った握り飯、野沢菜《のざわな》の浅漬けであった。

二十日離れただけで、於くらの飯が恋しい。

弁当のほかにもう一つ、三郎は小ぶりの曲げわっぱを持たされたのであった。主君秀康の召しだしがあるまで開けずにおいて、できるだけ日陰に置いておけ、と言われた。

「あのわっぱ、そういうことでしたか」

慌てて取ってきて蓋を取れば、はたして味噌が入っていた。普通の味噌よりわずかに緑がかって、ふわっと野の香りが漂ってくる。

「蕗《ふき》味噌ですな」

雪が解けた里山で於くらが蕗の薹《とう》を摘んで、手ずから作ったものであった。

「そうそう、蕗味噌。哉屋《かなや》で食うて気に入ったのだ」

秀康の声が弾んだ。

北ノ庄《きたのしょう》でときどき秀康は城を抜けだして、於くらが間借りする煮売茶屋「哉屋」に忍んでやってくる。下級武士である三郎が秀康に顔を覚えられ、可愛《かわい》がられているのも、哉屋で小鍋をともにつついたことがあるからだった。そういう意味では於くらに引きあわされたといえるかもしれない。

「三郎、七輪に火を熾《おこ》せ」

「はっ」

坪庭に七輪を出して炭を熱する。そのあいだに毒見を済ませると、秀康は行器から玄米の握り飯を取りだし、箸で蕗味噌を掬《すく》って握り飯の側面に塗りつけた。網の上に載せると、すぐに香ばしい匂いが漂いはじめる。

「於くらとはうまくやっておるか」

秀康の問いに、三郎は控えめに頷《うなず》いた。一昨年、於くらに夫婦になりたい旨を告げ、受けいれられた。若い三郎が所帯を持てるほど安定するまで待つということで、婚礼は今年の夏まで延びていた。

今年三郎は十八、於くらは十六になった。そろそろという時節である。

「越前に帰りましたら於くらの故郷に挨拶にゆきます。祝言などはごく簡単にすませるつもりです」

「あのような働き者の嫁は得難いものだ。大事にするのだぞ」

頰《ほお》が熱いのは炭火のせいだけではないだろう。

「心してございまする」

平静を装って握り飯をひっくりかえすと、焦げ目のついた味噌がふつふつと焼けている。

秀康の目が子供のように輝いた。

「まだかの」

「いますこし御待ちくださいませ」

頃あいを見て、懐紙《かいし》で包んで差しだすと、こういうのは素手でなければいかん、と秀康は二つに割った。湯気が米の匂いとともに広がり、秀康は大口を開けて頰張った。

しばし咀嚼《そしやく》したのち、秀康は奇妙なことを言った。

「父上を思いだすのう」

秀康には三人の父がいる。

実父・徳川家康。はじめの養父・豊臣秀吉《とよとみひでよし》。そして二番目の養父・結城晴朝《ゆうきはるとも》。

家康と会うことはすくなく、秀吉はもう死した。晴朝は秀康が越前に転封《てんぽう》になったとき故郷結城を離れて越前にともにやって来て、いまは北ノ庄に隠居屋敷を構えている。

父上とは三人のうち、誰のことなのだろう。三郎はもちろん問わずにいた。

「父上には、色々不義理をした。このほろ苦さは、それを思いださせる」

細められた秀康の目が、悲しげに炭火を見つめている。

二　身欠き鰊の甘露煮

三郎が留守のあいだの越前北ノ庄では、事件が起こっていた。

朝はやく於くらが哉屋の二階から下へ降りてゆき、引き戸を開けると、於くらとおなじ年頃の、十六、七の女子《おなご》が前に立っていた。丸顔にそばかすのある、髪がすこし赤茶けた娘であった。

菖蒲《しょうぶ》の刺繡《ししゅう》がなされた上等な絹の小袖を着た娘は、於くらに無遠慮な視線を投げかけてきた。

「あなたが於くらさん？」

「はい。なにか」

言うなり、折りたたんだ文《ふみ》を突き出し、於くらが受けとるや踵《きびす》をかえして駆けだした。

「え、ちょっと」

兎《うさぎ》が跳ねるように北ノ庄城の桜門へとつづく角を折れると、娘の姿は消えた。武家屋敷のほうである。身なりも髪形も武家の娘らしかった。呆気に取られたまま手に残った文を開いてみると、平仮名で短く書き記してある。

「お、う、ら、み……」

平仮名だけは於くらも読めるようになっている。

――おうらみ、もうしあげます。

唐突に向けられた怨念。恨みを抱かれるようなことを、いつどこでしたのだろう。大欠伸《おおあくび》をして降りてきた煮売茶屋の女主人の鼎《かなえ》は、文を一瞥《いちべつ》するやいなや、烈火のごとく怒りだした。

「こんな無礼な文、焼いちまえ。どこのどいつだい！」

「御武家さまの娘さんのようでした」

「台所衆に取り立てられたのを妬まれたのかね。気にするこたあない。あたしも江戸屋敷の台所衆だったころは、散々陰口を叩《たた》かれたよ」

気にしようにも、なんのことだかわからぬし、あの娘が誰かもわからない。三郎に見せて余計な心配をさせるのも嫌だ。

心に一滴、墨を落としたように、じわりと黒い染みが広がるような気持ちだった。

それから一月《ひとつき》ばかりして、三郎が越前へ戻り、二人は於くらの故郷・大野《おおの》郡勝原《かどはら》村へ向かった。於くらの実家へ挨拶するためである。

北ノ庄や府中《ふちゅう》に比べたらなんの変哲もない田舎《いなか》村だから、三郎に見られるのは恥ずかしい気もするが、これからともに生きてゆくのだ、という思いも日に日に強くなってゆく。

三郎がくれた御守《おまもり》が、いまも胸元で揺れている。

「それで殿は蕗味噌握り、気に入ってくださいましたか」

三郎の土産話はどれも面白く、とくに秀康の嫡男の国丸《くにまる》（のち忠直《ただなお》）に気に入られて、二人で江戸城の御濠《おほり》で釣りをした話は微笑《ほほえ》ましかった。その国丸は、秀忠が養育するという名目で父と別れ、江戸に一人残ったという。要は人質である。まだ戦国の習いは残っているのだ。

「ううむ……」三郎は思案顔である。「握り飯を食うて、於くらはなにを思いだす？」

北ノ庄から一乗谷《いちじようだに》を越えて美濃《みの》街道を東行し、大野城からさらに九頭竜《くずりゅう》川ぞいに山奥へ入ったところに勝原村はある。しだいに川幅の狭くなっていく九頭竜川の向こうに、大小の峰を従えた荒島岳《あらしまだけ》がゆったりと聳《そび》え、田植えの終わった水田は青々と苗がそよいでいる。しかしたった三十年ほどまえには織田《おだ》方が一向衆を討伐し、激しい山狩りが行われた土地だという。

久しぶりの故郷に、於くらの脳裏にはさまざまな思い出が蘇《よみがえ》ってくる。

「子供のころ、お母ちゃんに握ってもらった握り飯でしょうか。田植えのあとにみんなで食べたのが美味《おい》しかったです。煎《い》ったじゃこが入っているんですよ」

於くらが三郎に持たせた蕗味噌握りで、秀康はなにかを思いだしたようであったという。それがどのようなものであったのか、わからない。

「殿は、なにか苦い思い出があるようだった。握り飯に」

於くらが食いもので思いだすのは、幸せな思い出ばかりである。辛《つら》いことやひもじい思いもなかったわけではない。だが、美味しいものは、そういった記憶すら忘れさせてくれるように思うのだ。

「殿に直接御聞きできたらいいのですが、そうもいかないでしょうね」

勝原村へは日暮れ前にたどり着くことができた。道端でおはじきをしていた子供が於くらに気づき、畦道《あぜみち》を走りだす。

「御《お》士《さむらい》に見初められた於くらが帰ってきたぞう」

二人は顔を見あわせた。夕陽に照って、三郎の顔は赤く染まっている。

「参ったな、士と言えど大した家ではないのだが……」

於くらの家は山際にあり、頭の欠けたお地蔵さんの立つ家だった。家から父母と四人の兄妹が飛びだしてきて三郎に頭をさげる。

「はあ、遠いとこ、よおきとくんなった」

「御馳走《おごつお》こせえるからの」

あれよあれよと茅葺《かやぶき》屋根の家に引っぱりこまれ、狭い居間に三郎を座らせて酒宴がはじまった。村じゅうから親戚が徳利《とつくり》を持って駆けつけ、三郎を質問攻めにする。どこで話が食い違ったのか、三郎は秀康の乳兄弟《ちきようだい》ということになっていた。

「乳兄弟などではありませぬ。わ、わたしは本多伊豆守さま付のしがない武家でして」

本多と聞いて、男たちは徳川四天王の本多平八郎忠勝《へいはちろうただかつ》と思ったらしく、目を輝かせた。

「鬼の平八の御家来衆なのかい」

「違います、全然違います。伊豆守さまは本多平八郎さまと同族ですが別の人です」

てんてこ舞いする三郎を見て笑いながら、於くらは土間の母と妹のもとへ向かった。妹がすり鉢に豆腐を擂《す》って白和《しらあ》えを作っている。捩《ね》じった結びこんにゃくに潰《つぶ》した豆腐が絡んで、舌触りもいい。水が豊かな大野の豆腐は、酒と並んで名産である。竈《かまど》では塩漬けの舞茸の炊き込みご飯まで炊いていた。なんと真っ白な姫飯《ひめいい》（白米）であった。

「お母ちゃん、こんなにしないでいいのに」

於くらの家では、白米は年に数度しか食べられぬ特別な御馳走である。

母は身欠《みが》き鰊《にしん》（鰊の干物）の煮物を作っていた。鰊を醬《ひしお》し酒、麦飴を加えて甘く煮るのが、於くらの家のやり方である。茶色く透き通った煮汁を身にかけながら、母は微笑んだ。

「あんたの御蔭でうちは助かったんだ。これくらいさせとくれ」

於くらが奉公に出てから約三年、たった三年で母の頭には白髪が増え、目尻や口元にも皺《しわ》が寄っていた。銭のためとはいえ、父母のそばにいてやれないのは、辛いものである。

米が炊けた。於くらが米をおひつに移すと、母が手塩を振って、転がすように手早く握ってゆく。まだ熱くて母の手は真っ赤に染まっていった。

表面は手塩で塩辛く、なかは米本来の甘い味がするのが握り飯だ、というのは母の教えだった。ほんのひと手間かけるだけ、それが心配りだと母はつねに於くらに言い聞かせていた。

「お母ちゃんは握り飯といったらなにを思いだす？」

道中に三郎と話したことを思いかえして母に尋ねると、すこし手を止めてからこんな答えがかえってきた。

「めでたいときにする話じゃないけれど、うらのちいさいころ、山に薪拾《たきぎ》いに行って朝倉《あさくら》さまの御士が山に隠れていてなあ。うらはなんどか粟《あわ》の握り飯をこさえて持って行ったことがある。泣きながら美味《うま》いと言ってくれてのう。その御士は結局村の大人に打ち殺されてしもうたんじゃが……あの御士さんのことを思いだす」

於くらは虚を衝《つ》かれる思いで、母の横顔を見た。皺が深く刻まれた目尻を細めて、母の穏やかな声がする。

「生きられなかった人のために、うらは飯を作りつづけるんやざ。うらの味を於くらが覚えてくれたら、於くらはもっと美味い飯を作っておくれ」

湯気の立つ台所で母と子は目をあわせた。

「うん」

握り飯の次は味の沁みた甘露煮を、家で一つきりの陶器の大皿に盛り、さいごに刻み生姜《しょうが》を載せた。身欠き鰊の甘露煮、舞茸の握り飯、白和えこんにゃく。つぎつぎと料理ができあがってゆく。

「三郎さん、どうぞ。お腹いっぱい召しあがってください」

居間へ運ぶと、三郎が居住まいを正して皿を受けとった。

「遠慮なくいただく」

三郎は身欠き鰊を頬張り、飲みこまないうちに握り飯を口にした。しばらく咀嚼《そしゃく》し、さらに握り飯にかぶりついて、三郎はおやっと目を動かす。

「さきほどより米が甘く感じる。ひとつの握り飯でそんなことなどあるのか?」

「表は手塩でしょっぱく、中は甘い。お母ちゃんの味です」

そう言って笑いながら、於くらはつよく思った。

――この味を、残したい。

かつて堀尾吉晴《ほりおよしはる》のもとで南蛮菓子のかすてぼうろを作れたのは、製法《れしぴ》が書かれた料理書があったからだった。遠い異国の味を知った誰かが、この味を伝えたいと料理書を残してくれたからだ。その気持ちをつぎへと伝えたい。

自分が死んだあとも、製法《れしぴ》とともに味は生きつづける。

覚書のようなものでいい、於くらはみずからの味を書き残したいと、そのときはじめて思った。だが、文字が書けぬ。いまさら三郎に教えてもらうのも恥ずかしいし、なにより毎日忙しく働く三郎を邪魔するわけにはいかない。

はっと思いあたることがあった。

あの恨み文を書いた娘がいる。於くらとおなじ年頃で、教わるにも気やすい。

あの娘を探してみよう、と思った。ちょうどいい祭があるのだ。

三　野弁当

六月七日から十四日にかけて北ノ庄城の北東、天王町《てんのうちょう》の鬼門封じである牛頭《ごず》天王社で死者の御魂《みたま》を鎮める御霊会《ごりょうえ》が開かれる。神輿《みこし》や山鉾《やまぼこ》が町内を回る日は、天王社に桟敷《さじき》を設けて、秀康が見物することになっていた。越前に秀康が来てからはじめて大々的に行われる祭とあって、初夏の北ノ庄はますます活気づいていた。

祭には妻子を連れて来てよい、と秀康から家臣に御達しがあった。つまり、武家の娘であるあの娘も来る可能性が高い、というわけだ。

「おうい、御霊会の野弁当《のべんとう》の品に裁可がおりたぞ」

北ノ庄城の台所で朝餉《あさげ》の片づけを終えてしばらくして、同じ庖丁役である金子権左衛門《かねこごんざえもん》が、書状を持ってやってきた。台所衆で於くらに次いで年若い権左衛門は、於くらの面倒をよく見てくれる。

野弁当というのはもとは遠乗りや犬追物《いぬおうもの》など外へ行くときの弁当である。秀康は御霊会のために新しく蒔絵《まきえ》の提げ重を作らせており、三段の重箱と酒の入る瓢《ひさご》入れまでついた、豪華なものであるらしい。

権左衛門が持ってきたのは、弁当に詰める総菜についての家老衆の認可状であった。奉行の求めに応じて台所衆が品目を考え、於くらも二品を考案した。夏場でも食欲が湧く品々が並んでいる。

一の重に桜鯛《さくらだい》の焼き物と煎りじゃこの混ぜ御飯。
二の重は雁の照り焼きと薄焼き卵、こんにゃくと厚揚げの煮物、紅白なます。
三の重は草餅、水無月《みなづき》、干し柿などの甘味。

「雁の照り焼きも可なりと書いてある。よかったな、於くら」
於くらが考えた品は、三郎の弁当で好評だったので、さらに工夫を加えたものである。甘辛く煮た雁をふんわりと薄焼き卵で包んで、紅生姜《べにしょうが》を添えた。濃い目の味つけを紅生姜がさっぱりとさせて、食べごたえがある。

弁当のなかで一番目を引く桜鯛は、丹生《にゅう》郡の漁師、大隅目深《おおすみまぶか》の家から送られてくる予定であった。漁師の目深は最近舅《しゅうと》の婿養子となり、大隅家を継いだと三郎が教えてくれた。

みなすこしずつ、前に進んでいるのだと、於くらも励まされる思いだ。

「台所衆に任ぜられてから、初の大仕事です。頑張ります」


御霊会の当日。梅雨のあいまの蒸した空気が満ちる牛頭天王社には、青葉が色濃く茂っていた。

奥宮では氏子たちが曳《ひ》く山鉾の準備をしていて、一丈《じょう》（約三メートル）もある山車《だし》にはすでに榊《さかき》が据えられ、緋色《ひいろ》や金色の煌《きら》びやかな布が周りを覆っている。揃《そろ》いの藍色の着流しを着た氏子たちも、慌ただしく境内を行き交っていた。

越前結城家の臣《しん》たちは、神社の前庭に造られた桟敷席に集まりはじめている。於くらはお仕着せの小袖を着て、手伝いに出ていた。あたりを窺《うかが》って、あのそばかすの娘を探していると、探すまでもなく、人のあいだを縫ってあの娘がこちらへやってくる。

「御酒がもうないのですけれど。多賀谷《たがや》の席よ」

どうやら娘は多賀谷三経《みつつね》という家臣の娘らしい。多賀谷というのは秀康の養父、結城晴朝の代から結城家に仕え、加賀国にもっともちかい坂井《さかい》郡柿原三万石あまりを有する重臣である。

その重臣の娘が、じっと於くらを見つめている。

「先日は御無礼をいたしました」

笑みを絶やさず瓢に酒を注ぎ足して渡すと、娘はここぞと言い募《つの》ってきた。

「わたくしは多賀谷の娘、吉照《きちてる》。三郎さんのような立派な武士に、百姓の子は似合わないと思うわ」

いくら重臣の娘といえど、ここで引いてはならぬ、と於くらは問いかえした。

「立派な武士とはどんな人ですか？　吉照さまは三郎さんのどんなところを御存知でいらっしゃるのですか」

強く出れば於くらが泣きべそでもかいて逃げだすと思っていたのか、吉照は言葉に詰まって目を白黒させた。

「生意気な娘ね。いいわ、御家中の人に訊《き》いてみましょう。ただの武士じゃだめよ。武名高い人が……ああ、ちょうどいい四王天《しおうてん》さまがいらっしゃるわ」

すこし先の桟敷席に、四十がらみの恰幅《かっぷく》のいい男が座っている。四王天政実《まさざね》という男で、家中に名は轟《とどろ》いて於くらも知っている。あの本能寺《ほんのうじ》の変で、織田信長《おだのぶなが》の懐刀、森乱法師《もりらんぼうし》(蘭丸《らんまる》)を討った、明智《あけち》家の元家臣である。その横顔には四寸にもわたって酒に染まった向こう傷が走り、耳は半分欠けていた。

武勇で鳴らした男にちかづくのはさすがに勇気がいったが、政実は吉照の手にある酒の入った瓢に目をつけた。

「よいものを持っているな、一献貰《もら》おうか」

酒を注がれると、政実は盃を舐《な》めて遠い目をした。こんこんちき、と囃子《はやし》が鳴りはじめたところであった。

「京の祇園祭を思いだすな」

「四王天さまは京にいらしたことがあるのですか」

京は日の本じゅうの食が集まる憧れの地である。於くらが勢いこんで訊くと、政実はにやりと笑う。

「おれは日向守《ひゅうがのかみ》（明智光秀《みつひで》）さまの家臣だった男だぞ。京など庭のごとしよ」

「でも明智さまというのは、織田を討った悪い臣だと聞いております。怖いかただったのではありませんか」

於くらの無邪気な問いを聞き、政実の眉が吊《つ》りあがる。

吉照が小声で囁《ささや》き、袖を引いた。

「あなた無礼よ」

「それは真実《まこと》ではない」

政実は低く言うと、話しはじめた。

「おれは兄政孝《まさたか》とともに丹波国《たんばのくに》の生まれにて、いまは亡き惟任《これとう》（明智）日向守さまの丹波攻めにも従軍した。かの変事（本能寺の変）の際、本能寺を取り巻いて四方から火縄銃を放ち、あらかた敵を撃ち殺したあと、おれは鑓《やり》を携えて討ち入った。本能寺を攻めることは直前まで知らされていなかったのだが、日向守さまが決めたことならば、決して間違いはない、と思ったものだ。

大殿（信長）の遺骸《いがい》を求めて、日向守さまは半分泣き暮れながら本能寺の焼け跡を探しておられた。ぽろぽろと、子供のように涙を流して。あのときおれは、ああ、日向守さまはほんとうは大殿を殺したくなかったのだな、とわかった。京の有象無象たちが、日向守さまを追いこんだのだと理解した。

おれは憎き羽柴《はしば》（豊臣）と戦った山崎《やまざき》合戦で死ねなかった。日向守さまがいよいよ駄目だと御自害なされたとき、お前は死ぬなと言われたからだ。いまでも殿と共に腹を切る夢を見る。

それから若狭《わかさ》に逃げ、山奥に潜んでおった。穴熊に、鼠《ねずみ》、地を這《は》う虫までなんでも食った。

殿（秀康）から召しだしがあったときは、殺されても構わぬ、という気持ちで越前に来た。徳川の青二才を見てやろうと思ってな。着の身着のまま北ノ庄へ来たところ、殿は腰にさげた袋から握り飯を出して、まず腹ごしらえをせいと、仰《おっしゃ》ってくれた。あれでいちころよ。竹皮に包んで味噌が塗ってあって、ほろ苦くて、甘《あも》うて。六つ食った、はは」

「わあ、その握り飯きっとわたしが握ったものです。殿はよくお腹を空《す》かされるので」

哉屋に忍んで散々飲み食いした秀康への土産に、桶いっぱいの握り飯を持たせてやったことが、たしかあったはずだ。あれは政実の腹に入ったのかと思うと面白い気がする。

聞いた政実は、大口を開けて笑った。

「ならおれは、お主に調伏《ちようぶく》されたようなものだな！」

話を隣で聞いていた美男が、口をすぼめて話に入ってくる。甲斐《かい》の武田《たけだ》家に仕えていた土屋昌春《つちやまさはる》という男であった。

「言うてもせんなきことですが……」

咳払いして、昌春は話しだす。

「四王天どのの御主君があと三月変事をはやく起こしてくだされば、我が故郷も燃えることはなかったと……冗談にございまするよ。わたしは甲州《こうしゆう》の生まれにて、信玄《しんげん》公の御取次役を務めた土屋昌続《まさつぐ》、昌恒《まさつね》兄弟の甥《おい》にございまして、織田方が甲州に雪崩《なだ》れこんだとき、信玄公の御息女、松姫《まつひめ》さまをつれて武州《ぶしゆう》に逃げ申した。死ぬのが怖くてなあ。武田の誇りなどくそくらえと思うておりました。

松姫さまと八王子《はちおうじ》に落ち着きましたころ、太閤《たいこう》秀吉の北条《ほうじよう》攻めがありまして、わたしは陸奥守《むつのかみ》さま（北条氏照《うじてる》）の命《めい》に従って八王子城に籠城いたしました。そのときでもまだ、わたしは死にとうなくて、逃げ道を探しておりました。すると陸奥守さまがそれを聞きつけてわたしを召しだし『お前は北条の者ではないから、逃ぐるがよい』と仰る。そのとき、はじめて悔しいと思いましたなあ。わたしはどこの者にも成れぬ。この御方のために死にたいと思い申した。それでも……死ねなかった。豊臣が憎い、いまでもそう思うておりまする。関ヶ原の本戦に征《ゆ》けなかったのには、いまでも悔いがございます。流れ流れていまの殿の御厄介になって、越前国に来ましたが、雪が深くて道中難儀しましてな。凍えそうになって転がりこんだ茶屋で、甘鯛のつみれ汁を食って、五臓六腑《ごぞうろっぷ》に染み渡る美味でございました。それを作っておられたのが、そこにおる、於くらどのというわけですな」

昌春が整った顔をこちらに向けて笑いかけてくる。於くらはどぎまぎしながら声を裏がえらせた。

「べ、べつにわたしで落ちをつけてくださらなくてよろしいです」

なごやかな笑いに誘われつぎは、離れたところにいた年配の男が徳利を片手に輪に加わってきた。

「おうおう、ならばわしの苦労話も聞いてくれい」

越前の名族、朝倉《あさくら》家の生き残りである朝倉景澄《かげずみ》であった。

「わしは一乗谷宗家さま（朝倉義景《よしかげ》）の縁戚にあたり、一乗谷落城のさいは大野郡の勝原城におって、それが初陣でござったのう。織田勢が雪崩れこんできて、いったんは加賀《かが》に逃げ申した。それから一向衆とともに戦うて、わしを生かそうとした家臣はあらかた死んだけれども、朝倉の血脈を保つために必死じゃった。いまだから言えることじゃが、同族を裏切って織田方に差しだし、それで生き延びたこともある。

堀尾《ほりお》どのには世話になり申した。大野郡にわしが潜伏していることを知ってなお、黙っておられた。まあ、西軍が攻めてきたときの防波堤となさるおつもりじゃったのだろうが。なに、お主は堀尾どのの台所衆であったのか。堀尾どのにはこっそり米や味噌を送ってもろうたこともあったのう。あの味噌はお主が造ったものかもしれぬのう。

東西の大戦さでは前田《まえだ》方に加わり、大聖寺《だいしょうじ》城を攻め申した。朝倉家の旧臣の山崎《やまざき》もおったのう。朝倉家再興の望みが叶うかと思うたが、甘かったな。手柄争いで讒言《ざんげん》を受け、前田家を放逐されたときに、いまの殿が拾うてくれたのじゃ。

わしはまだまだ諦めぬぞ。じきに徳川家は豊臣家の大坂《おおさか》城を攻めるであろう。そのときにわしかわしの息子が手柄を立てて、越前にふたたび城を持ってみせる。いまの殿は励めよと仰ってくださった。まことの武士じゃ」

「殿はまことの武士でございますか？」

男三人は揃って頷いた。

「ですって、吉照さま」

すると思いがけず、吉照はこちらを睨《にら》んできた。

「御三方の御話全部にあなたが出てくるじゃないのよ……」

「そうでしたっけ？」

「もういいわっ」

吉照がそっぽを向いてしまい、於くらが取り残されて途方に暮れたそのとき、桟敷席の一段高くなったところで、焙烙《ほうろく》頭巾を被った小柄な老人が手をあげた。

男三人がやいやいと勧めてくる。

「御隠居さまこそ乱世の生き証人。まことの武士の話が聞きたければ御隠居さまに御酌を差しあげるべし」

御隠居さまとは、秀康の二人目の養父、関東の名族結城家の前当主、結城晴朝である。

嫌がる吉照を引っぱって、於くらは結城晴朝のもとへと行った。こうなったら乱世の武士の話を気が済むまで聞いてみたい気がしたのだ。

於くらたち台所衆が作った野弁当を広げ、晴朝は上機嫌であった。吉照に言う。

「そなたは三経の娘であるか。先日の饗応《きようおう》の際には父上にたいへんよくしてもろうた。

感謝していると伝えよ」

　はじめて自分の話が出て、吉照の顔が輝く。

「嬉しゅうございます。父も喜びまする」

　晴朝は重の上で箸を迷わせた。桜鯛の鮮やかな桜色、紅白のなます、色とりどりの弁当は目にも鮮やかで美しい。迷った末、晴朝は雁の照り焼きを選んで、口に運んだ。

「弁当はなにから食おうか迷うておるときが、いちばん心躍る。おお、これは肉から汁が溢れでてたいそう美味いのう」

　そうして優しい好々爺《こうこうや》の顔で、晴朝は問うた。

「あちらで四王天たちと盛りあがっておったろ。なんの話をしておったのじゃ」

　吉照が瓢を取って、晴朝の盃に酒を注いだ。

「関東八屋形《はちやかた》の一であらせられる、御隠居さまの武勇に勝るものなしと、噂《うわさ》しておりました」

「うまいことを言いよる。小田《おだ》、佐竹《さたけ》、宇都宮《うつのみや》、那須《なす》そして北条……まあ、ひしめきあったものよ。元亀《げんき》元年（一五七〇）平塚《ひらつか》合戦でのわしの采配を見せたかったものじゃ」

　知らぬ名ばかりが出てきて、いつどこの話かもわからない。於くらは吉照にそっと問うた。

「元亀っていつのころですか」

「莫迦《ばか》ね！　いまから三十余年前のことよ。御隠居さまは小田氏と北関東の覇を争うておられたの。そんなことも知らないの」
三十余年か、と晴朝は遠い目をした。
「じゃがそなたらには秀康の話のほうが楽しかろう」
於くらは哉屋で町人の姿に身をやつし、肴《さかな》をつつく姿しかほとんど見たことがない。
秀康が立派な武士だとみなは言うが、結城秀康とは、どんな人なのであろうか。
ゆったりと晴朝は話しはじめる。
「太閤さまに請うて結城家に貰《もろ》うてきた秀康は、抜身の刃物のような若者じゃった。佐々《さっさ》
成政《なりまさ》どのに褒められた鑓の刀身に一点の曇りでもあったら、手入れ役を手討ちにしようと
思うておったなどと平然と言う男よ。徳川さまの子で太閤さまの養子である手前、下手に
機嫌を損ねられても困る。正直扱いかねた。
しかしわしには男児がおらぬ。秀康は名家結城を継ぐ大事な子じゃ。なんとか結城へ心
を寄せてもらいたいと思った。
あれは北条征伐のころじゃな。結城から出征する秀康のために、わし手ずから弁当を作
った。弁当というても今日のような豪華なものではない。庖丁などふだん握らぬゆえ。味
噌を塗った握り飯を二十も作って行器に詰め、糠《ぬか》漬けを持たせただけじゃ。
小田原城は陥《お》ち、北条氏政《うじまさ》どのは腹を切った。秀康は疲れきって戻ってきた。そんでぽ

つりと言うたんじゃ。

『父上、苦い握り飯でござった』とな」

――また握り飯だ。

三郎は「殿は握り飯に苦い思い出があるようだ」と言っていた。いま晴朝が語ったこと

は「苦い思い出」の正体ではないだろうか。

晴朝も気にかかっているらしく、冗談めかしてこう言った。

「あいつに甘い握り飯を食わせてやりたいものだ」

「御任せください」

そう頓狂な声がして、於くらは肩をぐいと摑まれた。自信に満ちた吉照と目があう。

「御隠居さま、この娘、こう見えて台所衆にございまする。甘い握り飯を作るなどお手の

物。作って御覧にいれましょう」

「え、ちょっと、吉照さま」

晴朝は途端に破顔して、盃を置くと手を打った。半分は本気にしていない様子だったが、

どこか期待をかける気持ちも見てとれた。

「それは愉快じゃ。楽しみにしておるぞ」

勢いこんで立ちあがった吉照と不安げな於くらを、晴朝は交互に見つめ、問うた。

「そなたらは『優れた武士』とはどのようなものだと思うか」

決まっておりまする、と吉照は胸を張って答える。

「殿や御隠居さまのように、勇壮で、戦さで武功を挙げてこその武士でしょう」

奥宮から神輿と山鉾が曳かれてきた。いよいよ祭がはじまる。太鼓が打たれ、ひいらと高く篠笛《しのぶえ》が鳴る。囃子がしだいに速くなってくる。手を叩く者、かけ声をあげる者、あたりは喧噪《けんそう》に包まれた。

「若いのう」

晴朝の眼光が鋭くなり、突如気が放たれた気がした。於くらの全身の毛が逆立ち、冷や汗が背中を伝った。圧倒的な気配こそが、乱世の武人たるゆえんか。

吉照はその気配に気づきもしないのか、きょとんとしている。

「真《まこと》の武士とは、そういうものではないぞ」

晴れやかな囃子に紛れ、晴朝の呟《つぶや》きは消えていった。

四　甘う握り飯

北ノ庄城は本丸御殿が棟あげとなり、正面の本城橋もかかって城らしくなってきた。

北西の天守もいまは二層目ができあがっている。できあがれば四層の天守となるそうだ。

百間堀をはじめ何重にも水堀に囲まれた城は西側に山里口御門、北側の搦手《からめて》に土橋と北不明門《あかずもん》があり、大馬出しと桜門、小馬出しと柳門など、さまざまな出丸や曲輪《くるわ》が浮かび、角々に櫓《やぐら》が林立して壮観だ。三郎によれば江戸城に勝るとも劣らぬという。

またあちこちに、松、梅、栗、林檎《りんご》（和林檎）といった非常時に食料となる木が植えられ、この北ノ庄城が加賀前田家の抑えの城であるということを物語っていた。

祇園祭から一月ののち、常のごとく於くらは城の台所で働いていた。朝餉の支度を終え一息入れようと伸びをすると、権左衛門が於くらを呼ぶ。御殿の外で待っていたのは、侍女を連れた吉照であった。ほっかむりに襷《たすき》がけをして、台所の外の、枝もたわわに実った梅の木の下に仁王立ちで待っている。

権左衛門に礼を言い、吉照は言った。

「感じのいい台所衆の人ね。おさんどんって、女の人がやっているのだと思っていたわ」

「台所衆は扶持《ふち》持ちの御士ですよ。おさんどんとは違います。立派な御役目です」

於くらもすこしであるが扶持米を貰っている。そう、と吉照はそのことはどうでもいいようで、於くらに命じた。

「さ、甘い握り飯を作りなさい」

祇園祭での大言壮語は本気だったらしい。甘い握り飯がなにか見当がついているのか尋ねると、吉照は鼻を膨らませた。

「おはぎに決まっているじゃない」

そんなことだろうと思っていた。こういう謎かけのような料理は意外性がなくてはいけない。糯米《もちごめ》を餡《あん》で包んだおはぎを「甘い握り飯です」などとしたり顔で出して、果たして秀康が膝を打つだろうか。

鐺に一点の曇りがあっただけで手入れ役の首を刎《は》ねようと思った、という秀康の気性である。於くらの前では温厚だが、台所衆の名がかかった場面ではそうはいくまい。発想に妙があると褒められるどころか、無礼千万と首を刎ねられるかもしれない。

「殿が御喜びになると思いますか」

「そんなことわからないわ。わたしは台所衆じゃないもの」

吉照の頭の上にぽこりと熟した梅が落ちてくる。もうもいでしまわないといけない。

「ちょうどいいです、梅を採るのを手伝ってください」

甘酸っぱい爽やかな香りのなか、権左衛門たちも手伝ってくれて於くらと吉照は梅の実を採り入れた。城内に植わっている、すでに採っていた実とあわせると桶五つにもなった。

これを梅干しにして、非常食にしたり料理に使うのである。

採ったばかりの梅を茣蓙《ござ》に広げ、一つひとつ傷がないか確かめながら、於くらは思い切って尋ねてみた。

「吉照さまは、三郎さんといつ知りあったのですか」

真剣に梅の実を拾いつつ、吉照は案外簡単に答えてくれた。性根がまっすぐというか、単純というべきか。

「伊豆守さまの文を持ってきたときだったかしらね。ほら、三郎さんて賢くて田舎《いなか》臭さがないじゃない？　わたくしは江戸のほうの生まれだから、こんな雪ばっかり山ばっかりの田舎、うんざりしていたのよ。だからあなたみたいな田舎娘とくっつくのが我慢できないの。わかる？」

「なるほど、よくわかります」

向かい側で梅を拾っていた権左衛門がぎょっとして問う。

「お主らは仲がいいのではないのか」

小馬鹿にしたように吉照がこちらを見て鼻を鳴らす。

「冗談じゃありませんよ。あなたわたくしの文は読めたの？　文字も読めない田舎娘が三郎さんと夫婦《めおと》になるなんて――」

於くらは料理の覚書を書きたくて、吉照が文字を教えてくれないだろうかと思っていた。料理の覚書、と考えたとき、天啓のごとく閃《ひらめ》きが於くらの頭に走った。

「それです吉照さま。一緒に御文庫に来てください」

「御文庫って本があるところでしょう？　あなた文字が読めないんじゃないの」

訝《いぶか》しげな吉照を連れ、於くらは許しを得て御殿の執政所の脇にある御文庫に向かった。

静まりかえった室内に整然と棚が並び、さまざまな書物が積まれている。

於くらはそのなかから一冊の本を取りだした。

——南蛮料理書。

於くらの元の主《あるじ》堀尾吉晴が手に入れた写しで、府中城を去るときに残したものであった。

「これを読みあげてください。わたしは難しい字は読めないのです」

「なんなのよ、南蛮の料理の覚書？　へえ、こんなものもあるのね」

一つひとつ律儀に読みあげる吉照の声を聞き、於くらは注意深く待った。

かすてぼうろ、ちちらあと、けさちひな、甘味を中心にさまざまな南蛮料理がならんでいる。やがて吉照はひとつの項を読みあげた。

「『一、あふら物の事。米いりて、こにして、くろ砂糖を入、こね、かはには麦のこ、こねつつみ、すきに切、油にてあける也。』」

「それです！　黒砂糖となにかを混ぜて餡に……そうだ」

いま聞いた作り方を覚え、於くらは二の丸に走った。ここには江戸から運んできた林檎の木が植えてあり、拳ほどのおおきさの実がそろそろ薄緑色からほの赤く色づこうとしている。

「握り飯はご飯で具を包んだものといってよいでしょう。吉照さんの言ったおはぎは、糯米を餡で包んであり、握り飯とは逆なんです。じゃあ、甘い餡をお米で包んではどうでしょう」

早口で言う於くらに、吉照は首をかしげる。

「そんなもの食べたことがない。わからないわ」

「だからいいのです」

於くらはさっそく早熟の林檎の実を許可を得て三つほどもぎ、皮を剥《む》いて小さく賽子《さいころ》状に切った。それに黒砂糖を加え、ことことと半刻ばかり煮る。甘酸っぱい匂いが台所に漂いはじめた。香りづけに桂皮《けいひ》をひとかけら入れると、より複雑な甘さとなる。

「へえ、これだけでも美味しそうね」

「つまみ食いは我慢してくださいい、吉照さま」

「わかっているわよ」

「では火からおろして、冷ますあいだに米の皮を作ります」

米粉を湯で練り、卵を入れてさらに練る。生地となったものを丸く掌《てのひら》に広げ、さきほど煮た黄色く透きとおった林檎を真ん中に入れて丸く包みこんだ。三角形の握り飯にちかい形にする。

深鍋に油をひたひたに入れ、熱して、握り飯を入れる。じゅわっと油が躍った。しだいに表面が色づき、きつね色をしてくる。吉照が楽しそうに覗きこんでくる。

「焼いた握り飯みたいね。いい匂い」

「そうなんです、握り飯に見立てたのです」

油からあげると、吉照がさっそく手を伸ばしてきた。躊躇《ためら》いもなくかぶりつく。ぱりっと生地が音を立てた。

「あつっ、中の林檎の餡が熱いわ」

於くらも手に取って割ってみた。なかから黄金色に透き通った林檎が湯気とともに現れ、甘い匂いが漂ってくる。ふうふうと吹いて口に入れると、香ばしく揚がった生地と、林檎が溶けあうように腹を満たしてゆく。

吉照が弾んだ声をあげた。

「こんな甘い菓子、食べたことない。金平糖の欠片《かけら》をちいさいときに一度口に放りこんでもらったことがあるけど、それを思いだした」

味というのは、やはり人の心にしまわれた記憶を呼び起こすものらしい。

それが苦い思い出であったとしても、書き換えることはできないだろうか。

「林檎のあぶら物、できあがりました」

改善点はさまざまに浮かんでくる。生地を薄くして何層かに重ねればより香ばしいぱりっとした食感になるのかもしれないし、林檎もより短く煮れば食感も楽しめるかもしれない。だが、はじめて世に生まれた、新しい料理であった。

◎油物は室町時代には作られていたらしく、小麦粉などの皮で具を包んで揚げたもの。『言継卿記《ときつぐきようき》』天文《てんぶん》二年（一五三三）正月二十一日にその名が見える。また『利休百会記《りきゆうひやつかいき》』天正《てんしよう》十八年（一五九〇）十二月四日に「菓子　ふのやき、やきぐり、あぶらもの」とあり、油で揚げる菓子として食されていたようである。のちには甘くないものも作られるようになった。作中のものは和林檎のジャム状のものを米粉の皮で包み、油で揚げたアップルパイ状のもの。

十日ばかりののち、結城晴朝が城にやってきて、秀康と歓談する席が設けられた。菓子を出したいと申しあげると、すぐに持ってこいとのことである。

揚げたてを先日献上されたばかりの佐賀《さが》藩の青い染付の牡丹《ぼたん》が描かれた絵皿に載せ、すこし考えてから、表面にわずかに塩を振った。表面は塩辛く、中は甘く。

母が握り飯を握るときの、真っ赤な手が脳裏に蘇ってきた。

ひと手間に、心配りをこめる。

小姓たちが庭園に面した茶室に皿を運んでいくのを見送り、於くらは不安になってきた。この料理で秀康がなにかを思いだし、辛い気持ちになるかもしれない。封じこめた記憶が秀康をふたたび苦しめたら、自分は責任を取れるのだろうか。

しばらくして呼び出しがかかった。於くらは不安で押しつぶされそうになりながら、茶室に向かった。

「於くらでございます」

城の東側に小さな四畳半の茶室があり、小姓に導かれるままに茶道口から入れば、突きあげ窓からゆるい陽が射しこみ、床の間に生けられた一輪の菊花が目に入った。手前畳に秀康、床の間に面した貴人《きにん》畳に晴朝が座っていて、二人は於くらを見、ついでお互いに顔を見あわせると、途端、口を開けて破裂するように笑いだした。

秀康が目の端を指で拭《ぬぐ》うと、さがり眉がいっそうさがる。

「は、ははは、やりおったな。甘い握り飯。あはは!」

晴朝も腰を折って、愉快でたまらないというふうである。

「まだ揚げた熱が残って、美味かった。外はわずかに塩味がして、なかから林檎の餡が出てきたときはびっくりしたぞ」

どうやら甘い握り飯は二人の興に入ったらしい。ほっと胸をなでおろし、於くらは二人の顔を見た。

「お腹を切らなくてもよろしゅうございますか」

その言葉に秀康がまた噴きだす。

「お主は武士のような女子だのう。腹は切らずともよい。わしが江戸でおかしなことを口走ったのを、三郎から聞いて気に病んでいたのだろう」

「はい。蕗味噌のおにぎりを食べて、すこし苦しそうな御顔をなさったと」

ふと秀康は真面目な顔になり、静かに語りはじめた。

「苦い握り飯を食うて思いだすのは、豊家《ほうけ》の父上のことよ」

於くらがぽかんとしていると、秀康は太閤秀吉さまじゃ、とつけ加えた。

太閤、豊臣秀吉。

人質として三河《みかわ》から京へのぼった秀康の、最初の養父となった天下人である。

「太閤さまは、強く、そして強さに駆られた御方であった。なにもかも足元にひれ伏せさせねば気が済まぬのだ。そんな義父上《ちちうえ》に従い、わしらは北条征伐で、長くつづいた北条の家を滅ぼした。戦勝に酔う陣中でわしはどうしても苦い思いであった。家が絶えるというのは、父祖の思いが潰《つい》えることで、わしには北条の無念がようわかった」

わしは松平《まつだいら》であり結城であり、豊臣の子であった、と秀康は言った。

「その豊家も、いずれ父上（家康）とぶつかるであろう。わしはそう睨んでいる。西国の大名たちが秀頼《ひでより》どのを担ぎ、もう一戦《ひといくさ》あるやもしれぬ」

「また戦さがあるのですか。世は平らかになったのではないのですか」

自身が経験した木ノ芽峠《きのめとうげ》での攻防を、於くらは思いだした。あれはただの小競りあいだということは、於くらにもわかる。また戦さが、それも東西をわける大戦さが起こるというのか。

秀康は険しい顔つきのまま答える。

「最後の火種は、大坂城《おおさか》にある」

関ヶ原の合戦で、豊臣の落日は決定的となり、江戸に幕府が開かれたのちも、江戸城の徳川家、大坂城の豊臣家と、東西の勢力を二分する奇妙な体制となっている。秀康はその均衡が崩れることを懸念しているのであろう。

「わしには両方の思いがわかる。だから両家の鎹《かすがい》となりたい。小田原攻めを経験して以来、誰かが滅びるのを見るのは辛いのだ。甘い握り飯はその思いに至らせてくれた。礼を言うぞ、於くら」

自分の料理が秀康の心に届いたのだ、という思いに於くらは深々と頭をさげた。

「御家中のみなさまが、殿こそは真の武士であると仰っておられました。殿ならきっと、できると存じまする」

於くらの言葉を嚙《か》みしめるように、秀康は頷く。

一方の晴朝は、風炉《ふろ》の向かい側で眉根を寄せて、顔をすこし歪《ゆが》めている。

祇園祭で、晴朝は男児がおらず、秀康が結城家の大事な跡継ぎであると言っていた。秀康が松平に復したいま、結城家を継ぐつぎの子はいるのであろうか。北条が絶えたように、結城も絶えてしまうのではないか。しかし於くらがそれを言うのは無礼がすぎる。晴朝の沈んだ顔が気にかかっていると、秀康が長く息を吐いた。

「義父上。豊家とおなじく、いやそれ以上結城の家は大事にございます。いまわが側室が身ごもっておる子が男児であったなら、結城の養子にしようと思うておりまする」

はっと顔をあげた晴朝に、秀康は居住まいを正してつづけた。

「義父上が越前のあちこちの寺社に、結城の家の長久なることを祈願されておることは、わしも存じておりまする。御累代が護《まも》ってこられた本貫地である下総《しもうさ》を遠く離れ、越前に参られた義父上の心細さ、察するに余りある」

う、と呻《うめ》いて晴朝が顔を覆う。

言葉にならない嗚咽《おえつ》が、風炉の釜で湯が沸く音にまじった。

「於くら」やがて目尻の赤らんだ顔を、晴朝はあげた。「祭で『優れた武士』とはどのようなものかと、わしが問うたであろう。答えはわかったか」

「はい」

晴朝が下総の地で四十年間孤軍奮闘してきたのはなんのためか。

「つづけること、つづくことでしょうか」

長い息を、晴朝は吐いた。

「そうじゃ。絶やさぬこと。それが優れた武士である。どんな高名も当人が死せば塵《ちり》と消ゆる。天下一統に手をかけた織田がいまどうなっているか見るがいい。結城の家がつづいていくこと。それがわしの願いよ」

於くらは膝の上に置いた拳を握りしめた。三郎と一緒になって子ができるとは限らない。子が残せぬなら価値がないというのではあまりに寂しい。やはり自分の味を後世に残したい。自分が死んでも残る覚書を残したい。

それが於くらの願いである。

「御隠居さま、わたしにも願いがあるのでございまする」

秀康と晴朝が同時にほう、と顔を向けた。

「文字を習《なろ》うて、わたしの料理書を書き残したいのです」

五　式三献

甘い握り飯の一件はすぐに家中の評判となり、言い出しっぺである吉照も得意げであった。改めて御礼に多賀谷の家へ向かうと、どこかの寺門を移築してきたような、立派な屋敷が於くらを迎えた。

「まあ、わざわざ御苦労さまね」

紅葉の刺繡が入った絹の小袖を着て出てきた吉照は、武家の末娘にふさわしい格好《かっこう》で、いままで親しく言葉を交わしていたのは、無礼が過ぎたかもしれないと冷や汗が流れる思いだった。

「吉照さまの御蔭で、殿も御隠居さまもたいへん御機嫌であらせられました。御礼申しあげます。そのう、吉照さまにさらに御願いがございまして」

事情を話し、文字を習いたい旨を告げると、薄茶を啜《すす》りながら吉照は広縁の向こうの小さな池を眺めた。

「あなたが真面目に御役目に励んでいるのは、わかったわ。その御役目のためならば、わたくしも協力してあげてもいい」

「ほんとうですか、ありがとうございます！」

にべもなく断られるのではないかという不安もあった。

脇息《きょうそく》に肘をついて、吉照は「わたくしってお人よしだから」と自嘲気味に笑う。

「三郎さんとのこと、どうせわたくしに目はないことはわかっているのよ。多賀谷は万石《まんごく》の大身《たいしん》の家ですもの。三郎さんのような下級武士とじゃ釣りあいが取れないし、第一わたくしの嫁ぎ先は父上が決めてくるのよ。もうじきね」

一万石以上は城持ち大名、すなわち、多賀谷家も大名格の家である。本来ならば於くらがこうして面と向かって話すことも難しい家柄である。

「誰かが決めるまえに、自分で人を好きになってみたかったのよ、それだけ」

「吉照さま……」

片方の唇を持ちあげ、頬杖《ほおづえ》をついた吉照は泣かないわよ、と微笑んだ。強がりでもあり、己に言い聞かせるようでもあった。

それから五日に一度ほど吉照の家で書写の手習いをはじめ、吉照の教えを受けはじめた。まずは林檎の甘煮について覚書を書きはじめる。

「林檎、賽の目に切りて……漢字というのは難しいですね」

吉照のお手本と比べると、拙《つたな》い子供の書いたような字であるが、林檎の皮の剝き方、賽の目はどれくらいの大きさがいいか、火の加減、煮詰める時間。これを読めば誰でも作れるように、事細かに書いた。

「あなた嫁入りはいつなの。衣装の借り先は決まっているの」

問われて於くらは首を振った。そんなものはないから、麻の小袖で済ませようと思っていたのだ。

「そんな大仰なものではありません。三郎さんが間借りしている、上板屋町《かみいたやまち》の長屋にわたしが越すだけです。そのときに三郎さんの父上母上が府中から出てきて、哉屋で祝い料理を食べようと、それだけなんですから」

呆れたように、吉照が鼻を鳴らす。羨ましさを隠しているのかもしれない。

「はあ、鼠だってもうちょっと立派な式をするわよ。わたくしの打掛を貸してあげてもいいわよ」

とんでもないと首を振るが、吉照も負けてはいなかった。

「いいのよ。最近台所衆の金子さま？　あのかたもいいなと思いはじめたから。わたくしの言うことを聞きなさい」

権左衛門が聞いたらたまげるだろう。二人は顔を見あわせて笑いあった。


八月八日。

三郎はそのあいだにも本多富正について伏見《ふしみ》に行ったり、大坂に行ったりと忙しく、嫁入りはこの日となった。宵の口、哉屋の軒先に杉玉を吊るし、提灯《ちょうちん》をさげると、於くらは戸板に紙を張りつけた。

「本日貸し切り」

哉屋の土間では女主人の哉ゑが忙しく立ち回っている。さっと昆布で出汁をとっているあいだに、両手を広げたほどもある丸々と肥《ふと》った鯛の腹に庖丁を入れ捌《さば》いてゆく。

「哉ゑさん、わたしもなにか手伝います」

於くらが台所に入ろうとすると、しっし、と手で追いはらわれた。

「主役は大人しく座っておいで」

床几《しょうぎ》を並べて座敷のようにして、それぞれ二つ膳が据えられている。箸は塗り箸、越前和紙の千代紙を折って箸袋にして、水引がかけてある。於くらは吉照に借りた鶴が羽ばたく打掛にそわそわと袖を通した。百姓ならば一生着ることもあたわぬようなすべらかな絹の着物は、衣擦《きぬず》れの音まで美しい。

だんだん胸の鼓動がはやくなり、口から心臓が飛び出しそうになるころ、ようやく三郎が父母を連れてやってきた。赤面している於くらを見て二人はころころと笑う。

哉ゑの威勢のいい声が響く。

「いらっしゃいませ」

三郎は登城するときの裃《かみしも》姿であった。目と目をあわせて、頷きあう。

父が床几に並べられた膳を見て歓声をあげる。

「御馳走じゃな」

本膳の中央の手塩皿には、目深《まぶか》から送られてきた小鯛の焼き物が、尻尾をぴんとあげて客人を出迎える。なますは紅白。菊花の酢の物、鶉《うずら》の煮物。里芋の混ぜ御飯、汁物は甘海老のすまし汁。もうひとつのこぶりの膳を、哉ゑが運んできた。式三献に従って、打ち鮑《あわび》、焼き栗、昆布が載せられている。武将が出陣や戦勝祝いなどの宴《うたげ》で口にした、由緒ある膳であった。

於くらの故郷の大野郡の酒を銚子に注いで、燗《かん》をつける。

手にした漆塗りの朱の盃に酒が注がれる。目を落とせば、いままでの思い出が鮮やかに蘇ってきた。

「いただきます」

思い出とともに酒を三度飲み干す。

「…………」

横目で三郎の顔をちらりと見ると、目があった。珍しく緊張した面持ちで、表情がこわばっている。そっと囁くように言う。

「この味を、よき思い出として胸に刻もう」

三献目を干す。

これで於くらは前場《ぜんば》三郎の妻となった。三郎に向きなおり、手をついて深々と頭をさげた。

「ふつつかな嫁でございますが、末永くよろしくお願い申します」

「頼りない夫ではあるが、何卒よろしゅう御頼み申す」

三郎も頭をさげて、ようやく笑みが零《こぼ》れた。三郎の父母も上気した頰を向けて、ときはゆるやかに流れてゆく。ときどき戸の隙間から常連客が覗いて、温かい祝福の言葉を投げかけてゆく。

「よっ、御両人！」

本膳料理

序　安土の饗応

いますぐ膳《ぜん》をさげろ、と癇癪《かんしやく》声が飛んだ。

天正《てんしよう》十年（一五八二）、五月。二か月前の甲州《こうしゆう》征伐で滅んだ武田《たけだ》の遺領を徳川《とくがわ》が継いだことに対して礼を言うため、徳川家康《いえやす》は安土《あづち》城の織田《おだ》信長《のぶなが》を訪ねていた。その饗応《きようおう》の席のことであった。

声に驚いて、家康は膳に伸ばしかけた手を引っこめた。

横をちらりと盗み見れば、苛々《いらいら》と膝《ひざ》を扇子で叩《たた》き、目を吊《つ》りあげた信長が座って居る。左右に並ぶ家臣の列から、鉄紺の裃《かみしも》を身に着けた年配の男が飛びだし、平伏した。すべての次第を任された饗応役の惟任《これとう》（明智《あけち》）光秀《みつひで》だった。

気の毒なほど光秀はうろたえていた。

「な、なにゆえにございましょうか。格式ある本膳料理にて、五つ膳に最後の鴫《しぎ》の羽盛《はもり》、御菓子、御肴《おんさかな》、さまざまに用意してございまする」

「それがならぬと申すのじゃ。さがれ！」

怒声とともに、小姓の森乱法師《もりらんぽうし》（蘭丸《らんまる》）がさっと進みでて、光秀の肩を押した。

「おさがりくだされ」

親子以上に歳《とし》の離れたまだ十代の若者に促されて、光秀も腹が立ったのだろう、勢いよく乱法師の手を払って立ちあがると、まっすぐに信長と視線をあわせた。

「なにが問題なのでしょうか」

「かように豪勢な料理では、なにも楽しゅうない」

信長がなぜそんなに怒っているのか、家康にも理解できない。ただ黙っているしかなかった。豪勢だから悪いとは、ほとんど言いがかりのようにも思える。見ればほかの家臣たちも沈鬱《ちんうつ》な顔を伏せ、嵐がとおり過ぎるのを黙して待っている。

家康は目の前に並んだ漆塗《うるしぬ》りに角切《すみき》りの膳を見た。武家の饗応料理として正式な本膳料理と呼ばれるものである。真ん中は一の膳。右に二の膳。左に三の膳。奥にやや小ぶりな与（四）、五の銘々膳が置かれている。

膳の上に料理ごとの漆の器。一の膳は、湯漬《ゆづけ》、塩引鮭《しおびきざけ》の焼き物、豆をふっくらと煮たもの、魚介と野菜のあえもの、かまぼこ、焼き物、香の物は夏にふさわしい、透き通るような瓜《うり》の漬物であろうか。そして干物の鯛《たい》をほぐしたふくめ鯛。めでたい席にはやはり鯛は欠かせない。二の膳以降も、鱧《はも》、海老《えび》、数の子、白鳥汁、鯉《こい》汁、鯨《くじら》汁など山海のさまざまな食材の皿が並ぶ。

料理書に書かれるとおりの豪勢で、正式な料理であると感じた。

――豪勢だから楽しくない、とはどういうことか。

いまでもその疑問は、家康には解けぬままだ。

一　空也豆腐

慶長《けいちょう》十年（一六〇五）、晩夏。

越前国《えちぜんのくに》の北東、勝山《かつやま》領からさらに山深く入り、大道谷川《おおみちだにがわ》にそってすれ違う人もない細い山道を二日かけて進むと、ぱっと視界が開けた。大道谷川と手取川《てどりがわ》に挟まれた中州に十数軒ばかり、民家が軒を連ねている。

北ノ庄《きたのしょう》から十二里（約四八キロメートル）、越前と加賀《かが》の国境《くにざかい》にある白峰牛首郷《しらみねうしくび》である。

「殿がおられる白峰牛首郷が見えましたよ、政実《まさざね》さま」

北ノ庄城、台所衆庖丁《ほうちょう》役の於《お》くらは十八歳になっていた。目的地についにたどり着いた嬉《うれ》しさから、道中危険だからとつけられた士《さむらい》、四王天《しおうてん》政実を振りかえる。この士は元は明智光秀の家臣で、本能寺《ほんのうじ》の変において信長の小姓・森乱法師を討ったという豪勇の士である。

しかし政実は背負った笈《おい》をおろし、ぜいぜいと肩を動かしている。

「戦さがのうなってから、鍛錬を怠っておったわ。お主、健脚よの」

「ここと似た大野《おおの》郡の生まれですから」

「稀《まれ》なる湯に浸かってみたくてお主の護衛を志願したが、早計だったやもしれぬ」

白峰牛首郷は、白山《はくさん》大権現の御加護がある名湯として有名で、養老《ようろう》年間に泰澄大師《たいちょうだいし》が夢の御告げに従って白山を開いてから、湯治場あるいは修験場《しゅげんば》として栄えてきた。

二人は数人の供を連れ、道をくだって橋を渡り、郷に入ってゆく。茅葺《かやぶき》または板葺の家々は豪雪地帯特有の、傾斜がきつい造りとなっていて、二階にも入口がついているのが特徴だ。冬は一階が埋まるから二階から出入りするのである。

珍しそうに家々を眺めて政実が言う。

「さて、殿のおられる庄屋はどこか」

二人が山奥の牛首郷にやってきたのは、つぎのような次第である。

乗馬で腰を痛めたということで、二十日ほど前から越前国主結城秀康《ゆうきひでやす》は、ここの大庄屋、山岸《やまぎし》家に逗留《とうりゅう》して湯治をしている。ところが秀康からの文《ふみ》が北ノ庄城に届き、急ぎ於くらを寄越せとのことである。詳しい理由はわからねど、庖丁役の於くらが呼ばれたのなら、料理を作れということであろう。そこで食材をたっぷり背負ってやってきたのだ。

道の向こうから、白い行者頭巾に脚絆《きゃはん》姿の一団がやってきた。

おそらく霊峰白山から下山してきたのであろう。於くらと政実は道の脇に寄って頭をさげて見送った。ちりん、ちりん、と彼らが杖につけた鈴の音がかすかに残った。

「おっ、あのひときわおおきな家が大庄屋の家であろう。行こうぞ」

出迎えた庄屋の主人は気の弱そうな男で、二人にこう告げた。

「秀康さまでございますが、どなたもおちかづけにならず御部屋に籠《こも》っておられます。御目通りがかなうのも、庖丁役のかたのみと承っております」

今回の湯治は乗馬で痛めた腰の養生と聞いていたから、於くらと政実は顔を見あわせた。

「そんなに御加減が悪いのですか」

主人は口ごもり、声を潜めた。

「目より下は手拭を巻いてらっしゃり、よくわかりませんが、食事もあまり召しあがりませぬ。手前どもは唐瘡《とうがさ》（梅毒）じゃないかと申しておりますが……うつったら大変と」

唐瘡は外の国から入ってきた流行《はや》病《りやまい》である。最初は全身に赤い発疹《はっしん》ができ、そののち腫瘍《しゅよう》となり、病状が進むと顔の一部が膨れあがって欠損する、ということでおおいに恐れられた。遊女の鼻がもげる、というのがよく知られ、また誇張された病状であり、ときに差別の対象ともなった。

政実が主人を睨《にら》みつける。

「唐瘡は十年ちかく時間をかけて進む病気だ。某《それがし》は医術の心得のある御方に仕えていたからわかる。殿は一月《ひとつき》前までふつうに我らと接しておったのだぞ。唐瘡ではないわ。於くら、恐れず会ってこい」

医術の心得のある主人とは、明智光秀のことであろう。数いる庖丁役のなかから於くらが呼ばれたのにはきっと訳がある。於くらは秀康の期待に応えたいと思った。だから政実が背中を押してくれたのは嬉しかった。

「はい。行ってまいります」

磨きあげられた廊下を進んだ奥座敷が、秀康の逗留する部屋であった。襖《ふすま》が開かれ、於くらは平伏した。秀康は床《とこ》に横になったまま顔をあげた。恥ずかしそうに苦笑いしてこう言う。

「驚いたであろうか。なに、どうも腹が差しこむように痛《いと》うてな」

庄屋が言うような唐瘡ではなさそうだ、と於くらは胸をなでおろす。しかしまさか寝こんでいたとは。

於くらの考えを読んだかのように、秀康はつづけた。

「庄屋はわしに精をつけさせようと、猪肉《しし》や雉肉《きじ》など脂気がおおいものばかり出してくれる。ありがたいが、食うと吐いてしまうのだ。ゆえに、お主を呼んだのじゃ」

「脂気のすくない、あっさりした御食事を御用意いたしましょうか」

お主は話がはやくて助かる、と秀康が笑う。

「うむ。お主はそういう、創意工夫を旨とする料理が得意であろう。万一人にうつしてはよくないゆえ、こうして閉じこもっておったが、人と話すのは楽しいものじゃな」

「政実さまが御話の御相手になりまする。襖越しであれば、よろしいのではないでしょうか」

秀康の声がいっそう弾んだ。

「政実が来ておるのか。それはいい。やつの戦さ話は胸がすく」

「では、わたしは晩御飯の支度に取りかかりまする」

「うむ。楽しみにしておるぞ」

ひととおり話がすんで、於くらは奥座敷を辞した。主君は元気そうで政実と話したがっていた、と伝えると、政実も喜んだ。

於くらは郷の食材を見に行くことにした。

食材を扱う八百屋は郷に一軒しかない。ゆるやかな坂をくだって手取川と大道谷川の合流地点のちかくに向かうと、於くらは八百屋の軒先に白い影をみつけた。

「こんにちは。さきほども御会いしましたね」

白い行者姿の男が、於くらに気づいて会釈した。先刻杖を突いて歩いてきた行者の一人だろう。三十ばかりの小柄な男で、笑うと丸顔の右頬にえくぼができた。

「わたしは泰恩《たいおん》と申しまして。典座《てんぞ》のようなことをしておりまする」

「於くらと申しまする」

名乗ってから素性を明かすべきか迷った。秀康が滞在しているということは、大っぴらにべらべら話すことではない。すると泰恩が微笑《ほほえ》みを浮かべたまま言う。

「於くらさんも料理を作る御方ですね。それもただの飯炊きというわけではない。偉いかたの庖丁役というところでしょう」

ずばり素性を言い当てられ、於くらは目を丸くした。

「どうしてわかったのですか」

ぷっと泰恩は噴きだし、於くらの腰を示した。於くらが大事にしている、堀尾吉晴《ほりおよしはる》から贈られた小花模様の菜箸袋がさがっている。見れば、泰恩の帯からも典座が使う飯柄杓《めしびしゃく》がさがっていた。

「一緒にいらっしゃった御士を見るに、商人というわけでもなさそうだ。そこで菜箸袋が目について、飯炊きかなと最初は思いました。しかしわざわざこんな山奥に来ずとも、もっと繁盛した街道をゆけばいい。ならば牛首郷に来たのは、一月ほど前から湯治にいらしている御殿さまが呼んだのかな、と。まあほとんど当てずっぽうです」

泰恩の慧眼《けいがん》に驚いて、於くらは手を叩いた。

「御釈迦さまのごとき御知恵です。泰恩さまはこちらに御住まいなのですか。郷の名物などがあったら教えてほしいのですが」

聞けば、泰恩は修験者《しゅげんじゃ》で、あちこちの山を渡り歩いているらしい。この夏は白山を修行場としているようで、三月ほど滞在しているという。そこで於くらは気づいた。行者ならば潔斎のため肉食《にくじき》を断っているだろう。さまざまに工夫のこらされた料理があるらしいとは聞いている。

「精進料理は肉食を禁じておると聞き及びます。詳しいことは申せませんが、脂のすくない、それでいて精のつきそうな料理を作りたく、精進料理を教えていただけませぬか」

　すると泰恩はすこし顔を曇らせて答えた。

「精進料理とはあくまで修行の一環で、貴人の贅《ぜい》のためのものではありませぬ」

「そ、そこをなんとか」於くらは食いさがった。「贅を尽くすために作るのではないのです」

「ではなんのためですか」

　於くらは迷った。秀康が臓腑《ぞうふ》を痛めていることを言っていいのだろうか。しかしでないと泰恩の誤解は解けそうにない。諦めて白状すると、泰恩はほう、と声をあげた。

「養生のための食というわけですな。そういうことであれば御教えしましょう。食うことも修行であり、養生ですから」

「ありがとうございます！」

　泰恩は水桶《みずおけ》に沈んだものを飯柄杓で掬《すく》いあげた。白い肌にふつふつと細かい穴の開いた豆腐があらわれた。

「これは堅豆腐《かたどうふ》といって、牛首の名産です。木綿《もめん》豆腐より歯ごたえがあり、縦に置いて倒れぬほど固く、日もちもする。大豆が圧縮されて濃厚な味わいがあり、滋養豊富で、腹ももちもいい。これを使った料理を御教えしましょう」

料理の名を問うと、つぎのような答えがかえってきた。

「空也《くうや》豆腐といいます」


庄屋の台所を借りて、於くらは秀康の夕飯づくりにとりかかった。

まずは泰恩から教わった空也豆腐だ。堅豆腐を醬《ひしお》に漬けて味を沁《し》みこませているあいだに、卵を割って昆布出汁《だし》で割る。つぎに陶器の浅い皿に四角く切った堅豆腐を入れ、周りに卵汁を静かに注げば、卵の柔らかい黄色のなかに白い豆腐が浮かびあがる。

泰恩は「豆腐は四角くなければならない」と言った。

「これは御堂を意味して、周りを念仏を唱えて回った空也上人《しょうにん》のことを想うて食べるものです。かように精進料理には、一つひとつに信心にまつわる意味があります」

なるほど、飯を食うことも修行だとする仏僧の思想がよくあらわれている。

◎空也豆腐とは、空也上人が好み、空也派が作ったと伝わる料理。出汁で溶いた卵を豆腐にかけ、器ごと蒸し、上に葛餡《くずあん》をかけたもの。空也蒸しとも言い、いわゆる茶碗蒸しの原型である。

器ごとせいろで蒸し、蒸しあがったら葛餡をかけてできあがりである。葛を溶いていると政実がやってきて、蒸しあがった空也豆腐を見て、残念そうな声を出した。

「なんだ、寺の料理か。ぼそぼそして、味も薄いのだよなあ。殿が満足なさるか」

「ふふ、この餡に秘密があるのです」

飯の支度が終わると、毒見役を買ってでた政実が料理を確かめたのちに、奥座敷に向かった。

「殿、御夕飯にございまする」

襖を開けると、秀康は床をあげさせて、さきほどより気丈な顔をしていた。しかし眼窩《がんか》が落《お》ち窪《くぼ》み、顔の色が青白いのは隠しようもない。

「おお、待っておったぞ。於くら、料理を説明せい」

北ノ庄ならば食事の場に立ちあうことなど許されないが、いまは人も少ない養生中の身である。於くらは廊下に座って膳を示した。

樫《かし》の木の艶《つや》やかな丸盆に、三つの器が載っている。

百姓の飯と変わらぬ、一汁二菜の質素な膳だ。

一見、質素すぎるほどであった。

たくさんの膳に器を並べ、山海の贅を凝らした料理をこれでもかと並べれば、たしかに豪勢だろう。だがいまの秀康はそんなに食べきれまい。臓腑に負担をかけてはよくない。

　ならば選び抜かれた食材で、工夫を凝らす。

　於くらが選んだのは、そういう手法であった。

「まず手前の椀は山芋汁です。山芋はお腹に優しく、滋味豊かで医者いらずと言われております。擂りおろした山芋を出汁で割り、あっさりとした味に仕あげました。味に変化をつけたいときは、小皿の摩り山葵《わさび》を載せて御召しあがりください」

　続いてとなりの飯椀《めしわん》を示す。

「二つ目は秋の炊きこみ御飯です。細く刻んだ牛蒡《ごぼう》をまぜてご飯を柔らかめに炊きました」

　秀康が椀を取り、しげしげと眺めた。

「飯の上に載ったしめじや椎茸《しいたけ》、えのきなどがよい匂いじゃ。一足早い秋じゃな」

「茸《きのこ》は炊くのではなく、別に炙《あぶ》りまして、香りがより立つようにしました」

「ひと手間加える。お主のよいところが出ておる」

「恐れ入りまする」於くらは最後の器を示した。「空也豆腐と申しまして、空也上人さまの御考えになった豆腐と卵の料理にございまする。養生も修行と御聞きし、作りました」

　秀康は最後の陶器の器に目を転じた。

「寺での歌会などのときに、食したことがある」秀康は手拭をあげて、鼻を動かした。

「海の匂いがする。どこからかの」

「葛餡からです。北ノ庄から持参した、帆立の貝柱の戻し汁を使いました」

泰恩が教えてくれた空也豆腐、於くらは葛餡にひと工夫を加えた。これで単調になりがちな卵と豆腐に、貝柱の旨みが加わるというわけである。

手拭を取り、秀康は待ちきれぬというふうに、器に手を伸ばした。

「冷めないうちに食うぞ。於くら、大儀であった」

奥座敷からさがってすこしして、於くらはふたたび呼ばれた。

開口一番、秀康はこう言った。

「美味《うま》かった！　とくに空也豆腐が美味かった。市聖《いちのひじり》と呼ばれた空也上人さまに御目にかかる思いで食うた。帆立の餡を崩せば、卵とまじわって柔らかい味がする。堅豆腐は庄屋にも焼いて出されたことがあり、正直単調な味だと思ったが、これは嚙《か》むほどに味わいが深まる」

しかし出された食事は半分ほど残っている。どうやらすべて平らげるのは無理だったらしく、於くらは胸が痛んだ。

そんなに悪いのか。

於くらが言葉に詰まっていると、秀康は器を手に取った。飯椀と汁椀は素朴な木の椀である。於くらが牛首郷の木地職人から買い求めた椀であった。そして空也豆腐の器は陶器の、これも素朴な藍色の絵つけ皿である。

「これらは持って帰りたいほど、手にしっくりとなじむ。お主が選んだのか」

「はい。牛首の職人が作ったものにございまする」

秀康の手の中の椀は、縞《しま》に年輪を刻み、飴《あめ》色に照っている。秀康は呟《つぶや》いた。

「器も刀とおなじく、心がこもるか。豪勢な料理では一つひとつの器など、気にも留めぬが、こうしてただ三つ、我が前にあると、存在感があるのう」

しばらく無言のときが流れた。洟《はな》を啜《すす》る音がして於くらが顔をあげてそっと秀康を見遣ると、主君の頰にひと筋、涙の跡があって縁側から射しこむ西日に光って見えた。見てはならぬものを見てしまった気がして、於くらは急いで面《おもて》を伏せる。

「このような美しい器にわしもなりたい」静かな声が聞こえる。「わしには使命がある」

秀康が頷《うなず》き、襖がゆっくりと閉じられた。

於くらは長いことその場から動けず、いま見聞きしたことの重さを考えていた。

いつか、秀康を喪《うしな》うときが来るのか。

台所衆である自分になにができるのか。

ずっと考えていた。

二　本膳料理その一

それから一月ばかりして秀康は復調し、白峰牛首から戻ってきたのだが、秋の北ノ庄城では不可思議なことが起きていた。

幽霊がでるというのだ。

造営中の北ノ庄城は要《かなめ》となる艮櫓《うしとらやぐら》、巽《たつみ》櫓、坤《ひつじさる》櫓が完成し、十丈（約三〇メートル）にもなる四層五階の天守は、最上階の作事中である。屋根に据えられる金鯱《きんしやち》も年明けにはできあがるとのことである。雪の降る冬は作事を中止して、来年、慶長十一年（一六〇六）の早い時期には竣成《しゆんせい》となるであろう。

本丸御殿はおおかたできあがり、政務もここで行われている。家老本多伊豆守富正《ほんだいずのかみとみまさ》付の士である前場三郎《ぜんばさぶろう》も、夜遅くまで部屋に詰めて、主人の執政の補佐に明け暮れた。帰るころには丑三《うしみ》つ時になっていることもおおく、そうするとある噂《うわさ》が聞こえてきた。

「城の井戸に、落ち武者の幽霊が出る」

城の北西の天守台には古くから井戸がある。

丑三つ時になると、髷《まげ》が落ちた青白い顔をした巨軀《きよく》の武者が、鎧《よろい》の音をさせてその井戸の周りを歩き回るというのである。城の下人たちは恐ろしがって、昼間の水汲みすら嫌がるようになった。

　これではよろしくない、ということで家老の本多富正は、部下の三郎に夜中に様子を見てくるように、そして幽霊が現れたら斬り殺すようにと命じた。

「承知いたしました」

　断れるはずもないから承ったが、幽霊は刀で斬れるのか。しかし逃げれば臆病者の誹《そし》りを受けることになる。頭の痛いことであった。

　新月の夜、手燭《てしょく》を持った三郎は、主君結城秀康の御座の間の裏手へきた。すでに人は寝静まって、遠くで梟《ふくろう》だろうか、ほーう、ほうと鳴く音が聞こえる。

　慎重に三郎は井戸のある天守台に登った。

　井戸は一辺十尺（約三メートル）もある大きなもので、雨や落葉除けの屋根がついている。城のすべての水をまかなう大事な水の手だ。三郎が手燭を掲げたとき、遠くで、がしやり、という音がした。

　甲冑《かっちゅう》の音だ。また、音がした。

「誰かおるのか」

　三郎の問いかけに、かえる声はない。目を凝らすと、漆黒の闇に人形《ひとがた》が浮かびあがった。

　いかつい頬骨が出た顔に、時代遅れともいえる豊かな髭《ひげ》を蓄え、頭は白髪まじり。金糸の縫い取りの豪奢《ごうしゃ》な陣羽織を身に着け、手には馬上鑓《やり》を握っていた。久しく見ていない、戦さ支度をした壮年の男だった。

まさか本当に幽霊だというのか。しかし目をこすっても人影は消えず、ちかづいてくる。

低く唸《うな》るような声が聞こえた。

「我が北ノ庄城に鼠《ねずみ》が入ったか、何奴《なにやつ》。名を名乗れ」

「我が城？」

北ノ庄城のことか？　いまの城主はほかならぬ結城秀康だ。

生ぬるい風が吹いて、三郎の足元の草が城主の帰還を喜んでいるかのようにざわめく。

この亡霊が「元」北ノ庄城主であるなら、と三郎は思い切って尋ねてみた。

「よもや、修理亮《しゅりのすけ》どのか」

柴田《しばた》修理亮勝家《かついえ》。

戦国きっての武闘派の織田家筆頭家老は、羽柴秀吉《はしばひでよし》に敗れ、ここ北ノ庄で腹を切って果てた。思えば、この男の話はよく耳にした。足羽川《あすわがわ》にかかる九十九《つくも》橋に「出る」という噂は絶えなかったし、於くらと府中城で同僚であった猪爺《いのじい》は、そのむかし勝家に仕えた飯炊きであった。

壮年の男は口の端を歪《ゆが》めた。笑うと凄味《すごみ》が増した。

「いかにも。下人《げにん》め、羽柴の手の者か」

鬼柴田と名を馳《は》せた男と対峙《たいじ》しているのかと思うと、足が震えて後ずさりしそうになる。

三郎は己を叱咤《しった》した。

「豊臣秀吉公は慶長三年に遠行《えんこう》し、いまは慶長十年。関ヶ原《せきがはら》にて西軍は敗れ、徳川家が江戸に幕府を開いた。家康公は今年将軍職を辞し、二代秀忠《ひでただ》公が就かれた」

男の眉がすこし動いた。

「徳川の天下になっただと？」

「もう戦さの世は終わったのだ。成仏なされよ」

とたん亡霊は高笑いした。井戸の積み石ががたがたと音を立てて揺れた。

「断る」

舌なめずりをして鑓を構えると、勢いよくこちらに躍りかかってきた。三郎は太刀《たち》の柄《つか》に手をかけようとしたが、手が震えて鞘《さや》から抜けない。やられる、と思ったとき、妻の於くらの顔が浮かんだ。

於くらは元は府中城の飯炊きの下女だった。それがいまは主君の前で立派に庖丁式を披露し、湯治先にも名指しで呼ばれるほどになっている。それにくらべて自分は一向に代わり映えのない下級武士のままだ。

「うおおっ」

手燭をうち捨て、鞘から太刀を抜く。ひゅっと空《くう》を切る音がして鑓の穂先が光るのが見えた。身を捩《よじ》り、穂先へ太刀の刃を当てる。衝撃があって太刀が弾《はじ》かれ、体勢が崩れそうになるのをなんとか堪《こら》えた。すぐに鐺の二撃が繰りだされる。こんどこそ、と三郎はまっすぐに太刀を叩きつけた。

火花が散り、がらんっと派手な音がした。

みれば亡霊が鐺を取り落とし、膝をついていた。

自分がやったことが信じられず、三郎は苦笑いする男を凝視していた。

「わしの時代は終わったか」自嘲《じちょう》ぎみの笑みはすぐに消える。「其方《そのほう》名をなんと申す」

刀を納め、三郎は言った。

「越前宰相さまの御家老、本多伊豆守さま付の士、前場三郎」

「そうか。三郎よ。ひとつ言うておく。家康には気をつけろ」

突然の警句に三郎は眉根を寄せた。

家康とは、将軍職を息子秀忠に譲り、いまは大御所となった徳川家康その人であろう。

「どういう意味だ」

「あやつは一度息子を殺した男。いままたお主の主《あるじ》、結城秀康を殺そうとしておる」

家康はかつて信長の命じるまま、長男信康《のぶやす》を自害に追いこんでいる。だからといって次男の秀康を殺す理由はどこにもない。

戦さは終わった。秀康は関ヶ原の本戦にこそ参戦しなかったが、宇都宮城で上杉を抑えるという大功を賞され、こうして越前六十八万石という大国の主になっているではないか。

三郎の考えを読むかのように、亡霊の高笑いが響く。

「ふはは、戦さの火種はそう簡単に潰《つい》えぬ。秀吉めが死んでもな」

大坂城には依然として秀吉の実子、秀頼《ひでより》が残っている。勝家はそのことを言っているのか。

「さて、わしはゆく。地獄で秀吉を折檻《せっかん》するのも悪くない」

突風が吹き、砂嵐が舞う。

「ま、待てっ！」

捨てた手燭の炎が一瞬おおきく揺らぎ、あたりが真昼のように明るくなった。すべてが闇に呑みこまれたときには、元の静かな北ノ庄城に立っているのは三郎ただ一人であった。


「いやあ、鬼前場は出世街道まっしぐらじゃないか」

同僚の金子権左衛門《かねこごんざえもん》が肘で脇腹をついてきた。

「まさか柴田勝家を退治しちまうとはなあ」

夫の三郎が城の井戸で柴田勝家の亡霊を退治したという噂は、瞬くまに広まった。その井戸は後代「福の井《ふくのい》」と呼ばれるようになるが、ともかく主君の秀康から褒美の絹織物が授けられることになった。秀康は三郎を褒め、こんど京へのぼるときには三郎を連れてゆくことも決まった。その席では大御所・徳川家康と豊臣家の棟梁・豊臣秀頼が対面するのだという。

於くらは胸を張って答えた。

「三郎さんは、いつもかならず成し遂げる男です」

「雑談はそれくらいにせよ」

前に座った本多富正が咳《せき》ばらいをする。台所衆はこの能面めいた顔をする家老に呼ばれていたのであった。於くらと権左衛門はあわてて頭をさげた。

富正は細い目で台所衆を見回す。

「さて。来年はやくに、天守が完成し、北ノ庄城落成と相成ることはみなも知っての通り。完成の暁には祝いの宴が開かれる予定じゃ。本日はその祝宴で出す料理のことじゃ」

権左衛門が富正に尋ねる。

「七膳の本膳料理でよろしゅうございますな」

本膳料理とは武家の正式な饗応料理である。もっとも豪華なもので、七つの銘々膳からなり、その中心となる一の膳（本膳）は汁一つに菜七つが並ぶ。白鳥や鶴、鯨、鯛などあらゆる食材を用いるため準備は大変なもので、前々から献立を決め、食材を確保しなくてはならない。於くらが台所に奉公しはじめたときは、関ヶ原の合戦直前の、世が戦乱で騒がしいときであり、本膳料理に関わったことはなかった。

いよいよ日の本の食の頂点である本膳料理に挑むのかと思うと、まだ見ぬ頂に胸が高鳴る。

富正は咳ばらいをふたたびした。

「膳は三膳、華美なものは避け、鶴、白鳥、鯨は禁止である。台引《だいびき》（土産物）も禁止じゃ」

於くらは思わず叫んでしまった。

「三膳では格好《かっこう》がつきませぬ！」

ほかの台所衆からもつぎつぎと声があがる。

「越前では鶴も買えぬと、他国の笑いものになりまする」

しばらく富正は黙って台所衆の文句を聞いていたが、片眉を吊りあげた。

「決まったことじゃ。年明けまでに品を決めよ。今回の御上洛《じょうらく》のさいに貴重な食材を買いつけて参るゆえ、申し出るべし。以上じゃ」

言い終えるが早いか、小姓が襖を開いて退出するように促す。しぶしぶ於くらたちは富正の執務部屋を退出し、台所に戻った。

その夜、長屋に帰った於くらはさっそく三郎にこの話をした。すると三郎は腕組みをした。

「おそらく、殿は江戸に気を遣っておられるのだ」

「江戸って？」

「弟君の秀忠さまだ。越前が将軍家よりも派手な宴をしていれば、将軍家をないがしろにしていると見られかねぬ。江戸に参勤したさいは弟君に駕籠《かご》の順番を譲ろうとしたほど、配慮をなされるかた。御本人にその気はなくとも、まわりがなんと言うかわからぬゆえ」

なるほど、それゆえわざと膳の数を減らし、豪勢な食材を禁じたというわけか。それに秀康自身の体調のこともある。体調は癒え、北ノ庄城に戻って以前と変わらず政務を執っているが、食事を残すことが増えた。

於くらは考えた。膳が減ったのは、ある意味では好都合ではないかと。

頭にあるのは牛首郷での料理だ。

あのときは一汁二菜でも、みすぼらしくない、よい料理が作れたと思う。

あれとおなじことが、本膳料理でもできるのではないだろうか。

余分を削《そ》ぎ落とした、一つひとつが美しく、美味い料理を。

於くらは炭火にあたる三郎の肩に、半纏《はんてん》をかけた。秋も深まり、ちかごろ夜は冷える。

「三郎さん、京へは気をつけて行ってらっしゃいませね」

於くらの手を握り、三郎は微笑んだ。

「うん。きっと大丈夫だ」

しかし、この言葉は虚《むな》しく裏切られることとなる。

錦のような紅葉が降りしきるなか、京伏見《きょうふしみ》の徳川屋敷の広縁《ひろえん》に三郎は座って居る。

この日家康が隠居先の駿府《すんぷ》から上洛してきて、そのもてなしを秀康が仰せつかった。名目は相撲見物ということで、馬場に土を盛り、即席の土俵が作られていた。

本当の目的は、家康と、豊臣家当主秀頼の対面であった。

しばらくすると、大股で一人の男がやってきた。

「秀康、久方ぶりじゃのう。今日わしが連れてきた力士は強いぞ」

黒地に葵《あおい》紋の銀糸の縫い取りが入った羽織に、白い袴《はかま》を穿《は》いて、どっかりと秀康の隣に腰をおろす。これが天下人、徳川家康かと三郎は気圧《けお》される思いで広い背中を見た。真っ白な髷が薄いことだけが、六十四という歳を感じさせる。

秀康が鷹揚《おうよう》に笑う。

「なんの、某の力士こそ、越前で敵なしの無双ですぞ。それに今日はあの、柴田修理亮どのを討ち取った剛の者もおるのです」

自分のことだ、と三郎は飛びあがりそうになった。

家康が不思議そうに尋ねる。

「はて、修理亮どのは北ノ庄城で自害したと聞いておるが。どんな古強者《ふるつわもの》じゃ」

種明かしとばかりに、秀康が面白おかしく幽霊騒動を話してきかせ、最後に振りかえって三郎を見た。

「この前場三郎が、手柄を立てた者です」

勢いよく家康が振りかえり、三郎は慌てて板間に額を擦《こす》りつけた。声がうわずった。

「ぜ、前場三郎にございまする」

痛いほど家康の視線が突き刺さるのが、顔を伏せていてもわかった。

「修理亮どのは鬼柴田と申して、わしも顔をあわせたのは数度であるが、虎髭にいかにも強そうなお顔をして、ちびりそうになったものよ。其方、剛毅《ごうき》じゃのう」

「お、畏《おそ》れおおいことにございまする」

とつぜん、声変わりまえの、すこし高い少年の声がした。

「わたしもその者のように、武勇の誉《ほま》れ高い武士になりとうございまする」

その場にいる者の視線が、二人の横に立てられた屏風《びょうぶ》の裏に向かう。

十三歳とは聞いているが、青年と言ってもいいような立派な体格の若者が、背筋を伸ばし、穏やかに笑っている。

秀吉の嫡男、豊臣秀頼であった。

今年の四月、秀頼は右大臣に昇進した。家康は対面を望んだが、秀頼の母、淀殿《よどどの》の反対で叶わなかった。今日の相撲見物は名目で、淀殿に内密で秀康が二人の対面の場を作ったのである。

家康は扇を開いて、肩を揺すった。豊臣の棟梁が武辺者《ぶへんもの》に憧れるということを、すこし不機嫌に思ったのか具体的な言葉はなかった。

「なるほど、なるほど」

酒と肴の載った膳が運ばれ、相撲がはじまった。筋骨隆々の男たちが登場し、行司役のかけ声とともに、四つに組みあった。肉の弾ける音がし、汗が飛び散る。力士が派手に投げ飛ばされると、見守る者たちから歓声があがる。

家康は肴をすぐにつつきだし、すこし躊躇《ためら》いがちに秀頼も箸をつけた。二人に秀康が酌をして、しばらく和やかな空気が漂っていた。

五番ほど勝負があったころ、土俵の周りの観客がざわつき、人垣から立ちあがる男がいた。

「その屏風をどけろ、誰がいるんだ」

手に徳利《とつくり》を摑《つか》み、赤らんだ顔からも酔いが回っていることは明らかだった。男はなにごとか喚《わめ》きながら土俵を越えてこちらに駆けだした。三郎はすばやく立ちあがり、広縁から飛び降りると駆け寄る男に体ごとぶち当たっていった。男は思ったよりも軽く、簡単にその場に転がった。三郎は男に乗りかかり声をあげた。

「ぼうっとするな、ひっ捕らえよ！」

すぐに近習《きんじゅ》が数人駆け寄り、酔った男を引きずってさがってゆく。動揺しざわつく人々を三郎が睨みつけたときだった。

人垣の後ろに殺気を感じた。

羽織姿の士が五人。先刻、家康の行列で見た顔だった。みな鋭い眼光をして、一人が頷くと人垣を避けるようにしてこちらに進みだした。その視線は秀康、いや屏風の向こうにいる豊臣秀頼に狙いを定めていた。

男たちの手が腰の太刀の柄にかかる。

まさかこの場で、秀頼を――。

三郎は逡巡《しゅんじゅん》した。酔漢を捕らえるので近習たちの気はそれ、男たちの挙動に気づく者はいない。

ままよ、と三郎が刀の柄に手をかけたときだった。

秀康が立ちあがって広縁に出てきたのである。

客である秀頼を庇《かば》うように、屏風の前に仁王立ちになった。

吊りあがった眉。真一文字に結んだ口元。なにより体から放たれる凄《すさ》まじいまでの気。

三郎は思わず一歩あとずさった。それは男たちもおなじだったらしく、気圧《けお》されて足が止まる。

屏風の向こうの秀頼は、まだなにが起きたのかわかっていまい。声を発せばさらなる異変に気づかれてしまう。

秀康は無言で立っていた。

——この秀康が相手になるぞ。

命がけで秀頼を守ろうという決意が、気となって放たれていた。

男たちも引かず、しばらく両者は睨みあいになった。人々もしんと静まりかえっていた。

誰かが動けば均衡が破られる。三郎の額に脂汗が浮かんで頰を流れていった。

手を叩く音がした。全員の視線がそちらに向く。

手を叩いたのは、家康であった。

「越前はまこと尚武《しょうぶ》の国よ、前場三郎、我が息《そく》秀康、見事である」

まだ用心深く屛風の前に立つ秀康を、家康は促した。

「座れ」

三郎がはっと男たちがいたほうを見ると、姿かたちもなく立ち去ったあとだった。その間数瞬のことだったろう。主君は軽く頷き、追う必要はない、と目で伝えてきた。

屛風の向こうから秀頼の声がする。

「前場三郎、見事也《なり》」

酔漢騒動の隙をついて刺客が忍び寄っていたことには、幸い気づかなかったらしい。三郎は安堵《あんど》の息を吐いた。

「恐れ入りまする」

ほどなく取組が再開された。

家康はしきりに秀頼に声をかけ、秀頼も相撲を楽しんだように思えた。ただ一人、秀康だけは無言で盃を舐《な》めていた。三郎の目にはその姿が頼もしく、また寂しげに映った。

最後の取組が終わると、家康は孫ほども歳の離れた秀頼へ優しくこう言った。

「亡き秀吉公には、聚楽第《じゅらくだい》でなんども対面し、京の美味なるものを食させてもらいました。秀頼公とも末永くおつきあいしたい次第」

秀頼の顔がほころび、頷く。

「某《それがし》もおなじ思いでございます」

家康が手を叩くと、土産物であろう、家臣が桐《きり》の箱膳に鯛の尾頭を持ってやってきた。

「秀吉公には鯛の新しい料理を教わりましてな。わしはいたく気に入ったのです。御持ちかえりなさい」

「御隠居どのの御心遣い、ありがたく頂戴いたしまする」

鯛を受けとり、秀頼は一足先に退出した。主賓を見送ってほっと空気が弛緩《しかん》する。供の者たちが慌ただしく動き、家康と秀康は控えの間に移動する。

ふいに家康がこちらを向き、三郎を手招いた。

「お主も参れ、前場三郎」

喧噪《けんそう》から離れ控えの間の障子を閉めたとたん、秀康が悲痛な声をあげ父に詰め寄った。

「なぜあのようなことをなさったのです！　秀頼どのを討てば、西国の大名は弔い合戦とばかりに兵を動かしますぞ。また関ヶ原のような大戦さになる」

「お主はどちらの味方じゃ、秀康」

「え……」

応える家康の声は静かだったが、しだいに速くなってゆく。

「なぜあのようなことを？　こちらの台詞《せりふ》じゃわ。なぜわしの邪魔をした」

秀康は声を絞りだす。

「某は両家の仲をとりもちたく……」

「無駄じゃ」家康はぴしゃりと遮る。「いずれ豊臣とは戦さになる。ならば、わしの命が尽きぬうちにやらねば」

「父上」

つねづね秀康は言ってきた。自分は豊臣家の養子で、徳川家の子。両家をつなぐ鎹《かすがい》になりたいのだと。伏見にゆき、徳川幕府を快く思わない西国大名たちを説得してきた。西国大名のなかには家康の子である秀康がそこまで言うのなら、と態度を軟化させる者もいた。

だが、父の家康は決意を固めているのだ。

豊家《ほうけ》を滅ぼすと。

「わしの代で戦国乱世の幕を引く。秀忠にはできぬ」

秀康は肩を震わせた。深く刻まれた眉間の皺《しわ》が苦悩を物語っていた。

「秀康。豊臣がおかしな動きをしたら、お主が真っ先に大坂へ攻めあがり秀頼を討て。それが畿内にちかい越前にお主を入れた真の目的じゃ」

「できませぬ」

「ならば徳川と豊臣、いまどちらにつくか選べ」

絞りだすような声が、言った。

「某は父上の子です」

それが精いっぱいだった。

突然腕が伸び、家康の手が三郎の肩を摑む。

叫び声をあげそうになるのを、三郎はすんでのところで堪えた。

「もとはと言えば、お主が酔漢を止めたからだ。最初はあやつにやらせ、事故にするつもりだったのに。余計なことをしてくれたのう、前場三郎」

六十を超えた老人とは思えぬ強い力に、三郎は顔を顰《しか》める。掌が燃えるようだ。家康の熱が肩ごしに染み入ってくる。

「折檻をせねばなるまい」

「父上、前場は関係ありませぬ！」

「ならばお主が態度をはっきりせい。それまで前場は預かっておく。お主が徳川に叛意《はんい》ありとなれば、見せしめに前場の首を駿府城に掲げるぞ」

そもそも、江戸には秀康の嫡男、国丸《くにまる》（のちの松平忠直《まつだいらただなお》）が人質として取られている。三郎は、主君の眉が苦しげに一瞬寄るのを見ていた。それから、秀康はゆっくりと頭をさげた。

「この秀康、生まれたときから死ぬまで、徳川の子にて。北ノ庄城の落成がじきにございまする。その席で某の忠心を御覧あれ」

三郎許せ、とちいさな呟きを聞いた。

北ノ庄城から、勝家の高笑いが聞こえてくるようだ。

――家康には気をつけろ、わしはその男が危険なことを知っている。

三　鯛のてんぷらり

「すまぬ」

開口一番、秀康はこう言って頭をさげた。北ノ庄城にいつものように登城するなり呼びだされた於くらは、自分になにか咎《とが》があったのだと思いこんでいたから、秀康の態度に目を丸くした。

「殿、頭をおあげくださいませ」

気がかりなことはあった。秀康が帰城したというのに、三郎が帰ってきていない。だが別個に御役目を仰せつかったのでは、と思っていた。そういうことはままある。

「三郎は父上に奪われた」

秀康は伏見で起こったことをかいつまんで説明してくれた。秀康に咎があったため、家康が怒ったのだという。その詫《わ》びをするまで、三郎を預かるというのだ。

話の途中から於くらは血の気が引き、涙が浮かんできた。

「さ、三郎さんは……」

「父上は御優しいかただから、三郎を手に掛けるようなことはしないと思うが。万一のことがないとも限らない。わしの落ち度だ。必ず三郎を救ってみせる」

家康とのことなら、天下の大事の話なのであろう。口を出すことはできぬ。三郎も越前の臣として、主君に忠節を捧《ささ》げる覚悟はできているだろう。だが、夫がいなくなるかもしれない、という恐怖は御役目と別のものである。

いま泣くな、秀康が辛《つら》くなる。と於くらは歯を食いしばった。

「三郎さんも武士です。御家のために、きっと……」

「わしのために、もう一つ頼まれてほしい、於くら」

涙をいっぱいにためた顔を、於くらはあげた。

「殿の御為、わたしにできることがあれば、なんなりと」

ありがたい、と秀康は深々と頭をさげた。

「北ノ庄城の落成で父上を御呼びし、わしに二心なからんことをその宴で示す。ついては宴の料理でも、父上を説得できるものを出したい」

難しい話である。宴に家康がやってくる。もちろん秀康はその席で家康を説き伏せようとするだろう。その話を助けるような料理とは、どんなものであろうか。あまりにぼんやりとしている。

ひとつ、手掛かりがある、と秀康は言った。

「父上は太閤《たいこう》殿下より『鯛の新しい料理』を馳走になったと仰っておられた。その料理を出せば、徳川と豊臣が手を取りあう間柄だと思いだしてくれるのではと思うのだ」

鯛の新しい料理。

それはなんだろう。

目まぐるしく頭を動かしつつ、於くらはこう言った。

「すこし時を頂戴できますか。かならずや殿の御満足のいく料理を作りまする」

「わしも文を書き、三郎を粗略に扱わぬよう父上に御願いする。辛いだろうが、御国のため堪《こら》えてくれ於くら」

秀康は、みずからの寿命が長くないことを、知っている。だからこう言った。

「父上と根競《くら》べじゃ」

日中は動揺せず勤め終えたが、上板屋町の長屋に戻り、後ろ手に引き戸を閉めたとき部屋の静かさにぞっとした。畳まれた掻巻《かいまき》、そろそろ寒かろうと思って質屋から出してきた火鉢。衣紋《えもん》掛《か》けにさがる三郎の半纏に手を伸ばし、顔を寄せれば、三郎の匂いがする。

「う……」

堪えていた涙がどっと溢《あふ》れだした。あらゆる物たちが三郎の存在を思い出させる。新保《しんぼ》浦《うら》で三郎から渡された御守に手を当てれば、信じられぬほどの速さで心臓が動き、嗚咽《おえつ》が喉をせりあがってきた。

於くらは手荷物を引っ摑んで、長屋を飛びだし、九十九橋の袂《たもと》の哉屋《かなや》に走りこんだ。提灯《ちょうちん》に火を入れていた哉ゑ《かなえ》は驚いて、泣きながら飛びこんできた於くらを抱きとめた。

「どうしたんだい、三郎と喧嘩《けんか》したのかい。あたしが叱ってやろうか」

「違うんです。もっと……悪いことが」

泣きじゃくって止まらぬ於くらを見て、哉ゑは小鍋に沸かしていたなにかを湯吞茶碗へ柄杓で掬い、生姜《しょうが》を摩《す》って手渡してくれた。立ちのぼる湯気に優しい甘い匂いが混じる。酒粕《さけかす》と黒砂糖で作った、甘酒であった。

「さあお飲み」

哉ゑに促されるまま、於くらは洟を啜りながら乳白色の粕の欠片が浮く液体を口に含む。

生姜の匂いがたち、ぴりりと舌を刺激したあと、黒砂糖の優しい甘さが口一杯に広がった。ゆるく息を吐けば、胸中に広がる真っ黒な霧が、すこしずつ晴れてゆくようだ。

自分はいまなにをすればいい。なにをすべきか。

とにかく秀康を信じて、家康を感服させる料理を考えるだけだ。

それが台所衆である自分の役目だ。

「すこしは落ち着いたかい」

哉ゑが気遣わしげに見ている。於くらはかすかに頷くことができた。


伏見での顚末《てんまつ》は秘中の秘とされたが、三郎が越前に戻らないことはすぐに知れる。さまざまな噂が北ノ庄城に広まった。三郎が家康の面前で粗相をして怒りを買い、手討ちにされたのだ、というものが一番辛かった。

駿府ではどんな扱いを受けているのだろう。牢に入れられているのだろうか。食事はきちんと摂《と》っているのだろうか。拷問など受けていないだろうか。もしやもう――。

考えるだけで体が震える。

自分のことで陰口を叩かれたり、辛い目に遭うのは構わない。どれほどの困難があろうとも、立ち向かおうという心構えはできている。女で庖丁人である自分の覚悟だ。

だが三郎が辛い思いをするのは、どんなことよりも耐えがたい。

越前は雪に覆われ、静かで厳しい冬がやってきた。寝る間も惜しんで於くらは、雪解けとともに開かれる北ノ庄城落成式の献立を考えていった。三膳というすくない料理で、ひとつも無駄にはできない。

師走《しわす》に入り、ちらちらと雪の降るその日も、遅くまで同僚の金子権左衛門と御文庫で料理書を繰り、哉屋に戻ってきた。誰もいない長屋に戻れなくて、このところ哉屋に泊まらせてもらっている。ありがたいことに、哉ゑが店の残り物の寒鰤《かんぶり》の煮つけを出してくれた。飯を食いながらうつらうつらしていると、見かねた哉ゑが尋ねてきた。

「太閤さまの鯛の料理ってのは見つかったのかい」

「いいえ。もう御城の書物はほとんど調べ尽くしたのです。やはり太閤さまにちかしいかたに御聞きできたらと思うのですが。たとえば太閤さまの御家来とか」

越前に太閤秀吉の縁者がいるはずもない。

鯛料理だけに気を取られているわけにもいかない。三つの膳には最低でも二つの汁物と五つの料理、すなわち二汁五菜が必要になる。毎日の料理を作る合間に調べ、試作をしなくてはならない。

哉ゑはしばらく迷った末、こう言った。

「京へ行ってみたらどうだい。『太閤さまの鯛の料理』を探しにさ。なんせ太閤さまがいらっしゃったのは京だし、あらゆる料理が集まるところだ」

「京へ、わたしが？」

すべての料理の源流は京にある。憧れる気持ちはあったが台所衆の毎日の御役目があるし、まさか実際に京にのぼるなどと考えたこともなかった。

翌日、本多富正を通じて秀康に伺いを立ててみると、ちょうど富正が京にのぼる用事があるから随行を許す、ととんとん拍子に話が決まった。それだけ秀康も祝宴の料理を肝と思っているらしい。

ついに於くらは越前国から出ることになった。

雪が本格的に積もる前に帰ってこなくてはならないので、話がまとまった翌々日には出立となった。北国街道を辿《たど》って木ノ芽峠《きのめとうげ》を越え、近江国《おうみのくに》に入る。

山道をくだると琵琶湖《びわこ》が見えた。どこまでもつづく水面《みなも》には朝の水煙がたちこめ、橙《だいだい》色の朝日が射して、大小の船が行き交う。

「これが、外の国……なんて広いのでしょう」

さきを進む本多富正が於くらを振りかえって、わずかに頰を緩めた。

「これくらいで驚いていては、京に入ったら腰を抜かすぞ」

長浜《ながはま》、大津《おおつ》と進み、越前を出て六日目、於くらはついに京へ入った。

五条口《ごじょうぐち》から京に入った於くらは、呆然《ぼうぜん》とあたりを見回した。大路《おおじ》は越前のどの道よりも広く、北ノ庄の一番の大路、大名広路《だいみょうこうじ》の数倍はある。髪を唐輪《からわ》に結い、色とりどりの小袖《こそで》を着て歩く女たち、大小の刀を差して、髪を総髪にしたり、奇抜に結い、女物の小袖を肩にかけて歩く若衆たち。甍《いらか》の向こうにいくつもの大塔小塔が並び、町の果てが見えない。

　これが日の本の中心、帝《みかど》がおわす京。

　言わんこっちゃない、と富正が呆《あき》れて言う。

「京に来たはいいが、あてはあるのか」

「こ、これを預かって参りました」

　於くらは秀康が書いてくれた紹介状を大事に荷物から取りだした。京の大名相手の名だたる座敷の名が書かれていた。京料理の粋が集まるこれらの御座敷を訪ねれば、誰か「太閤さまの鯛の料理」を知る人がいるかもしれない、と秀康は言った。

　富正はちらとなにかを言いかけてやめた。

「太閤さまは……いや、なんでもない」

　年が明ければすぐに春が来る。恐らく落成は四月、祝いの宴は五月だろうと秀康は言った。雪で二月は身動きが取れないことを考えると時間はそう残されていない。なんとしても京で手掛かりを見つけなくては、と於くらは意気ごんだ。

　待合茶屋や料理屋のならぶ一角で、どっと疲労感に襲われ於くらはしゃがみこんだ。遊女だろうか、白く顔を塗り、羽二重の豪奢な小袖を着こんだ女が怪訝《けげん》そうに於くらをちらりと見て去ってゆくのへ、なんでもないと弱い笑みをかえす。

「…………」

三日間、御座敷や料理屋を訪ねたもののまったくの空振りに終わった。秀康の文を見てくれるのはまだいいほうで、偽文《にせぶみ》ととりあってもらえないか、にっこり微笑まれ追いだされるのがほとんどであった。話を聞いてもらえたのが御座敷一軒、料理屋二軒である。御座敷の女将《おかみ》ははるばる越前から出てきた於くらに同情し、馴染《なじ》みの料理屋を紹介してくれたのだが、誰も太閤さまの好物の鯛料理など知らぬという。それどころか、太閤秀吉の名を出すとみないちように顔を曇らせる。そのころの話はしたくない、というふうだった。

女将はこう漏らした。

「太閤はんのころは、なにかにつけて不自由どした。おおきな声では言えへんけど」

富正が言おうとしたのはこれなのか、と合点がいった。

秀吉を揶揄《やゆ》する落首《らくしゅ》の下手人を一族郎党皆殺しにしたり、キリシタンに厳しい弾圧を加えたりと、晩年の秀吉は民への締めつけがつよく嫌われていたらしい。嫌われ者の秀吉が好んだ料理など、縁起が悪いと忘れ去られてしまったのかもしれない。

「なにもなしで国に帰れないよ」

もう日が暮れる。宿所にしている松平屋敷に戻らねばならぬ。京の冬は越前の冬と違った、底冷えする寒さがある。身に食い入る寒風に震えながら伏見に戻ると、木幡《こはた》山の御城（伏見城）の裾野に大名屋敷、武家屋敷が軒を連ねている。関ヶ原の戦いに関連して起こった伏見城の戦いで城は燃え、そののち家康が再建したが、いまは駿府城の改築に伴い、門の梁《はり》や石材を駿府に送るべく運びだしている。富正が上洛したのも、駿府城改築にともなう伏見城解体の件と聞いていた。

住む人もなき伏見城を見ながら、ゆるい坂を於くらは登っていった。

「あれ、松平の御屋敷はどこだろう」

大名屋敷は一軒一軒が広く、とくに表札などがあるわけでもない。迷いながら歩き回っていると、ある屋敷の勝手口から人が出てきたのを見つけ、幸いと於くらは声をかけた。

「すみません、越前宰相さまの御屋敷はどちらですか」

笊《ざる》に大きな蕪菜《かぶな》を載せた、人のよさそうな男は、にこりと笑った。

「宰相さまの御屋敷は一本通り向こう側や。ここは堀尾さまの御屋敷やよってに」

堀尾――堀尾吉晴。

久しく聞いていなかった名前に、背筋がのびた。

府中城で、於くらを勇気づけ、導いてくれた優しい城主。

頬骨のはりでた面長《おもなが》の、優しい笑みが蘇《よみがえ》る。ごま塩の髷。頬に刻まれた池鯉鮒《ちりゅう》城での傷跡。とたんに目頭が熱くなり、於くらは身を乗り出していた。

「あの。突然で申し訳ありません。わたし、いぜん堀尾さまの御台所衆だった者です。殿さま、あ、いまは御隠居さまかな、御息災でいらっしゃいますでしょうか」

もちろん会えるなどとは思っていない。堀尾家は出雲国富田《いずものくにとだ》二十四万石の大大名である。於くらごときがおいそれと会える存在ではない。元気でいることを聞ければと、その一心だった。

とたん男は破顔した。

「御隠居さま、御元気やで。ちょうどいらっしゃっとる。今晩は大忙しや」

「ほんとうですか。よかったぁ。それだけ聞けたらとても嬉しいです。わたしは越前宰相さまの庖丁役の於くらと申します。御親切にありがとうございました」

さげた頭をあげると、男は目を丸く見開いている。いきなり腕を摑まれ、勝手口に引っ張りこまれた。

「あんたが於くらさんかえ！　こりゃあ大変や」

「どうなさったのですか」

「御隠居さまからつねづね言われとる。もし於くらという娘が来たら渡せって」

男に引っ張られて於くらは屋敷の北側、台所に回った。すでに屋敷では酒宴がはじまっているのだろう、三味線の軽やかな音に、酒器の鳴る音、和やかな笑い声が聞こえている。

男は慌てて草履を脱いで板間にあがり、長持のなかから、帳面を引っぱりだしてきた。

「これや。御隠居さまの覚書。もしあんたが来たら、渡せって」

薄い帳面は間違いなく吉晴の直筆で、むかし食べた物を事細かに記してあった。

「吉晴さまが、これを」

どくどくと胸が脈打っている。

震える手で何丁か紙をめくると、長らく於くらを待っていたかのように、その一文はあった。


鯛のてんぷらり。

榧《かや》の油で揚げ、その上に薤《おおにら》（らっきょう）をすりかけて食べ候。殊の外美味也《なり》。太閤様の大好物に候。

◎『徳川実紀』元和《げんな》二年（一六一六）正月二十一日、駿河田中《するがたなか》城に滞在していた家康を豪商茶屋四郎次郎《ちゃやしろうじろう》が訪ね、京で流行している鯛の食べ方としてこれを披露したとある。その晩、家康は腹痛を訴え、同年四月に死去した。なお現在は胃癌《いがん》説が有力。

秀吉がただの足軽だったころからともに尾張、美濃《みの》を駆け、股肱《ここう》の臣であった堀尾吉晴だからこそ知る、秀吉の好物。吉晴は、いつか自分の知る味が於くらに必要になるやも、と書き記したのだろう。

――なんと御優しい、仏の茂助《もすけ》。

「これこそを探しておりました。言葉もありません。御隠居さまにくれぐれもよろしくと御伝えください」

「よかった。わしも肩の荷が降りたわ」

なんども頭をさげ、於くらが堀尾の台所を辞して勝手口に回ったときだった。奥座敷につづく植えこみの向こうから、ふいに聞き馴染んだ声がした。

「於くらどの……か」

竹垣で区切られたむこうに、提灯の明かりにほの照らされて小柄な人影がある。忘れたこともない、柔らかい声音。その声は戦場では凛《りん》と響き、兵たちを鼓舞することを、於くらは知っている。

於くらは背筋を伸ばした。

「はい。わたしは、越前宰相さまの庖丁役、前場の妻於くらにございます」

「前場」声は、かつての部下の名を嚙みしめるように繰りかえした。「そうか前場。めでたきことじゃ」

腰からさげた菜箸袋に手をやり、於くらはそっと撫《な》でた。

——炊飯は人に寄りそうものであれ。

吉晴が残してくれた言葉を導きの光として、ここまでやってきた。

「人に寄りそう料理を作ろうと、二人で懸命に歩んでおります」

「それは祝着《しゅうちゃく》なり。ともに泰平の新しき世に、生きようぞ」

優しい声が離れてゆく。於くらは涙をためて、深々と頭をさげた。伝えたいことは山ほどある。聞きたいこともそれ以上に。だが、二人は大名と他家の庖丁人。交わることはない。

人影は軽く手を挙げて、歩み去ってゆく。

「いずれ結城家の宴席で、そなたの料理に舌鼓を打ちたいものじゃ」

いつかまた。唇を嚙みしめ、茂助老人の優しい声を聞いた。

四　本膳料理その二

越前に戻った於くらは、ほかの台所衆たちと相談し、祝い膳の品を決めていった。

雪に埋もれた越前にも春は来て、年の明けた慶長十一年三月から城の北西側の天守曲輪《くるわ》での望楼型天守の作事が進められた。白い漆喰《しっくい》壁が輝く四層五階の天守は最上階に高欄がつき、唐破風屋根の上には薄青緑色の笏谷瓦《しゃくだにがわら》が葺かれた。最後に鯱を天守の屋根に上げる神事が行われ、ついにあらたな北ノ庄城は完成した。

普請《ふしん》作事に着手してから五年ちかく、越前の遅い春の訪れとともに現れた城だった。台所からも天守はよく見え、天気のよい日などは、秀康が姫たちを連れて天守に登っているのも見えた。

町も城も、新たな北ノ庄城完成に浮足だっているが、於くらたち台所衆は日に日に緊張感が高まってゆく。

「祝いの宴まであと十日。食材の手配に遺漏はないな」

すでに料理の品も決まり、必要な食材も集まりはじめている。五月に入り、宴の前日になると丹生《にゅう》郡の漁師、大隅《おおすみ》目深《まぶか》が大量の海産物を納入しにやってきた。陽に焼けて、また一回りおおきくなった目深は、鰹《かつお》、細魚《さより》といった魚を運び入れる。台所頭役が魚の鮮度を確かめ、雪室《ゆきむろ》に保存するのだ。

「御台所衆の気がかりは鯛だろう。一番脂ののった、卵を産む直前の桜鯛だ」

積みあげられた桐箱の一番上、目深が氷を払うと、透きとおるような銀色の腹が現れる。背にいくほど桜色に色づいて、鱗《うろこ》が白銀に光っている。背びれや尾びれはぴんと張って、目も濁っていない。まるで海の中をまだ泳いでいるかのようだ。

於くらだけでなく、みなが息を呑む。

白い歯を見せ、目深は笑う。

「美味く食っておくれよ」

去り際、目深は思いだしたように言った。

「そういや、おれたちが登城するとき、えらい豪華な駕籠とすれ違ったな。偉い人が来ているのかい」

家康が到着したのだ。

きっと三郎も家康について越前に入っているだろう。

会いたい。心の底から安堵したい。

その前に重大な戦いが待っている。於くらはすばやく襷《たすき》がけをした。慣れ親しんだ台所に目をやる。竈《かまど》では火が勢いよく燃え、鍋から湯気が立ちのぼる。板間では大まな板を置いて、権左衛門たちがすでに雁《かり》をさばき、里芋を六方に剝《む》きはじめている。

——いつでも、ここがわたしの戦場だ。

胸にさがる御守に手を当てる。

「参ります」

於くらがまずとりかかったのは、一の膳（本膳）の香の物だ。早物の茗荷《みょうが》に細工切りを施し、三つに割る。芯に生姜、三つに割った茗荷をふたたび組んで横から見ると、三つ葉葵のような形になる。向こう側が透けるほど薄く輪切りにした大根の干しておいたもので外側をくるみ、刻み昆布を帯のように締める。これを三杯酢に漬けて、真ん中を切れば、外側の円は大根、内側の三つ葉葵を茗荷と生姜で表現した「巻漬」のできあがりだ。

◎巻漬は天保七年（一八三六）に記された『四季漬物塩嘉言《かげん》』に記述がある。「ふとき大根　木口《こぐち》より薄くはやし（切り）、よく干してたくはへ置　塩蓼《しおたで》　生姜をほそ引きり〳〵とまき　輪とうがらしを帯にして三杯酢に漬おく」。作中では唐辛子はまだ普及していないため、昆布で締めた。

三杯酢から引き揚げた漬物の真ん中を庖丁で切れば、茗荷の三つ葉葵が見える。ほっと安堵の息が漏れた。大御所さまも、喜んでくださろうか。

丑三つ時の台所は、火が絶えることがなく威勢のいい声が飛び交う。

「大根を桂《かつら》剝きにしてこちらに寄越せ」

「火が強いぞ、もっと弱火に」

夜を徹して調理はつづく。於くらはなますに使う大根と人参《にんじん》を手早く細切りにして、外を見た。東の空が白みはじめている。夜明けまであと一刻。

鯛のてんぷらりにとりかかる頃あいか。

城の真北にある雪室へ、鯛を取りに行く。手押し車に桐箱を積んで戻ってくると、恐ろしいほど台所は静まりかえっていた。権左衛門たちが青ざめた顔で振りかえる。

板間の隅に、手燭を自ら持った本多富正がいた。

「於くら。薬湯《やくとう》を用意せよ」

富正が自ら台所に来た意味がそれだけで知れた。秀康の病状が悪化したのだ。ぞっと背筋が冷えた。於くらは、御典医から預かっていた煎じ薬を葛湯《くずゆ》で溶いた。口をさっぱりさせるための梅干しを添えて盆を差し出すと、富正は目配せした。

「饗宴のことで、お主も来い」

「承知いたしました」

真っ暗な廊下を富正の手燭を頼りに進み、秀康の寝所《しんじょ》に向かう。こんな静かな城を歩くのははじめてだった。

小姓すらも遠ざけた寝所の襖の奥からは、咳《せ》きこみ、嘔吐《えず》く音が聞こえてくる。目の裏に真っ赤に染まった布団に四つん這《ば》いになる秀康の姿が浮かんできた。

この人は、苦しむときすらも戦っているのだと思った。

襖の向こうに声をかける富正の声すらも、震えて聞こえる。

「殿。薬湯を御持ちしました」

「すまぬ」

富正が薬湯を部屋の中に運んでゆくと、中から富正が主君を説得する声が聞こえてきた。

「宴をとりやめましょう。あるいは日延べにいたしましょう」

半刻とも、一刻とも過ぎたように思えた。

やがて咳きこむ音は静まり、かすれた声が聞こえた。

「このことは父上には内密に。宴は予定どおり行う」

「しかし」富正の声が悲痛に響く。「殿はなにひとつ召しあがれません」

強い声がかえった。

「やるのだ。この機会なくして、天下は成り立たぬ。これもわしの修行だ。やり遂げると空也上人さまに誓ったのだ」

牛首郷での空也豆腐のことを思い出しているのだろう。於くらは思い切って声を出した。

「勝手な申し出お許しください。殿のぶんのみ、味つけを変えまする。菜飯は粥《かゆ》にいたしまする。すこしは、召しあがれるかもしれません」

がらっと襖が開いて、富正の青白い顔が覗《のぞ》いた。

「できるのか、そんなことが」

於くらは頷いた。天下泰平のための秀康の孤独な戦いは、一人ではないのだと知ってもらいたい。

「わたくしども台所衆は、殿の臣でございます。いかようにも御使いください」

静かな、いつもの主君の声がする。

「頼りにしておる。我が臣よ」

於くらは台所に戻り、秀康の膳のぶんだけ味つけをごく薄くすることを告げた。とうぜんできているものは、作りなおさねばならぬ。けれども於くらの提案に反対する者はなかった。秀康がただならぬ状態であることを悟り、それでも宴を開くのはどういう事態か理解していた。

一の膳（本膳）は菜飯、汁物は鰹の擂り流し。香の物は巻漬。坪《つぼ》という羹《あつもの》料理は雁の羹、そして紅白なます。

二の膳、猪口《ちよこ》という小さな和え物には春の細魚の和え物。平《ひら》という二の膳の中心となる料理は加茂茄子《かもなす》の肉味噌。汁は鶴もどき汁。

三の膳は、鯛のてんぷらり。

額から流れる大汗を拭き、台所頭役が言う。

「時間がない。於くらは鯛をやれ。調べてきたのはお主だ」

三の膳の鯛のてんぷらりは、もっとも目を引く、膳の目玉となる料理である。本当ならば台所頭役の役目であるが、いま頭役はすべての料理の味見をしなおし、さらに加茂茄子の肉味噌を作るので手が離せない。躊躇《ちゅうちょ》はなかった。

「やります」

於くらは四箱積みあげられた桐箱の鯛にとりかかった。約二十尾の鯛が入っている。

まず鱗を落とし、内臓を取り去って三枚におろす。毛抜きで細かい骨を一本一本抜いてゆく。万一骨が残っていたら切腹ものである。手で触っては肉質が落ちるから、注意深く、息を殺してなんども見かえす。食べられないところがないという鯛である。頭は割って鰓《えら》や血あいを取り除き、鍋で出汁をとる。これは二の膳の汁物に使う。

三枚におろした鯛の身に片栗粉を薄くまぶし、榧油を注いだ平鍋に並べる。熱しすぎれば焦げて肉の旨みは失われ、油の温度が低ければ生焼けになる。緊張する瞬間だ。さっと鯛の身を置くと、乾いた音が響く。適温だ。

火の勢いを見ながら、どんどん身を揚げ焼きにする。二十尾分を揚げ終えると、すでに台所は明かりがいらないほどの時分になっていた。

「鯛のてんぷらり、できあがりました」

板間では小姓たちが、膳に盛りつけをはじめている。

膳の数はざっと五十。於くらは小姓が置いた鯛の揚げ物を菜箸で直していった。鯛の盛りつけに使われるのは、越前焼と言われる茶褐色の陶器である。真ん中にすうっと釉薬《ゆうやく》で線が入っているほかは、飾りけのない素朴な風あいである。秀康自らが選んだものであった。薄く片栗粉を通して透ける鯛皮の桜色がよく見えるようにし、匂いが移らぬよう、別の小皿に薤のすりおろしを載せる。

於くらはこのすりおろしに、ある「仕掛け」をしていた。

五十の膳に盛りつけを繰りかえすと、朦朧《もうろう》となってきた。そのあいだにも別の皿には細魚の和え物、紅白なますなどが盛られてゆく。汁物はできるだけ温かいものを差しあげたいという気持ちから、ぎりぎりまで盛りつけを待つ。

遠くから太鼓の音がした。貴人を迎えるときだけに使われる御門が開く音だ。

小姓頭が走りこんできて、大御所さま御着到、と触れる。まず家康は茶室に入った。

毒見役が台所に検分にやってくる。遅れて家老の富正もやってきた。さきほどの動揺が嘘《うそ》のように、いつもの無表情に戻っていた。

於くらたち台所衆は一列に平伏して検分を受ける。

富正の目が膳の前で止まっている。

「いかがなさいましたか」

奉行がおずおずと尋ねると、富正は鯛のてんぷらりが載った越前焼の皿を手に取った。

膳の上には唐物《からもの》の古染付の絵皿、織部《おりべ》好みの美濃焼、ギヤマン皿まで載っている。初夏の、涼しげで、目に楽しい皿たちだ。どれも秀康に伺いを立て、了承を貰《もら》った皿である。

「……なんでもない」

毒見役がひとつずつ毒見し、問題がないとなると、小姓たちがいっせいに膳を運びだした。五十の膳が見るまに運ばれて、がらんとした台所に放心した於くらたちが残された。みな板間にぼんやりと呆《ほう》けたように座って、声も出せずにいる。

台所衆の戦いは、いま終わった。

茶室から移動してきた家康がついに表座敷に入った。上座から向かって左側が家康の家臣、右側が秀康の家臣。それぞれ二十名ばかりが並び、毛氈《もうせん》に屏風を立てた上座は父と子の席である。

三郎は家康の脇に小姓とともに座していた。

この半年あまり、三郎は駿河で客分として遇され、酷い扱いを受けたことはなかった。駿府城改築にあたり、越前からやってきた結城家家臣の多賀谷《たがや》三経《みつね》とも面会することができた。ときどき家康に呼ばれて遠乗りや、鷹《たか》狩りに御供することすらあった。

家康は息子の話を聞きたがった。秀康が、城下のとある飯屋にときどき忍んで行く話をすると、目尻をさげて話を聞いていた。

そのときの家康はただの好々爺《こうこうや》だが、天下の話をすれば、目が狼《おおかみ》のように鋭くなる。

「三郎。お主も覚えておくがよい。江戸の幕府は、百年、二百年つづくものとせねばならぬ。そのためにわしは鬼にも夜叉《やしゃ》にもなる」

まだ秀康は姿を現していない。膳が運びこまれてきた。すでに座についていた徳川方の家臣がざわついた。

「これは……三膳のみか。なんと質素な」

「大御所さまを軽んじているのではないか」

武家の饗応は五膳か七膳。三膳は簡素という印象を与える。

目の前に三郎の分の膳が三つ、置かれる。真ん中が一の膳（本膳）、右側は二の膳。左側は三の膳。質素なはずなのだが、不思議とそういう気がしない。なぜだろう、と三郎は訝《いぶか》しんだ。

家康が呟く声を聞いた。

「美しいな、器が」

あっ、とみなが気づく。通常の本膳料理では、漆または杉の角切りの膳に、黒か朱の漆の皿、椀と決まっている。しかしいま膳に並ぶのは色も形もさまざまな器たちだ。ばらばらなのに、調和して見える。すべてが計算されている。

「これなど、見ているだけで心がすく」

家康が本膳の真ん中に載った、ギヤマン皿を手に取った。大根だろうか、白い香の物が二切れあるばかりだ。すこし器を傾けると、断面が見えた。三つ葉葵の形に三つに割れた茗荷だ。

駿府の臣たちがつぎつぎに器を手に取り、断面の三つ葉葵に感嘆の声を漏らす。

家臣の列に座した本多富正が言った。

「葵細工の巻漬にございます」

於くらだ、と三郎は確信した。ささやかで心配りがある。於くらの性格をそのまま表したようだ。

家康の呟きが聞こえた。

「安土で……織田どのはこういうことを、言いたかったのか」

安土？　織田？　突然出てきた過ぎ去った世の言葉に、みなが固唾《かたず》を呑む。家康は誰に聞かせるでもなくつづけた。

「安土の饗宴で、信長どのが豪華な膳を見て面白うない、と怒ったことがあった。あれは、ただ御仕着せの漆の膳に器を並べても、つまらないと言いたかったのじゃな。ようやく怒りの意味がわかった」

家康はなにかの思い出を振りはらうように、おおきな声を出した。

「駿府にもこういう気の利いた台所衆が欲しいものよ」

するとだしぬけに闊達《かったつ》な声がした。

「於くらは渡しませぬぞ、父上」

笑みを浮かべた秀康がやってくる。半年ぶりに見た秀康は頰がこけ、顔も青白い。目の下には隠しようもない隈《くま》が滲《にじ》んでいた。羽織から見える肩の形も骨ばっている。

秀康は家康の隣に座した。それも骨が折れるように、ゆっくりと。

「長旅御疲れでございましょう。今日はゆるりと」

家康はわずかに頷いただけであった。

「…………」

初三献が交わされ、秀康が音頭を取ろうとしたとき、家康の低い声がした。

「これはなんのつもりじゃ。膳をさげよ」

静まりかえった広間で、秀康だけが父を見る。

「たった三膳とは、わしを軽んじるつもりか。それに、三膳目の鯛はなんだ。普通は尾頭つきの鯛を振舞うのが常道であろう。みすぼらしい土のような器に、焦げた鯛が載ってお
る」

嘘だ。三郎は思った。

器の気配りにすら感銘を受けた家康である。秀康がわざわざ三膳という質素な膳立てにした意味に気づかぬはずがない。難癖といってもいい。そこまで秀康を憎むのか、と愕然《がくぜん》とした気持ちになる。

家康は顔を歪め、声高に叫ぶ。

「さげよ。御膳奉行を呼べ、わしが手討ちにしてくれる」

荒く息をつく家康の前に、考えるまえに三郎は飛びだしていた。富正が「無礼ぞ」と叫ぶ声を聞きつつ、三郎は頭を板間へこすりつけた。

「なにとぞ、御召しあがりを。それはただの料理ではございませぬ」

於くらなら、きっと料理に仕掛けがしてあるはずだ。

なんども三郎は見てきた。於くらの料理が、人の心の奥深くに触れる瞬間を。

飯はただ腹を満たすだけではない。

心を満たし、癒すのだ。

「なにとぞ！」

三郎の頭上から秀康の声が降ってきた。

「父上、鯛を召しあがりませんか。前場を手討ちにするのはそれからでもよろしかろう」

家康がわかっていないはずがない。この鯛が、「太閤さまが振舞ってくれた新しい鯛料理」であることを。一方秀康の声は静かだが一歩も引かぬ気迫に満ちていた。あの伏見の相撲見物の折、秀頼の前で仁王立ちになったときのように。

「……お主がそこまで言うなら」

渋面のまま家康は箸に手を伸ばした。

薄く桜色の皮が透けるきつね色の衣を箸で取り、家康は口に頬張った。薬味はつけなかった。香ばしく品のよい鯛の香りがここまで漂ってくる。

衆目が集まるなか、家康は鯛を咀嚼《そしやく》した。しだいに肩がさがり、偽りの怒りを取りさげるべきか迷っているように思えた。

三郎は家康と目をあわせた。灰色がかった目に、つかのま感傷が浮かんで消えた。

「『食べてちょうよ、うんみゃあよ』」家康は誰かの言葉を言った。「尾張言葉でそう言うて、にこにこしておったわ」

だが、と家康は言葉を切る。

「恩は忘れねど、わしは鬼にもなり豊家を滅ぼすと決めた。乱世を誰よりも終わらせたいとの思いで生きてきた。三方ヶ原《みかたがはら》ではあまたの臣を死なせ、長久手《ながくて》では秀吉に頭をさげた。どんな苦難があろうと、天下の泰平のため泥水を啜った」

これはいままでの三郎の経験にはないことだった。誰もが於くらの料理を口にすれば、本心を露《あら》わにする。家康は、秀吉との記憶を蘇らせてなお、豊家を滅ぼすという強い意思があるのだ。戦国乱世を知る最後の一人として、彼は戦い抜くつもりだ。

どうすればいい。

そのとき、秀康が落ち着きはらって言った。

「父上、隣の小皿の薬味を載せて御召しあがりを」

「薤《らつきよう》じゃろ。これも太閤さまのもてなしで食うた。食うたところでなにが変わる」

不承不承、鯛のてんぷらりに薬味を載せて家康は口に運んだ。恐ろしいほどの沈黙が、広間を支配した。家康の目がぱっと見開かれ、驚きの色が浮かぶのを三郎は見ていた。

あの薬味にどんな仕掛けがあるのだ？

家康がうめくように言う。

「太閤さまに馳走になったときよりずっと美味い。鯛の味が濃い。刺身より旨みがあり、ふっくらと香ばしく、薤の風味が複雑さをもたらす。こんなものは……食べたことがない」

秀康が言った。

「薬味に鯛の骨から取った出汁をまぜております る」

名残《なごり》惜しそうに咀嚼し、家康は呟いた。

「そうか。越前の台所衆は、天下人の台所より上をいったか」

聞いたか、と三郎は叫びだしたい思いを堪えていた。

聞いたか我が妻於くら。お主は天下一の台所衆であるぞ。

「秀康。お主は天下をも担える器であるのに――」言葉を切って、家康は俯《うつむ》いた。「お主を人質がわりに豊臣に養子に出し、秀忠を後継としたこと、恨んでおるか」

答えるかわりに、秀康は鯛の身を大口を開けて頬張った。さくっ、と衣の音がした。

あの顔色では物を食うのすら辛いだろうに、と三郎は胸が痛む。

しかし秀康は破顔した。

「わしはこうして越前にいながら天下人の味が楽しめるので、将軍になりたいなどとは思うたことはございませぬ。わしが心を砕くのは、美味い飯が食える世にすることだけ」

秀康は椀を取って鶴もどき汁を飲んだ。

「うん、これも出汁が滋味深く美味い。見てください、白葱の細工を。鶴が羽を広げたようにございましょう。みなもはよう食え」

そうして秀康はつぎつぎと料理を食いはじめた。まるで自身の健啖《けんたん》ぶりを父に見せるように。促され、みな箸をとり料理を口に運びはじめる。あちこちで感嘆の声やため息が漏れた。

秀康は口を動かしながら言う。

「ちと乗馬で腰を痛めましたが、わしはこのとおり食欲も旺盛、わしがおるかぎりは加賀前田《まえだ》、京や大坂の秀頼さま、そして西国までも睨みを利かせて、東への防波堤となります る」

それは家康が軍を西に動かすなら、越前が止める、という決意も示していた。

いま、父子はぎりぎりの線を戦っていた。

戦さであった。

秀康は父に向きなおり、頭を深々とさげる。

「なにとぞ、御賢慮を」

家康も加茂茄子の肉味噌を口に運び、美味い、と呟いた。

「信康に似てきおったわ」

家康が死に追いやった、長男の名。彼が長男を頼りにし、いまも消えぬ心残りを抱いていることは明らかだった。

灰色がかった目をあげ、家康は言う。

「お主に負けた。三方ヶ原以来の家康、大負けじゃ」

「前場は御戻しいただけますでしょうな。某の大事な臣です」

まだ家康の前にいたことを恥じ、三郎はそそくさと秀康の後ろに回った。家康は苦笑し、扇を開いてはたはたと扇《あお》いだ。

「すべて天下人の台所衆の御蔭《おかげ》と心得よ、前場三郎」

「はっ」

家康は盃を手に立ちあがった。

「古きを受け継ぎ、新しき泰平の世に。隠者の天下人に」

三郎も盃を持ち、目を細めて笑う主君の横顔を見る。この傑物に仕えられた幸福を嚙みしめた。

終章　祝い徳利

西の空は茜《あかね》色に染まり、東に星が瞬《またた》く。町々の甍《いらか》の向こうに、白く輝く北ノ庄城が見えている。城はこれからも人々と新しき世を見守っていくだろう。

宴は、難癖をつけた家康に、三郎が決死の直訴をして称えられ、家康の機嫌も上々であったと聞いた。台所衆は労を労《ねぎら》われ、後日殿直々に御褒めの言葉があるだろう、と本多富正も安堵した顔で言っていた。

於くらは長屋の前で愛《いと》しい人の帰りを待ちつづけた。城につづく通りに三郎の姿を認め、於くらは走りだす。

三郎が笑っている。

「気をつけろ、転ぶぞ」

「御帰りなさい、三郎さん。話したいことがいっぱいあります」

胸のなかに飛びこんだ於くらを、三郎はしっかりと抱きとめた。於くらは温かい体に手を回し、二度と離さぬと胸に誓う。

「腹が減ったな」

間の抜けた顔で三郎が腹を撫でるので、思わず笑ってしまった。

「わたしの料理を食べなかったのですか」

「ああいう席では下々の者は、飯など喉を通らぬものだ」

いっぱしの重臣のような顔をして言う。

二人は九十九橋の袂の哉屋へ向かった。常連客のひしめく店で於くらも荷物を置いて、燗《かん》をつけたちろりや、盆に載せた料理を運ぶはめになった。人が飯を食い、うららかに笑う。それがなにより嬉しい。

暖簾《のれん》が動き、立障子から男がひょっこり顔を出した。着流し姿の秀康だった。秀康の後ろには眉を寄せて不承不承といったふうに本多富正も立っている。

「と……いや於義伊《おぎい》さん、いらっしゃいませ」

富正が呆れたように言った。

「わしは御止めした」

お体は大丈夫なのですか、と囁《ささや》くと、けろりと治ってしまったと言うので、驚くより呆れるほかない。秀康は、父上を前にした緊張感であああなったのだ、と言い訳する始末である。あながち嘘ではないらしかった。

「すぐ帰るからな、な。ちょっとだけ。今日は嬉しいことがあったのじゃ」

於義伊の顔になった秀康は、常連客が空けてくれた隙間におおきな体を滑りこませた。

途端、常連たちが秀康に盃を持たせ、あちこちから徳利が傾けられた。

「おっとと、こりゃあ、たまらぬ」

哉ゑの声が飛ぶ。

「こら、一杯で帰るんだよ」

「なんにいたしましょう」

於くらが問うと、ここにはじめて来たときとおなじように、秀康は言った。

「美味いものを、頼む」

於くらは哉ゑとともに土間に立つ。湯気の向こうに見える、もの食う人々の顔は今日も輝いている。

みなが帰ったあと、於くらは帳面を開き、今日の本膳料理の献立、調理法を記しはじめた。材料の切りかた、下ごしらえ、調理法を細々と書きつけてゆく。三郎がやってきて帳面を見て驚いた声をあげた。

「古今ない覚書だな。天下一の覚書になりそうだ」

於くらは笑う。かすてぼうろ、里芋田楽《さといもでんがく》、越前蕎麦《そば》、一番鰤《ぶり》、甘う握り飯、そして本膳料理。すべての記憶をこの帳面に書き記してゆこうと思う。

それらは幾年のときをこえて、いつでも作られるときを待っている。

参考文献

『福井県史』通史編3　近世一　福井県
『福井市史』通史編2　近世　福井市
金子拓『戦国おもてなし時代　信長・秀吉の接待術』淡交社
江後迪子『信長のおもてなし　中世食べもの百科』吉川弘文館
鈴木晋一・松本仲子編訳注「南蛮料理書」(『近世菓子製法書集成2』) 東洋文庫
江後迪子「雑煮についての一考察」(日本風俗史学会「風俗史学」11号)
日本の食生活全集福井編集委員会編『日本の食生活全集 18　聞き書 福井の食事』農山漁村文化協会
小楠和正『結城秀康の研究』松平宗紀
飯野亮一『居酒屋の誕生　江戸の呑みだおれ文化』ちくま学芸文庫
安藤優一郎『図解　江戸の間取り』彩図社
吉中禮二『越前・若狭　おさかな歳時記』福井新聞社
旬の里ふくい　ふくいお魚図鑑 (https://www.pref.fukui.lg.jp/doc/021033/syun/con-28.html)
山口和雄『日本漁業史』東京大学出版会

松下幸子『図説　江戸料理事典』柏書房
駒敏郎・花岡大学『若狭・越前の伝説』（日本の伝統46）角川書店
筒井紘一『利休の懐石』角川選書
熊倉功夫『日本料理文化史―懐石を中心に』講談社学術文庫
吉井始子編『翻刻　江戸時代料理本集成　第一巻』臨川書店

福井市立郷土歴史博物館、印牧信明《かねまきのぶあき》氏には福井城（北ノ庄城）の成り立ち等について御助言頂きました。また文庫化のさいにも再度お力添えを頂きました。厚く御礼申しあげます。

人に寄りそう日々の料理を作りつづけてくださった料理研究家の小林カツ代さんへ、感謝をこめて。

解説

末國善己《すえくによしみ》
（文芸評論家）

料理を題材にした歴史時代小説が増え、一過性のブームを超えて、捕物帳、剣豪小説のようなサブジャンルとして定着した観がある。料理ものは、江戸時代の大都市（江戸、大坂など）を舞台に、天才料理人の活躍、もしくは料理屋で繰り広げられる人間模様を軸に心温まる人情を描く作品が多い。並外れた料理の才覚を持つ少女・於《お》くらを主人公にした本書『かすてぼうろ』も料理ものだが、甲斐武田《かいたけだ》家の勃興を描いた『虎の牙』、甲斐武田家の落日を追った『落梅の賦』などを発表している武川佑《たけかわゆう》だけに、料理を使って堀尾吉晴《ほりおよしはる》から結城秀康《ゆうきひでやす》に領主が代わった戦国末期から江戸初期の越前《えちぜん》の歴史を追っているので、人情ものが好きでも、歴史小説が好きでも満足できるようになっている。

吉晴が入った府中《ふちゅう》城の台所で下働きをしている十三歳の於くらは、夜中につまみ食いにきた茂助《もすけ》に、おやきを作ったことを切っ掛けに親しくなる。実は茂助こそ吉晴で、巻頭の「かすてぼうろ」は、吉晴に頼まれた於くらが、南蛮菓子《なんばんがし》のかすてぼうろ（カステラ）作りに挑む。織田信長《おだのぶなが》、豊臣秀吉《とよとみひでよし》に仕え、秀吉の没後は徳川家康《とくがわいえやす》に接近した吉晴には、来るべき大坂方との合戦で徳川の敵になるのが確実な大谷吉継《おおたによしつぐ》への抑えが期待されていた。吉晴は、元府中城主で北ノ庄《きたのしょう》城へ移封された青木一矩《あおきかずのり》を徳川方につくよう説得する饗宴《きょうえん》にかすてぼうろを出したいと考えていた。一矩との会談は極秘で、配下の台所衆《だいどころしゅう》に頼めない。そこで吉晴は料理の才覚がある於くらに白羽《しらは》の矢を立てるが、当時の政治状況を使って下働きの少女がかすてぼうろを作る必然性を与えたところには、著者の確かな手腕がうかがえる。

かすてぼうろを見たことも食べたこともない於くらは、材料と分量、簡単な手順が書かれた「製法《れしぴ》」を手掛かりに、小姓の前場三郎《ぜんばさぶろう》の協力を得ながら試行錯誤し完成に近付けていく。

これは出来過ぎに思えるかもしれないが、オーストリア帝国の貴族クレメンス・フォン・メッテルニヒの料理人だったフランツ・ザッハーが、新しいデザートを作れという主君の命で現代まで伝わるザッハトルテを考案したのが見習い料理人をしていた十六歳の時という史実があるので、決して無理な展開ではない。ザッハトルテは、ナポレオン戦争後の秩序再建と領土分割を協議するためメッテルニヒが主宰したウイーン会議（一八一四年

〜一五年）で供されたとの説が流布している。ただ、ザッハーは一八一六年生まれなので時期が矛盾するものの、これは美味しい料理は難しい会議の潤滑油になるという世界共通の認識から生まれたのかもしれないと考えれば、吉晴の判断も的確だったといえる。

於くらが使う調味料は現代と違っているものもあるので、それを簡単に紹介したい。

「かすてぼうろ」の鍵になる砂糖は、遣唐使《けんとうし》時代に中国から伝わったとされ、長く食用ではなく薬だった。鎌倉時代末期に大陸との貿易が盛んになり砂糖の輸入量も増え、室町時代に南蛮貿易が始まり日本人がカステラ、コンペイトウといった砂糖を使ったお菓子を知り、その影響で和菓子にも砂糖が使われるようになり最重要の輸入品の一つになった。砂糖の代金支払いで金銀が海外へ流出したため、江戸幕府は砂糖の輸入を制限し、国産化を本格化させ、琉球《りゅうきゅう》、奄美《あまみ》の黒糖、香川の和三盆《わさんぼん》などが広まるのは江戸中期以降である。

醤油は、肉、魚、植物などを塩漬けにした「醤」（中国語では「ジャン」、日本語では「ひしお（比之保）」）が原型で、草醤《くさびしお》が漬物、肉醤《ししびしお》が塩辛や魚醤《ぎょしょう》（秋田県のしょっつる、香川県のいかなご醤油、タイのナンプラー、ベトナムのニョクマムなどが有名）、穀《こく》醤《びしお》が現在の醤油に近いものだったとされる。時期には諸説あるが中国から味噌の作り方が伝わり、大豆で味噌を製造する過程でできる液体が美味《おい》しいと気づき、これが溜《たまり》醤油に近かった。味噌、溜醤油の製法は全国に広まり、室町時代には現在の醤油に近い調味料ができていたが、まだ高価で魚醬が広く使われていた。醬油が大量に流通するのは江戸中期以降で、それまでは日本酒に梅干しなどを入れて煮詰めた煎酒《いりざけ》が代用品として使われていた（煎酒は醬油より食材の風味を活かすとして、現在も使っている日本料理店や寿司店がある）。

酒は室町時代になると米と米麴《こうじ》を使って醸造する現代と近い製法になっていたが、清酒より濁り酒が多く、精米歩合が九十パーセント（現代の日本酒の精米歩合は、本醸造が七十パーセント以下、吟醸が六十パーセント以下、大吟醸が五十パーセント以下）くらいだったので、米のたんぱく質や糖質が雑味となり、味が甘く濃かったので今の味醂《みりん》のようだったとされる。結城秀康の家老・本多富正《ほんだとみまさ》は、酒は江戸、上方《かみがた》より「越前がきりりと美味《うま》い」というが、これは室町時代に土倉《どそう》（高利貸）も兼ねるようになり経済力をつけた京の酒蔵が、麴造りにも乗り出し麴屋の座と対立して武力衝突にまで発展した影響で、越前、近江、河内といった周辺国の酒蔵が力を付けた影響もあったように思える。

「里芋田楽」は、吉継と戦うために吉晴が出陣し、於くらも他の台所衆と共に小荷駄《こにだ》隊として戦場に向かうことになる。著者は合戦シーンのリアリティーと迫力に定評があり、「里芋田楽」にも合戦のスペクタクルが用意されている。於くらを通して、前線でどのようにして料理を作り、どのように将兵が食べていたのかといった一般的な戦国ものでは触れられない部分にも焦点があてられているので、興味が尽きない。前線で親しい人の死を経験した於くらは、人を生かし活力を与える料理人という仕事の大切さに気付き、下女ではなく正式な台所衆になるという夢を持つ。女性の社会進出が難しかった時代に、於くらが夢を実現するために戦うところは、現代の女性読者も共感できるのではないか。

関ケ原の合戦の論功行賞で、吉晴の嫡男・忠氏は出雲《いずも》・隠岐《おき》国二十四万石へ加増移封となり、越前六十八万石は家康の次男・結城秀康に与えられ、北ノ庄城が本拠地となった。在地の武士の三郎と、吉晴に紹介状をもらい台所衆を目指す於くらは、北ノ庄へ向かう。賤ケ岳《しずがたけ》の戦いに敗れた柴田勝家《しばたかついえ》が自害した後に焼失したままだった北ノ庄城の再建が始まり、大国になった越前に来る人たちを見込んで、江戸に住んでいた哉ゑ《かなえ》が煮売茶屋《にうりぢゃや》「哉屋《かなや》」を開く。「越前蕎麦」は、「哉屋」で働き始めた於くらが凄腕の料理人の哉ゑに学んでいくが、大身《たいしん》の台所衆になるのは予想以上に難しかった。正月の雑煮に吉晴の故郷である尾張の赤味噌を使った経験がある於くらは、三河出身の秀康にも赤味噌仕立ての料理を出すが、大坂で長い人質生活を送った秀康に赤味噌への思い入れはなく、京で最先端の料理を食べてもいた。田舎の伝統的な料理しか作れないと絶望していた於くらが、三郎からアドバイスを貰い、再び秀康が喜ぶ料理を考える後半は、働く意義を問いかけており考えさせられる。

「一番鰤」と「甘う握り飯」には、恋愛小説の要素も盛り込まれている。

「一番鰤」は、富正に台所衆になる条件として庖丁式《ほうちようしき》（食材に手を触れず、庖丁と真奈《まな》箸《ばし》だけで切り分け並べる技）の習得を指示された於くらが、丹生《にゆう》郡で隠居している秀康の元庖丁役で四条流の庖丁式を修めた大隅大炊助《おおすみおおいのすけ》を訪ねる。同行する三郎と於くらが大炊助の家の前に行くと、怪しい男が家の中を覗《のぞ》いていた。その男は忍熊皇子《おしくまのおうじ》が退治したとされる鬼の子孫だといわれている漁師の目深《まぶか》で、大炊助の娘・菊子《きくこ》に想いを寄せ、菊子も目深が気になっているらしい。目深は漁の解禁日に一番大きい鰤を獲る一番鰤の栄誉を手にして、菊子に本心を告げようとし、一番鰤が大炊助による庖丁式伝授ともかかわっているので、スリリングな展開が続く。まだ実力があれば出世ができた戦国の気風が残っていた時代なので、こうした身分違いの恋もあった可能性がある。目深と菊子の恋は、於くらと三郎の関係にも影響を与えていく。

「甘う握り飯」は、三郎との仲を深める於くらに「お、う、ら、み……」と書かれた手紙が届く。牛頭天王社《ごずてんのう》の御霊会《ごりようえ》に戦国乱世を生き抜いた男たちが集まり、武勇伝を語っていくだけに、「里芋田楽」とは違うが合戦の迫力が楽しめる。秀康の養父・晴朝《はるとも》から、北条征伐へ行く秀康に手ずから弁当を用意したが、勝利して帰ってきた秀康に「父上、苦い握り飯でござった」といわれたので、「甘い握り飯」を食べさせたいと聞いた於くらが、晴朝の願いをかなえるため奔走する。誰もが驚くような「甘い握り飯」を作るため奮闘する於くらは、かすてぼうろの「製法」のように、自分の考えた料理を文字として残したいと考え始める。文字の読み書きができない於くらが、「お、う、ら、み……」の手紙を出した女性を指南役に選ぶだけに、三郎との恋の行方も物語を牽引していくことになる。

念願の武田家を滅ぼした信長は、同盟相手として共に戦った家康に駿河《するが》を与え、そのお礼として家康が安土《あづち》城を訪ねることになった。信長は家康の饗応役《きょうおうやく》を明智光秀《あけちみつひで》に命じ、光秀は準備を進めたが、なぜか信長が激怒し家康の前で光秀を叱責した。公衆の面前で罵倒された恨みが、本能寺《ほんのうじ》の変の原因になったとの説もある。この有名なエピソードから始まる最終話「本膳料理」は、上洛する大御所家康の饗応役になった秀康が、於くらに武家の饗応用の本膳料理を作るよう命じる。家康が於くらの料理を気に入らなかった時は、三郎が殺されることになるので達人が真剣勝負をするような緊迫感がある。於くらの料理を食べた家康が、なぜ信長が光秀の用意した本膳料理に激怒したかに気付くところは、歴史ミステリとしても秀逸である。

於くらは、食べられる物を食べられる時に口にする乱世から、美味しい物を楽しんで食べる太平の世に変わる時代に青春時代を送っている。時代の変化を象徴しているのが、

「越前蕎麦」に出てくる身分に関係なく同じ鍋をつつく「小鍋立て」だろう。新しい時代、新しい主君に戸惑いながらも、変化を柔軟に受け入れ、その時代、その人に相応《ふさわ》しい料理を作ろうとする於くらの職人魂は、社会情勢も価値観もめまぐるしく揺れ動く現代で働く人の理想になるはずだ。その意味で本書は、優れた歴史時代小説であるのはもちろん、まったく古びない普遍性のある優れたお仕事小説にもなっているのである。

作中で於くらの作る料理は「製法《れしぴ》」として使えるほど詳細に描かれているので、実際に作ってみるのも一興である（おやきを作ってみたが、記述通りでうまくいった）。またタイムリーなことに、二〇二四年三月に北陸新幹線が本書の舞台となる現在の福井県まで延伸した。本書を片手に〝聖地巡礼〟をしてみると新たな発見があるのではないか。

初出
かすてぼうろ「小説宝石」二〇二〇年八・九月合併号
里芋田楽「小説宝石」二〇二〇年十一月号
越前蕎麦「小説宝石」二〇二一年一・二月合併号
一番鰤「小説宝石」二〇二一年三月号
甘う握り飯「小説宝石」二〇二一年五月号
本膳料理「小説宝石」二〇二一年七月号

二〇二一年一一月　光文社刊

光文社文庫

かすてぼうろ　越前台所衆《えちぜんだいどころしゅう》 於《お》くらの覚書《おぼえがき》

著者　武《たけ》川《かわ》　佑《ゆう》

2024年7月20日　初版1刷発行

発行者　三宅貴久
印刷　KPSプロダクツ
製本　ナショナル製本

発行所　株式会社 光文社
〒112-8011　東京都文京区音羽1-16-6
電話（03）5395-8147　編集部
8116　書籍販売部
8125　制作部

ISBN978-4-334-10368-2　Printed in Japan

組版　萩原印刷